なみ江とヘン骨おっさん

―昭和むかし人がたり―

中安幸代

白川書院

画・鬼丈三七
カバーデザイン・森　華

はじめに

私《わたし》が子《こ》どもだった頃《ころ》（昭和《しょうわ》三十年代初頭《ねんだいしょとう》）、物語《ものがたり》に登場《とうじょう》する富田村《とみたむら》は四方《しほう》を山《やま》に囲《かこ》まれ、田《た》んぼや畑《はたけ》が広《ひろ》がり、朝早《あさはや》くから、舗装《ほそう》されていない地道《じみち》を村人《むらびと》たちがリヤカーに農作業具《のうさぎょうぐ》を乗《の》せて行《い》き交《か》うという、典型的《てんけいてき》な丹波地方《たんばちほう》の一村《いっそん》でした。子《こ》どもたちは廃《はい》校となった高原小学校《たかはらしょうがっこう》に通《かよ》っていました。家《いえ》に帰《かえ》ると、お小遣《こづか》いを手《て》に村《むら》に一軒《いっけん》だけある「よろず屋《や》（駄菓子《だがし》・雑貨店《ざっかてん》）」さんへ目当《めあ》ての遊《あそ》び道具《どうぐ》やおやつを買《か》いに駆《か》け出《だ》しました。お寺《てら》や神社《じんじゃ》の境内《けいだい》、野山《のやま》や川《かわ》が遊《あそ》び場《ば》でした。友《とも》だちと花摘《はなつ》みやゴムとびをしたり、虫《むし》や川魚《かわざかな》をとったり、柿《かき》もぎをしたり、ツララ落《お》としをしたりと、季節《きせつ》が変《か》わるごとに遊《あそ》びも変化《へんか》しました。

また、どこの村《むら》にも村《むら》一番《ばん》がいて、その人《ひと》たちの一番《ばん》ぶりをウワサし合《あ》うのが、娯楽《ごらく》の少《すく》なかった当時《とうじ》の村人《むらびと》たちの楽《たの》しみの一《ひと》つでもありました。

そんな懐《なつ》かしい村《むら》の風情《ふぜい》や村人《むらびと》と子《こ》どもたちのふれあいをテーマに、村《むら》の一年《ねん》を綴《つづ》ってみました。なお、登場人物《とうじょうじんぶつ》はすべてフィクションです。

中安《なかやす》 幸代《さちよ》

なみ江《え》とヘン骨《こつ》おっさん
――昭和《しょうわ》むかし人《ひと》がたり――

目次《もくじ》

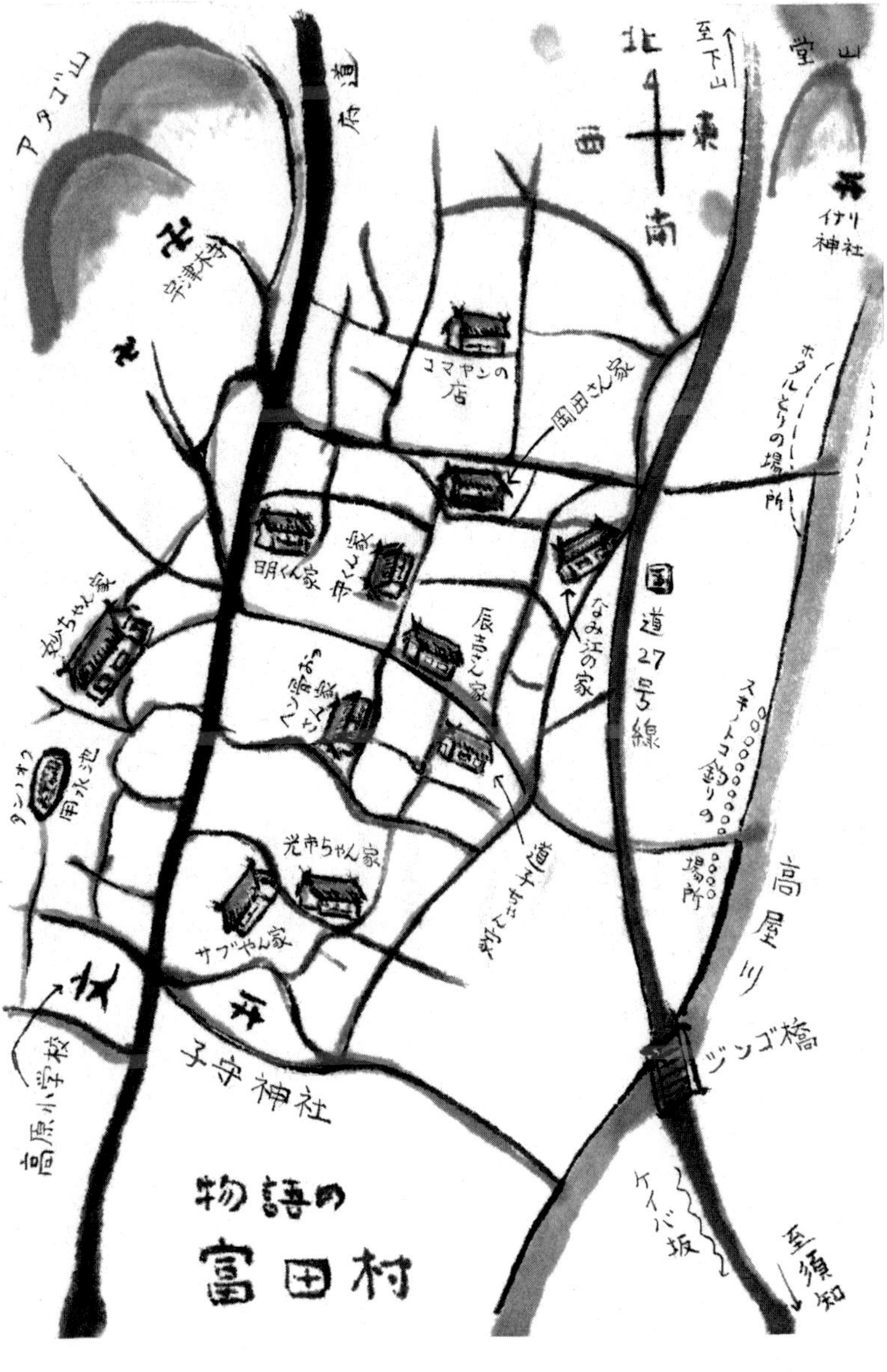
物語の
富田村
アタゴ山
府道
北
西
東
南
至下山
堂山
イナリ神社
コマヤンの店
岡田さん家
ホタルとりの場所
明くん家
守くん家
国道27号線
なみ江の家
辰吉さん家
用水池
光市ちゃん家
サブやん家
高屋川
ジンゴ橋
子安神社
高原小学校
ケイバ坂
至須知

一　鬼《おに》になれるか!

早《はや》いもので、あれから五十年以上《ねんいじょう》が経《た》ちました。昭和《しょうわ》三十三年《ねん》（一九五八）頃《ごろ》のお話《はなし》です。

丹波《たんば》の富田村《とみたむら》に徳兵衛《とくべえ》という、骨《ほね》つぎ屋《や》（接骨医院《せっこついいん》）さんが住《す》んでいました。この徳兵衛《とくべえ》さんはものすごいヘンクツで、村《むら》の人《ひと》が「おはよう！」「こんにちは」とあいさつをしても、ムシのいどころが悪《わる》いと、「ふん、何《なに》がおはようじゃい。おテントウ（太陽《たいよう》）さんはとっくに顔《かお》を出《だ》してはるわい」とか、「何《なに》がこんにちはじゃい。あいさつをされる覚《おぼ》えはないわい」と、口《くち》をへの字《じ》に曲《ま》げ、ジロッ、とにらみつけます。そして、山《やま》や空《そら》を見《み》てはブツブツ独《ひと》り言《ごと》を口《くち》にして、家《いえ》に入《はい》ってしまうのです。

ところが、骨《ほね》つぎの腕前《うでまえ》はバツグンでした。村《むら》の人《ひと》たちのネンザや骨折《こっせつ》、野良仕事《のらしごと》の使《つか》い痛《いた》みなら一発《いっぱつ》で治《なお》してくれます。ただし、ものすごいヘンクツですから気《き》に入《い》らなければ、プイ、と横《よこ》を向《む》いたまま、いつまでも治療《ちりょう》をしてくれないか、時《とき》には、治療《ちりょう》に来《き》た人《ひと》を怒鳴《どな》りつけて追《お》い返《かえ》してしまいます。

ですから村《むら》の人《ひと》たちは、そんな徳兵衛《とくべえ》さんを仕事《しごと》の骨《ほね》つぎ屋《や》をもじって、「ヘン骨《こつ》おっさん」と呼《よ》んでいました。

なみ江《え》が初《はじ》めてヘン骨《こつ》おっさんの治療《ちりょう》を受《う》けたのは、小学校《しょうがっこう》二年生《ねんせい》の三学期《がっき》が始《はじ》まって二週間目《しゅうかんめ》のことでした。

「ただいま！」

学校《がっこう》から帰《かえ》ってきたなみ江《え》は表戸《おもてど》を開《あ》け、急《いそ》いで家《いえ》に入《はい》ろうとしました。すると、その時《とき》でした――

右足《みぎあし》のズック靴《ぐつ》の先《さき》が表戸《おもてど》の敷居《しきい》に引《ひ》っかかり、

バターン、ドテッ！

なみ江《え》は勢《いきお》いよく土間《どま》に転《ころ》びました。あわてて起《お》き上《あ》がろうと両手《りょうて》で体《からだ》を支《ささ》えましたが、ボキン！　と音《おと》がして、グニャ、と左腕《ひだりうで》がヘンな方向《ほうこう》に曲《ま》がったのです。すぐに目《め》の玉《たま》が飛《と》び出《で》るほどの痛《いた》みが、頭《あたま》から足《あし》の先《さき》まで走《はし》りました。

「いたい、痛《いた》い！　左《ひだり》の腕《うで》が動《うご》かへんわ。お母《かあ》ちゃーん」

なみ江《え》は泣《な》き叫《さけ》びました。

すぐにお母《かあ》ちゃんが居間《いま》から走《はし》り出《で》てきました。

「手《て》がどないしたんやな！　手《て》を上《あ》げてみいな」

なみ江《え》は痛《いた》いのをがまんして左腕《ひだりうで》を上《あ》げようとしました。ところが、痛《いた》いばかりでピクリとも動《うご》きません。腕《うで》がブクブクとはれだし、手《て》は野球《やきゅう》のグローブみたいにパンパンにふくれました。

「これはきっと、こけた（転《ころ》んだ）拍子《ひょうし》に左腕《ひだりうで》をねじったにちがいないわ。湿布《しっぷ》をしとかなアカン」

お母《かあ》ちゃんはそう言《い》って、なみ江《え》を居間《いま》のアガリト（上《あ》がり口《ぐち》に設《もう》けられた木製《もくせい》の踏《ふ》み段《だん》）に座《すわ》らせました。そして、急《いそ》いで食料品《しょくりょうひん》がしまってある戸棚《とだな》から小麦粉《こむぎこ》を入《い》れた一斗《いっと》（十八リットル）缶《かん》を取《と》り出《だ》してフタを開《あ》け、どんぶり鉢《ばち》で中《なか》の小麦粉《こむぎこ》をすくって、酢《す》でドロドロになるまで溶《と》きました。それをガーゼにあけてのばし、左腕《ひだりうで》に、ペタッ、と貼《は》りつけました。

なみ江《え》は冷《つめ》たくて、飛《と》び上《あ》がりそうになりましたが、

「うまいこと貼《は》れた。これでよいわ」

と、お母《かあ》ちゃんはすぐに下《しも》の間《ま》に行《い》き、棚《たな》に置《お》いてある富山《とやま》の薬箱《くすりばこ》からサラシ（白《しろ》くした布《ぬの》）を取《と》り出《だ》してきました。それを断《た》ちバサミで切《き》り、湿布《しっぷ》がはがれないように巻《ま》く

布《ぬの》と、左腕《ひだりうで》をつって固定《こてい》させる三角巾《かくきん》を作《つく》ってくれました。

ところが、毎日湿布《まいにちしっぷ》を貼《は》り替《か》えているのに一週間《いっしゅうかん》が経《た》っても、なみ江《え》の左手《ひだりて》と腕《うで》のはれは引《ひ》きません。動《うご》かそうとしても痛《いた》くてピクリとも動《うご》かせないのです。なみ江《え》の左手《ひだりて》と腕《うで》を見《み》つめては、お母《かあ》ちゃんも、「何《なん》で治《なお》らへんのやろ？」と首《くび》をかしげていましたが、とうとうこんなことを言《い》い出《だ》しました。

「やっぱり骨医者《ほねいしゃ》さんに診《み》てもろたほうがよいわ」

そして、お母《かあ》ちゃんは、なみ江《え》をジーッと見《み》て、

「あのな、今度診《こんどみ》てもらおうと思《おも》う骨医者《ほねいしゃ》さんは骨《ほね》つぎ屋《や》さんでな、村《むら》のみんなが『ヘン骨《こつ》おっさん』と呼《よ》んでるぐらい、ものすごく変《か》わった人《ひと》なんや。治療《ちりょう》の腕前《うでまえ》はピカイチらしいけど、気《き》に入《い》らんかったら追《お》い返《かえ》されて、診《み》てもらえへん時《とき》もあるんやて。せやさかい（それだから）診《み》てもらえるかどうか、わからへんけど、行《い》ってみよか。お母《かあ》ちゃんがたのんでみるわ」

なみ江《え》は、「うん」と返事《へんじ》をしました。でも、なんだか心配《しんぱい》でなりません。

次《つぎ》の日《ひ》、お母《かあ》ちゃんに連《つ》れられて、なみ江《え》はヘン骨《こつ》おっさんの家《いえ》に行《い》きました。治療《ちりょう》室《しつ》は囲炉裏《いろり》のある居間《いま》でした。囲炉裏《いろり》の前《まえ》には座布団《ざぶとん》が四組《くみ》敷《し》かれていて、その一《ひと》つにヘン骨《こつ》おっさんが座《すわ》っています。部屋《へや》の隅《すみ》には敷《し》き布団《ぶとん》が一《ひと》つ敷《し》いてあって、腰《こし》の痛《いた》い人《ひと》などは、その上《うえ》にうつ伏《ぶ》せに寝《ね》て治療《ちりょう》を受《う》けるそうです。治療室《ちりょうしつ》に上《あ》がる土間《どま》には長《なが》いすが置《お》かれていて、そこが待合室《まちあいしつ》でした。

なみ江《え》よりも先《さき》に、治療《ちりょう》の順番《じゅんばん》を待《ま》つおじいさんが一人《ひとり》、腰痛《こしいた》を治《なお》してもらおうと長《なが》いすに座《すわ》っていました。

お母《かあ》ちゃんはちゃんと治療《ちりょう》をしてもらえるか心配《しんぱい》なのでしょう、小《ちい》さい声《こえ》でおじいさんにたずねました。

「あのう、村《むら》の人《ひと》に聞《き》いたんやけど、ヘン骨《こつ》おっさんはムシのいどころが悪《わる》いと、ちょっとやそっとで診《み》てもらえへんのやてな。どないしたら診《み》てもらえるのやろか？」

おじいさんはシワくちゃの口《くち》をモニャモニャと動《うご》かして、こう答《こた》えました。

「ワシも三日前《みっかまえ》に井戸《いど》掘《ほ》りをしとったら、腰《こし》が痛《いと》うなってしもて、たまらんさかい治《なお》してもらおうと来《き》たんやけど、その時《とき》は、『新《あたら》しい井戸《いど》を掘《ほ》らせてください、と井戸神《いどがみ》さんにお願《ねが》いする御祈祷《ごきとう》をケチってせんかった、あんたが悪《わる》い。ちゃんと御祈祷《ごきとう》をしてから出《で》なおして来《こ》い。そしたら治《なお》しちゃる』と言《い》うてなー、えらい怒鳴《どな》られて追《お》い返《かえ》されたんや。あわてて昨日《きのう》、御祈祷《ごきとう》をしてもろてたら（もらっていたら）、そこへあのヘン骨《こつ》おっさんが来《き》てな、『よっしゃ、明日《あした》、治《なお》しちゃるさかい、家《いえ》に来《こ》い』やて。ほんで今《いま》、待《ま》っとるのやけど、二時間《じかん》ほど前《まえ》に、チラッ、とワシの顔《かお》を見《み》ただけで囲炉裏《いろり》の前《まえ》に座《すわ》ったまま、火《ひ》を起《お》こしてばっかりで診《み》てもらえへんのやわな。もう昼《ひる》になるというのにやで」

お母《かあ》ちゃんは、こら診《み》てもらえんかもしれん、とでも思《おも》ったのでしょうか、待合室《まちあいしつ》の土《ど》間《ま》から囲炉裏《いろり》で火《ひ》を起《お》こしているヘン骨《こつ》おっさんの方《ほう》をシブイ顔《かお》で見《み》たまま、身動《みうご》き一《ひと》つしません。

なみ江《え》も、あの鬼瓦《おにがわら》みたいな顔《かお》で囲炉裏《いろり》の火《ひ》をにらみつけているおっちゃんが、私《わたし》の手《て》を動《うご》くようにしてくれはる、ほんまにじょうずな骨《ほね》つぎ屋《や》さんやろか？　と心配《しんぱい》でしかたがありません。

腰痛《こしいた》のおじいさんの横《よこ》になみ江《え》が座《すわ》り、その横《よこ》にお母《かあ》ちゃんが座《すわ》り、ヘン骨《こつ》おっさんが名前《なまえ》を呼《よ》んでくれるのをじっと待《ま》ちました。

しばらくすると、ガタガタ、シュー、治療室《ちりょうしつ》の奥《おく》の障子《しょうじ》が開《ひら》きました。

なみ江《え》より年長《ねんちょう》の男《おとこ》の子《こ》が顔《かお》を出《だ》しました。

「おっ、帰《かえ》ってきたんか。お昼《ひる》にしよう」

ヘン骨《こつ》おっさんは、「よっこらしょ」と立《た》ち上《あ》がり、炊事場《すいじば》から二人分《ふたりぶん》のお茶碗《ちゃわん》とお箸《はし》を持《も》ってきました。すぐにお母《かあ》ちゃんがなみ江《え》の耳《みみ》もとで、

「ヘン骨《こつ》おっさんのところはな、三年前《ねんまえ》に、お母《かあ》ちゃんが病気《びょうき》で亡《な》くなっちゃったさかい、おっさんがお昼《ひる》ご飯《はん》を作《つく》っとってんやな。囲炉裏《いろり》の鉤《かぎ》にかかっている鍋《なべ》から、みそ汁《しる》のエエ（よい）においがしとるわ。せやけど、今《いま》からお昼《ひる》ご飯《はん》を食《た》べて、隣《となり》のおじいちゃんを診《み》て、次《つぎ》がなみ江《え》の番《ばん》やさかい、まだ一時間以上《じかんいじょう》、待《ま》たんならんわ。しんきくさい（たいへんじれったい）ことやな」

とささやきました。治療《ちりょう》が終《お》わってからお母《かあ》ちゃんに教《おし》えてもらったのですが、この息子《むすこ》は、なみ江《え》と同《おな》じ小学校《しょうがっこう》に通《かよ》う五年生《ねんせい》で、名前《なまえ》は「寛一《かんいち》ちゃん」と言《い》うそうです。

そういえば学校《がっこう》で何回《なんかい》か顔《かお》を見《み》てはいるのですが、上級生《じょうきゅうせい》なので、二年生《ねんせい》のなみ江《え》は一度《ど》も話《はなし》をしたことがありませんでした。

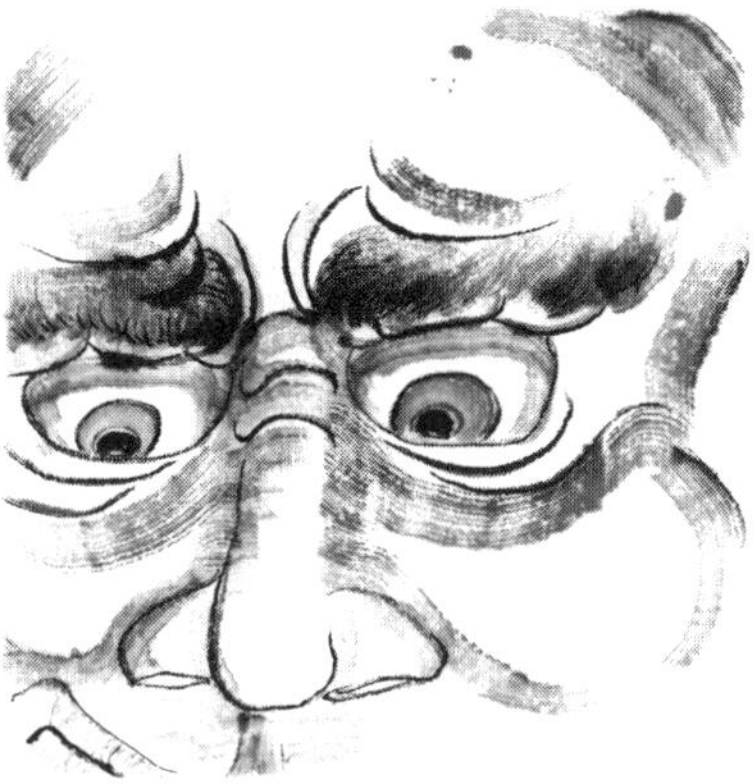

お昼《ひる》ご飯《はん》を食《た》べ終《お》えたヘン骨《こつ》おっさんは、息子《むすこ》にあとかたづけを命《めい》じると、「ウォッ、ホン」と大《おお》きなセキ払《ばら》いを一《ひと》つして、すぐに腰痛《こしいた》のおじいさんとなみ江《え》とお母《かあ》ちゃんを、ジロリ、と見《み》ました。

ひやぁ！、ものすごいギョロ目《め》で、メチャクチャ恐《こわ》い顔《かお》や——

なみ江《え》はびっくりしました。学校《がっこう》の行《い》き帰《かえ》りに遠《とお》くから何度《なんど》か見《み》たことはあるのですが、こんなに近《ちか》くで見《み》るのは初《はじ》めてでした。前《まえ》に、お母《かあ》ちゃんと行《い》った京都《きょうと》のお寺《てら》の門《もん》の脇《わき》に立《た》っていた仁王像《におうぞう》にそっくりです。恐《こわ》いのと緊《きん》張《ちょう》したのとで、胸《むね》が、ドッキン、ドッキン、しだしました。

お母《かあ》ちゃんを見《み》ると、ホッとしているようです。

「やっと診《み》てもらえるのやわ」と、なみ江《え》の耳《みみ》もとでもう一度《ど》ささやきましたが、恐《こわ》いおっさんみたいやし、荒《あら》くたい（荒《あら》っぽい）みたいやし、治療《ちりょう》は痛《いた》いのとちがうやろか、と、なみ江《え》の胸《むね》はよけいに

（さらに）、ドッキン、ドッキン、と高鳴《たかな》りました。

「じいさん、ここに来《き》てみぃ」

ヘン骨《こつ》おっさんが太《ふと》くて荒《あら》っぽい大《おお》きな声《こえ》で呼《よ》びました。

おじいさんは「お先《さき》ぃ」と、なみ江《え》にニコッとしました。「やっと診《み》てもらえるようや」と言《い》いながら土間《どま》からアガリトへ上《あ》がり、ガラス障子《しょうじ》の一枚《まい》が開《あ》けっ放《ぱな》しになっている治療室《ちりょうしつ》へ、腰《こし》をさすりながら入《はい》っていきました。そして、ヘン骨《こつ》おっさんの前《まえ》の座布団《ざぶとん》に座《すわ》りました。

ヘン骨《こつ》おっさんがたずねました。

「新《あたら》しい井戸《いど》を掘《ほ》る前《まえ》に、あいさつの行事《ぎょうじ》をするのを忘《わす》れていましてすんませんでしたと、ちゃんと謝《あやま》って来《き》たさかい、この前《まえ》より、グンと顔色《かおいろ》も艶《つや》もようなっとる。ついでに腰《こし》の痛《いた》いのを鎮《しず》めてくださぃ、と井戸神《いどがみ》さんにたのんできたか？」

おじいさんは治療《ちりょう》の前《まえ》に入《い》れ歯《ば》をはずしたのでしょう、「ふぁい（はい）」と返事《へんじ》をしました。

「そうか。ほんならそこの布団《ふとん》の上《うえ》に寝《ね》てみぃ。井戸神《いどがみ》さんに代《か》わって、ワシが一発《いっぱつ》で治《なお》しちゃる」

ヘン骨《こつ》おっさんは部屋《へや》の隅《すみ》に敷《し》いてある布団《ふとん》を指《ゆび》さしました。

土間《どま》からはガラス障子《しょうじ》の陰《かげ》にかくれて、なみ江《え》には見《み》えませんでしたが、ヘン骨《こつ》おっさんが布団《ふとん》の方《ほう》に行《い》ったかと思《おも》うと、すぐに、ヘンな音《おと》と、おじいさんの悲鳴《ひめい》が上《あ》がりました。

グキ、ポキポキ、「ぐっ、ふぇー！」、バキッ、「ヒャ！　イッ、イタタ、痛《いた》いッ！　何《なに》をするんやいな！」バキバキ——

ガラス障子《しょうじ》の陰《かげ》から、おじいさんが囲炉裏《いろり》の側《そば》まではって出《で》てきました。そのあとから、ヘン骨《こつ》おっさんが出《で》てきました。そして、こう告《つ》げました。

「よっしゃ、これで治《なお》った。立《た》って歩《ある》いてみ。痛《いと》う（痛《いた》く）ないはずや」

はったまま、おじいさんは両目《りょうめ》をむいてキツネにつままれたような顔《かお》をしています。

ブツブツボヤキながら立《た》ち上《あ》がり、囲炉裏《いろり》の周《まわ》りを歩《ある》きだしました。たちまち、おじいさんの顔《かお》に笑《え》みがあふれました。

「ふぁんまや（本当《ほんとう》や）！　痛《いと》うないわ」

入《い》れ歯《ば》のない口《くち》をしきりに動《うご》かして、感心《かんしん》しながら帰《かえ》っていきました。

次《つぎ》は、なみ江《え》の番《ばん》です。ヘン骨《こつ》おっさんの恐《こわ》いギョロ目《め》が、ジロリ、となみ江《え》とお母《かあ》ちゃんを見《み》ました。

「さぁ、ここへ来《こ》い」

なみ江《え》は口《くち》から心臓《しんぞう》が飛《と》び出《だ》しそうになるほど、ドキッ、としました。ヘン骨《こつ》おっさんの前《まえ》に行《い》くのがイヤで足《あし》がすくみました。お母《かあ》ちゃんはやっと診《み》てもらえると、なみ江《え》の背中《せなか》を押《お》して急《せ》かします。

「お世話《せわ》になります」

あいさつをして、なみ江《え》をヘン骨《こつ》おっさんの前《まえ》の座布団《ざぶとん》に座《すわ》らせました。

すると、ヘン骨《こつ》おっさんは、

「うん……こら、左腕《ひだりうで》の太《ふと》い骨《ほね》が折《お》れとるやないか。だいぶ日《ひ》にちが経《た》っとるみたいや。肉《にく》が巻《ま》いてしもとる。何《なん》ですぐに、ウチに来《こ》なんだんや」

恐《こわ》いギョロ目《め》をさらにむいて、お母《かあ》ちゃんをにらみつけました。お母《かあ》ちゃんはもう、タジタジです。

「ワシでは治《なお》せんとでも、思《おも》うたんかッ」

ズーンと、お腹《なか》に響《ひび》く低《ひく》くて太《ふと》くて怒《おこ》った声《こえ》です。お母《かあ》ちゃんは囲炉裏《いろり》の端《はし》に額《ひたい》がつくほど頭《あたま》を下《さ》げて、

「折《お》れとるとは思《おも》わなんださかい、ウチが勝手《かって》に湿布《しっぷ》をして治療《ちりょう》しました。何《なん》とか治《なお》してやってくださいさい、お願《ねが》いします」

と、たのみました。

「バカモーン！　もうちょっとで自分《じぶん》の娘《むすめ》の左腕《ひだりうで》をワヤクチャ（どうしようもない状態《じょうたい》）にするとこやったぞッ。ド素人《しろうと》のくせにッ」

ヘン骨《こつ》おっさんは口《くち》をへの字《じ》に曲《ま》げ、なみ江《え》のはれた左腕《ひだりうで》をにらみつけたまま、それ以上《いじょう》は何《なに》も言《い》ってくれません。

お母《かあ》ちゃんは、もう診《み》てもらえないとでも思《おも》ったのでしょうか、情《なさ》けない顔《かお》をして、

「お母《かあ》ちゃんがヘタな治療《ちりょう》をして悪《わる》かったんや……、帰《かえ》ろか」

なみ江《え》の手《て》をとって立《た》ち上《あ》がろうとしました。

と、その時《とき》でした――

「あんた、鬼《おに》になれるか？」

ヘン骨《こつ》おっさんが両目《りょうめ》を、グリッ、と見開《みひら》き、押《お》しころした声《こえ》でボソリと告《つ》げたのです。お母《かあ》ちゃんはびっくりしたのでしょう、すぐに顔《かお》を上《あ》げ、両方《りょうほう》の目《め》をまん丸《まる》にして、

「今《いま》、何《なん》と言《い》わはりました」と聞《き》き直《なお》しました。

「なんじゃ、あんたはヘタな素人治療《しろうとちりょう》をするだけでなく、耳《みみ》も悪《わる》いんかッ。お嬢《じょう》ちゃん、おっちゃんは今《いま》、何《なん》と言《い》うた？」

ヘン骨《こつ》おっさんにきついイヤミを言《い》われて、お母《かあ》ちゃんは顔《かお》をひきつらせながらまっ赤《か》になっています。

「あんた、鬼《おに》になれるか、と言《い》うた」

「ほれみぃ、子《こ》どもの方《ほう》がよっぽど、よう聞《き》いとるわ。なー、お嬢《じょう》ちゃん」

ヘン骨《こつ》おっさんにほめられて、なみ江《え》は「うん、よう聞《き》ぃとった」と答《こた》えましたが、鬼《おに》になるという意味《いみ》がわからないのか、お母《かあ》ちゃんは、キョトン、としています。

「あんたが鬼《おに》になれるのやったら、ワシが治《なお》しちゃる」

ヘン骨《こつ》おっさんはそう言《い》って、お母《かあ》ちゃんをのぞき込《こ》みました。それがうれしかったの

でしょうか、お母《かあ》ちゃんは目《め》をパチクリさせ、「はい、なります」と顔《かお》をひきつらせながら大《おお》きな声《こえ》で返事《へんじ》をしました。

「そんなら、ちょっと待《ま》っとけ」

すぐにヘン骨《こつ》おっさんは立《た》ち上《あ》がり、治療室《ちりょうしつ》を出《で》ていきました。かまぼこ板《いた》ぐらいの木札《きふだ》一枚《まい》と、長《なが》さが三十《じゅっ》センチぐらいの四角《しかく》い棒切《ぼうき》れ二本《ほん》を手《て》に持《も》って帰《かえ》ってきました。

なみ江《え》のダランとした左腕《ひだりうで》をとって、しばらく見《み》ていましたが、

「お嬢《じょう》ちゃん。歳《とし》は、なんぼや（いくつや）？」

と、聞《き》きました。

「八歳《はっさい》や」と答《こた》えようとした、その瞬間《しゅんかん》でした。ヘン骨《こつ》おっさんが急《きゅう》に、なみ江《え》の左《ひだり》腕《うで》を、グイッ、と引《ひ》っぱったのです。

「うわッ！　いたッ、痛《いた》いィイ」

なみ江《え》は飛《と》び上《あ》がりました。

ヘン骨《こつ》おっさんはおかまいなしです。また、グイッ、と左腕《ひだりうで》を引《ひ》っぱり、そのまま頭《あたま》の上《うえ》へ持《も》ち上《あ》げました。

「痛《いた》いイイ、痛《いた》いやんか！　もういらわんといて（さわらないで）、お母《かあ》ちゃーん！」

なみ江《え》は泣《な》き叫《さけ》びました。

お母《かあ》ちゃんは両手《りょうて》で耳《みみ》をふさいで、目《め》をギュッとつむって、小《ちい》さな声《こえ》でブツブツ言《い》っています。あとでお母《かあ》ちゃんに何《なに》を言《い》っていたのかたずねると、早《はや》く、なみ江《え》の治療《ちりょう》が終《お》わりますようにと念仏《ねんぶつ》を唱《とな》えながら、ご先祖《せんぞ》さんにお願《ねが》いをしていたそうです。

やっと治療《ちりょう》が終《お》わりに近《ちか》づいたのでしょう、ヘン骨《こつ》おっさんは先《さき》ほどの木札《きふだ》を手《て》にし、なみ江《え》の肩《かた》に、ペタッ、と当《あ》てました。そして、グローブみたいにパンパンにはれている左手《ひだりて》を持《も》ち上《あ》げ、

「この木《き》に指先《ゆびさき》がついたら、治《なお》ったんや」

と、告《つ》げました。

でも、なみ江《え》の左手《ひだりて》は指《ゆび》をまっすぐに伸《の》ばすのがやっとで、左肩《ひだりかた》の木《き》の方《ほう》へ曲《ま》げることなど痛《いた》くてできません。泣《な》きながら歯《は》をくいしばり何回《なんかい》かやってみましたが、やっぱりダメです。すると、ヘン骨《こつ》おっさんのギョロ目《め》が、ちょっとだけやさしくなったような気《き》がしました。

「よっしゃ、今日《きょう》は、このくらいにしとこ」

ヘン骨《こつ》おっさんは治療《ちりょう》の終《お》わりを告《つ》げました。そして、細長《ほそなが》く四角《しかく》い棒《ぼう》を新《あたら》しい木綿《もめん》のサラシで包《つつ》むと、なみ江《え》の折《お》れた左腕《ひだりうで》にあて包帯《ほうたい》でグルグルと巻《ま》きました。

「こうしとかな骨《ほね》が動《うご》いて、まっすぐにひっつかへん。首《くび》から三角巾《かくきん》で左腕《ひだりうで》をつっとくさかい、取《と》ったらアカン。学校《がっこう》に行《い》く時《とき》もこうやって行《い》くんや。お風呂《ふろ》に入《はい》る時《とき》と寝《ね》る時《とき》は三角巾《かくきん》だけは取《と》ってもよいけど、そえ木《ぎ》はつけたままやで、わかったな」

と、念《ねん》を押《お》しました。

なみ江《え》は治療《ちりょう》が終《お》わったと思《おも》ったら体《からだ》から力《ちから》が抜《ぬ》けてヘナヘナになりました。涙《なみだ》と鼻水《はなみず》がいっぱいついた顔《かお》で、お母《かあ》ちゃんの白《しろ》い割烹着《かっぽうぎ》にしがみついて、ウワーン、と泣《な》きました。

「もう終《お》わったんやさかい、泣《な》かんでええわな」

お母《かあ》ちゃんは、なみ江《え》の背中《せなか》をなでてくれましたが、お母《かあ》ちゃんも涙声《なみだごえ》で手《て》は震《ふる》えていました。ヘン骨《こつ》おっさんに診《み》てもらいに村《むら》のおばあちゃんがやって来《き》たので、なみ江《え》とお母《かあ》ちゃんは帰《かえ》る支度《したく》をして、土間《どま》の待合室《まちあいしつ》へ急《いそ》ぎ、表戸《おもてど》をガタガタシューッと開《あ》け、外《そと》へ出《で》ました。

するとと、庭先《にわさき》で遊《あそ》んでいたヘン骨《こつ》おっさんの息子《むすこ》が走《はし》ってきました。なみ江《え》の前《まえ》で両《りょう》手《て》をふり上《あ》げ、足《あし》をバタバタさせて、

「やーい、泣《な》きベス、子《こ》ベス、丹波《たんば》のエビス!」

と、はやしたてました。そして、いちもくさんに家《いえ》に入《はい》りました。

なみ江《え》は最初《さいしょ》、何《なに》が起《お》こったのかわからず、ボーッ、と見《み》ていましたが、冷《ひ》やかされたのだとわかると、だんだん腹《はら》がたってきました。息子《むすこ》が入《はい》っていった表戸《おもてど》に向《む》かってもいっきり、「アカン、ベェー」をしました。

学校《がっこう》ではよく顔《かお》を見《み》かけているのですが、口《くち》をきいたことはありませんから、これが寛《かん》一兄《いちにい》ちゃんと言葉《ことば》をかわした、最初《さいしょ》の出来事《できごと》でした。

二　ドンドンと雪《ゆき》かき

「うわーん、痛《いた》いッ。もういらわんといてぇーな」

ヘン骨《こつ》おっさんの治療室《ちりょうしつ》へ通《かよ》うようになって最初《さいしょ》の一週間《いっしゅうかん》はもう、荒《あら》くたい治療《ちりょう》やし、恐《こわ》いし、痛《いた》いし、なみ江《え》は泣《な》き叫《さけ》んでばかりいました。治療《ちりょう》をするヘン骨《こつ》おっさんのふくらはぎや太《ふと》ももをメチャクチャ両足《りょうあし》で蹴《け》って抵抗《ていこう》しましたが、ヘン骨《こつ》おっさんは平気《へいき》のヘイでびくともしません。

「痛《いた》かったら、もっとワシを蹴《け》ったらよい。元気《げんき》な証拠《しょうこ》じゃ。ムフッ」

治療《ちりょう》の手《て》に力《ちから》を入《い》れます。また、目《め》の玉《たま》が飛《と》び出《だ》すほどの痛《いた》みが体中《からだじゅう》をかけめぐりました。お母《かあ》ちゃんに助《たす》けをもとめても、両手《りょうて》を震《ふる》わせて顔《かお》をまっ赤《か》にしながら治療《ちりょう》をにらみつけているだけです。時々《ときどき》、「鬼《おに》にならなアカン。鬼《おに》になるのや」とブツブツ言《い》っている声《こえ》が聞《き》こえてきます。

なみ江《え》は、お母《かあ》ちゃんもヘン骨《こつ》おっさんもほんまに鬼《おに》になったと思《おも》いました。

ところが一週間《いっしゅうかん》が過《す》ぎ、十日《とおか》が過《す》ぎると、パンパンにはれていた左手《ひだりて》と腕《うで》がほっそりしてきました。はれが引《ひ》いてきたのです。ヘン骨《こつ》おっさんの荒《あら》くたい治療《ちりょう》もそんなに痛《いた》くありません。

治療《ちりょう》が終《お》わって帰《かえ》るときも、「やーい泣《な》きベス、子《こ》ベス、丹波《たんば》のエビス！」とはやしたてていたヘン骨《こつ》おっさんの息子《むすこ》がこの頃《ごろ》は、イケズをせずに励《はげ》ましてくれるようになり、なみ江《え》も「寛一兄《かんいちにい》ちゃん」と呼《よ》んで親《した》しくなりました。

そんなある日《ひ》の朝方《あさがた》のことです。

ドーン、ドンドンドン、ドーン――。

大《おお》きな音《おと》で、なみ江《え》は目《め》が覚《さ》めました。隣《となり》の布団《ふとん》でエビのように体《からだ》を曲《ま》げて寝《ね》ているお母《かあ》ちゃんも目《め》を覚《さ》ましたようです。

「ドンドンが回《まわ》って来《き》やはったわ。外《そと》は雪《ゆき》がいっぱい積《つ》もっとるで！」

なみ江《え》はお母《かあ》ちゃんに言《い》いました。ドンドンというのは、夜《よる》のうちに雪《ゆき》がいっぱい積《つ》もったので、村《むら》のみんなで雪《ゆき》かきをしてください、と知《し》らせて回《まわ》る太鼓《たいこ》の音《おと》です。村《むら》の役員《やくいん》さんが積《つ》もった雪《ゆき》の高《たか》さを測《はか》り、三十《じゅっ》センチ以上《いじょう》になると雪《ゆき》かきをするという約束《やくそく》があるので、村《むら》を回《まわ》って知《し》らせてくれます。朝早《あさはや》くに、大人《おとな》のヒザ以上《いじょう》に積《つ》もった雪《ゆき》の中《なか》を回《まわ》るので、大変《たいへん》な役目《やくめ》です。

「ほんなら（そうしたら）今朝《けさ》は、雪《ゆき》かきの日《ひ》やな」

お母《かあ》ちゃんが言《い》いました。でもすぐに、「雪《ゆき》かきをするにはまだ早《はや》いさかい、もうちょっとだけ寝《ね》てから起《お》きよ」と寝返《ねがえ》りをうって障子《しょうじ》の方《ほう》を向《む》き、頭《あたま》のてっぺんまで布団《ふとん》を引《ひ》き上《あ》げて寝《ね》てしまいました。なみ江《え》も、そうしようと思《おも》い、二度寝《どね》をしました。

次《つぎ》になみ江《え》が目《め》を覚《さ》ました時《とき》、お母《かあ》ちゃんは雪《ゆき》かきに出《で》かける準備《じゅんび》をしていました。スカーフでほおかむりをし、綿入《わたい》りの丹前《たんぜん》（防寒用《ぼうかんよう》の着物《きもの》。「どてら」とも言《い》います）を着《き》ています。下《した》はモンペの上《うえ》にビニールのズボンをはき、黒《くろ》い長靴《ながぐつ》をはいています。手《て》には白《しろ》い軍手《ぐんて》をはめ、パンパンと手《て》をたたき、「これで準備《じゅんび》はよし！」と言《い》って、小屋《こや》へ向《む》かいました。

雪《ゆき》かき棒《ぼう》を取《と》りに行《い》ったのです。雪《ゆき》かき棒《ぼう》は、一メートル五十《じゅっ》センチくらいの棒《ぼう》に縦《たて》が三十《じゅっ》センチ、横《よこ》が四十《じゅっ》センチくらいの板《いた》を釘《くぎ》で打《う》ちつけた、雪《ゆき》を取《と》り除《のぞ》く道具《どうぐ》です。この道具《どうぐ》を使《つか》って道《みち》に積《つ》もった雪《ゆき》をのせて道端《みちばた》に運《はこ》び、人《ひと》が通《とお》れるようにしていくのです。

作業《さぎょう》は村《むら》の人全員《ひとぜんいん》で行《おこな》います。隣組単位《となりぐみたんい》で作業《さぎょう》をする場所《ばしょ》が決《き》められていて、隣組《となりぐみ》は一組《くみ》から十五組《くみ》まであります。なみ江《え》の家《いえ》は十一組《くみ》で八軒《けん》が一緒《いっしょ》でした。受《う》け持《も》ち区域《くいき》は高屋川《たかやがわ》にかかっているジンゴ橋《ばし》から競馬坂《けいばざか》の終点《しゅうてん》までの約《やく》一キロメートルです。作《さ》業《ぎょう》は一時間《じかん》ほどで終《お》わりますが、かいて進《すす》んだ分《ぶん》、歩《ある》いて戻《もど》って来《こ》ないといけないので二時間《じかん》くらいかかります。

お母《かあ》ちゃんの声《こえ》がしました。

「早《はよ》う雪《ゆき》をかかな、学校《がっこう》に行《い》く子《こ》どもらが困《こま》ってやさかい、雪《ゆき》かきをすませてから朝《あさ》ご飯《はん》にするさかいな。なみ江《え》は学校《がっこう》に行《い》く用意《ようい》をしときや」

でも、今日《きょう》は日曜日《にちようび》です。

「なにを言《い》うとるのん。今日《きょう》は日曜日《にちようび》やさかい、学校《がっこう》はあらへんで」

なみ江《え》が返事《へんじ》をすると、「あっ！　そうやった、そうやった」と、お母《かあ》ちゃんの照《て》れ笑《わら》いが返《かえ》ってきました。

「ひやぁー、さぶッ、寒《さぶ》ッ！」

なみ江《え》はふるえながら急《いそ》いで寝《ね》まきから服《ふく》に着替《きが》え、最後《さいご》に首《くび》から三角巾《かくきん》をかけて、治療中《ちりょうちゅう》の左腕《ひだりうで》を通《とお》しました。井戸端《いどばた》に行《い》き、お母《かあ》ちゃんがくみ置《お》きしてくれている洗面器《せんめんき》の水《みず》で顔《かお》を洗《あら》います。水《みず》が冷《つめ》たくてお湯《ゆ》だったらいいのにな、と思《おも》いながら歯《は》をみがいたあと、右手《みぎて》だけでチョンチョンと洗《あら》って終《お》えました。

「お母《かあ》ちゃん、手伝《てつだ》うわ」

大《おお》きな声《こえ》で言《い》って、表戸《おもてど》を開《あ》けました。右を見《み》ても、左《ひだり》を見《み》ても、まっ白《しろ》です。センダイ（「前栽《せんざい》」と書《か》きます。花《はな》や木《き》を植《う》えた庭《にわ》）の松《まつ》の木《き》も家《いえ》の前《まえ》の畑《はたけ》も雪《ゆき》におおわれて、太《ふと》った雲《くも》のようになっています。

電信柱《でんしんばしら》も雪《ゆき》でおおわれ、電線《でんせん》も雪《ゆき》の重《おも》みでダランとたれ下《さ》がっています。もうちょっとたれ下《さ》がったら停電《ていでん》するかもしれへんな、となみ江《え》は思《おも》いました。村《むら》では夏《なつ》に、カミナリでよく停電《ていでん》することがありますが、冬《ふゆ》も雪《ゆき》の重《おも》みで送電線《そうでんせん》が故障《こしょう》して停電《ていでん》することがあります。

それに隣《となり》の家《いえ》もなみ江《え》の家《いえ》もくずやなので、屋根《やね》に雪《ゆき》が積《つ》もってぶ厚《あつ》くなっています。ずいぶん重《おも》たそうです。くずやは屋根《やね》が、カヤという植物《しょくぶつ》でふかれている家《いえ》のことです。富田《とみた》はほとんどの家《いえ》が、くずやです。夏《なつ》は涼《すず》しく、冬《ふゆ》は暖《あたた》かいので住《す》みやすいのですが、雪《ゆき》も積《つ》もりやすく、一度積《どつ》もるとなかなか溶《と》けません。

お母《かあ》ちゃんが、「なみ江《え》は左手《ひだりて》が使《つか》えへんし、ツララ取《と》りを手伝《てつだ》ってんか。そこに棒《ぼう》が出《だ》してあるやろ」と、表戸《おもてど》の横《よこ》の壁《かべ》を指《ゆび》さしました。壁《かべ》には一メートルぐらいの竹《たけ》の棒《ぼう》

が立《た》てかけてありました。

軒先《のきさき》には、屋根《やね》から落《お》ちるしずくが寒《さむ》さで凍《こお》り、針先《はりさき》みたいにとんがったツララが、ズラーッ、と並《なら》んでたれ下《さ》がっています。それらを棒《ぼう》でたたき落《お》としていくのが、ツララ取《と》りです。

なみ江《え》はツララ取《と》りが大好《だいす》きです。でも今《いま》、左腕《ひだりうで》の骨折《こっせつ》の治療中《ちりょうちゅう》ですから、首《くび》から三角巾《かくきん》でつっている左手《ひだりて》が思《おも》うように使《つか》えません。右手《みぎて》でしっかりと棒《ぼう》を握《にぎ》り、左手《ひだりて》はこわごわ棒《ぼう》の下《した》にそえるだけですから、棒《ぼう》にうまく力《ちから》が伝《つた》わりません。それでも何《なん》とか、棒《ぼう》を横《よこ》にふってみました。

すると、カツン、ポコ、と音《おと》がして、ツララが折《お》れて落《お》ちてくれました。そして、家《いえ》の軒下《のきした》にどっさり積《つ》もった雪《ゆき》の上《うえ》にプスプスと刺《さ》さり、雪《ゆき》の中《なか》へ姿《すがた》をかくしました。その時《とき》が一番楽《ばんたの》しいのです。大人《おとな》の親指《おやゆび》くらいの太《ふと》さのツララは重《おも》みで、ズズー、と深《ふか》く雪《ゆき》の中《なか》に入《はい》りますが、小指《こゆび》くらいのは、ポソッ、と情《なさ》けない音《おと》がして浅《あさ》く入《はい》るだけです。一番《ばん》ダメなのは、雪《ゆき》に刺《さ》さらずに横向《よこむ》けに倒《たお》れてしまうツララです。

ツララを深《ふか》く雪《ゆき》に刺《さ》し入《い》れたくて、なみ江《え》は力《ちから》まかせに棒《ぼう》を動《うご》かすのですが、なかなか刺《さ》さってくれません。左手《ひだりて》がうまく使《つか》えないのをはがゆく思《おも》いましたが、それでもツララ取《と》りが楽《たの》しくてしかたがありません。

お母《かあ》ちゃんはというと、道《みち》に積《つ》もった雪《ゆき》をかいていましたが、途中《とちゅう》で、まだ雪《ゆき》かきがすんでいないのに、足《あし》もとの雪《ゆき》にブスッ、と雪《ゆき》かき棒《ぼう》を突《つ》き立《た》てました。そして、雪《ゆき》の重《おも》みで曲《ま》がって道《みち》をふさいでいる一本《いっぽん》の竹《たけ》のそばへ、ボツクソ、ボツクソと雪《ゆき》をふみしめながら近《ちか》づいて行《い》きました。

「あっ、竹起《たけお》こしをするんや！」

と、なみ江《え》は思《おも》いました。

お母《かあ》ちゃんは竹《たけ》の先《さき》っぽの葉《は》を両手《りょうて》で持《も》ち、グイ、グイ、とゆさぶりました。竹《たけ》に積《つ》もっていた雪《ゆき》がバサバサと白《しろ》い粉雪《こなゆき》になって舞《ま》い散《ち》りました。そして、両手《りょうて》を離《はな》すと、竹《たけ》は空《そら》に向《む》かって、ザザー、ピューン！　と伸《の》び上《あ》がりました。

次《つぎ》の竹《たけ》も、また、次《つぎ》の竹《たけ》も、雪《ゆき》の重《おも》みで道《みち》に倒《たお》れかかっている竹《たけ》をゆすっては起《お》こしていきます。全部《ぜんぶ》の竹《たけ》が起《お》き上《あ》がると、お母《かあ》ちゃんは、もとの道《みち》まで戻《もど》り、また、雪《ゆき》をかき始《はじ》めました。

なみ江《え》の家《いえ》の雪《ゆき》かきが終《お》わる頃《ころ》、向《む》こうから雪《ゆき》をかいてきた隣《となり》の家《いえ》のおじさんと出会《であ》い、雪《ゆき》の下《した》からいつもの道《みち》が姿《すがた》をあらわしました。

「これで、新聞《しんぶん》も郵便《ゆうびん》も配達《はいたつ》してもらえる」

お母《かあ》ちゃんの顔《かお》に笑《え》みがこぼれました。おじさんも「フー、やっとすんだ」と、大《おお》きなため息《いき》をつきながら、

「ご苦労《くろう》さんやったな、ほんまに雪《ゆき》かきは重労働《じゅうろうどう》やわ。それに、なみ江《え》ちゃんもツララをいろて

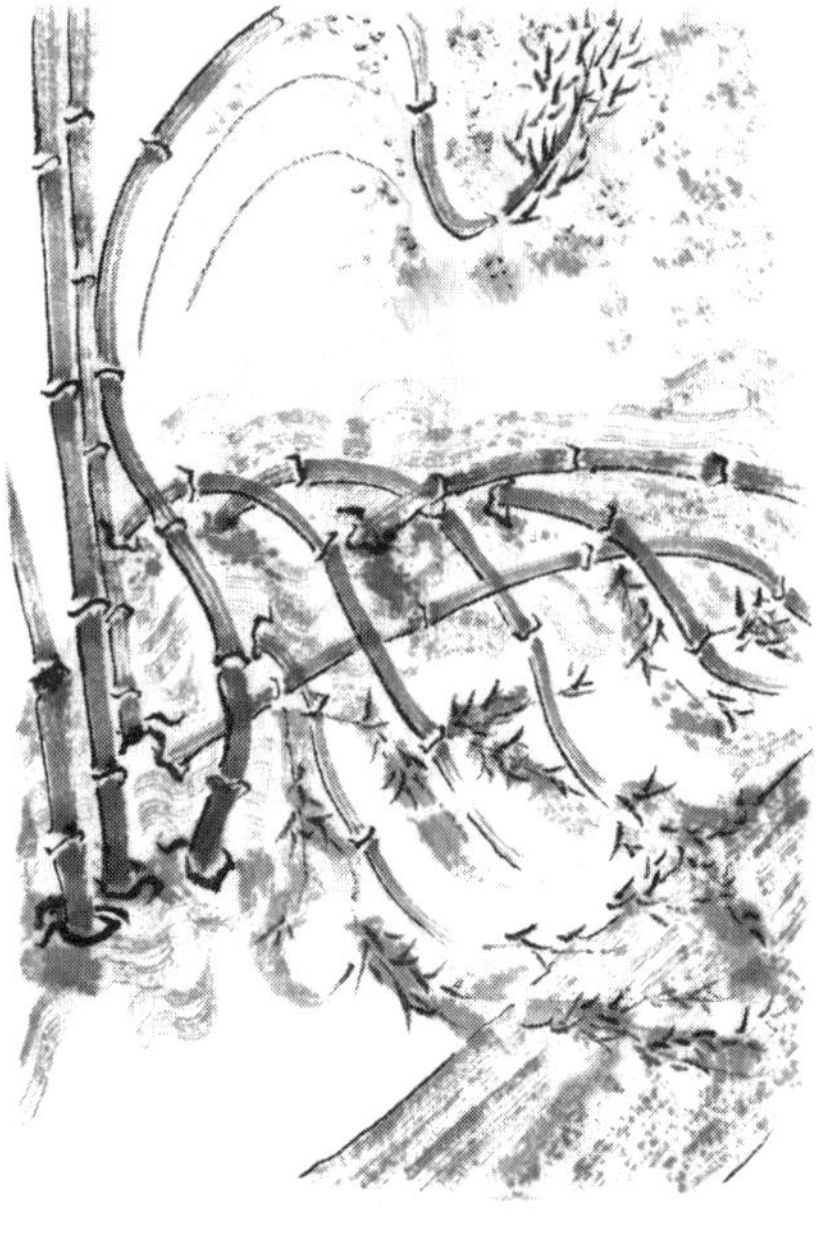

（さわって）遊《あそ》んどったら、また、転《ころ》んで、治《なお》りかけの左腕《ひだりうで》がワヤ（ダメになること）になったらアカンさかい、やめときや」

と、注意《ちゅうい》してくれました。

なみ江《え》は「うん」と返事《へんじ》をして、お母《かあ》ちゃんと家《いえ》に入《はい》りました。


「なみ江《え》ちゃん、雪《ゆき》かきはすんだかー」

表戸《おもてど》から声《こえ》がしました。

「あッ、寛一兄《かんいちにい》ちゃんが来《き》ちゃった！」

なみ江《え》が表戸《おもてど》を開《あ》けると、寛一兄《かんいちにい》ちゃんは自分《じぶん》の背《せ》より長《なが》い雪《ゆき》かき棒《ぼう》をかついで立《た》っていました。顔《かお》を合《あ》わせるなり、

「お父《とう》ちゃんがな、なみ江《え》ちゃんは左手《ひだりて》が使《つか》えへんし、おばちゃん一人《ひとり》では大変《たいへん》やろし、ウチの雪《ゆき》かきは、お父《とう》ちゃん一人《ひとり》でできるさかいに、早《はよ》う行《い》って手伝《てつだ》ってこいやて。なみ江《え》ちゃんとこの家《いえ》の近《ちか》くには竹《たけ》やぶがあるさかい、竹起《たけお》こしもせんならんやろしやて」

寛一兄《かんいちにい》ちゃんは鼻《はな》の穴《あな》をふくらませて言《い》いました。

なみ江《え》は驚《おどろ》きました。雪《ゆき》かきはもう、とっくに終《お》わっています。

「あのな、雪《ゆき》かきは今《いま》の時間《じかん》とちごうて（ちがって）、もっと早《はや》い時間《じかん》にせなアカンのやで。今《いま》はもう、お陽《ひ》さんが照《て》って雪《ゆき》がだんだん溶《と》けてきよるやろ。そやから雪《ゆき》かきはもう、終《お》わったで。それにな、お母《かあ》ちゃんが竹起《たけお》こしもしちゃった。せやさかい（それだから）、寛一兄《かんいちにい》ちゃんも竹《たけ》にハッポ（邪魔《じゃま》）されんと、ウチに来《こ》れたんやで。ほれ、軒《のき》のツララもないやろ」

なみ江《え》は家《いえ》の軒先《のきさき》からしずくだけが、ポタン、ポタン、と落《お》ちているのを指《ゆび》さしました。

すると、寛一兄《かんいちにい》ちゃんは下唇《したくちびる》を突《つ》き出《だ》して、

「ほんなら、もう手伝《てつだ》いはないんか、困《こま》ったなー。ここへ来《く》る道《みち》で友《とも》だちと出会《でお》うたさかい、ボクな、ちょっと一緒《いっしょ》に遊《あそ》んでしもたんや。そしたら、来《く》るのが遅《おそ》うなってしもてん。手伝《てつだ》いせんと帰《かえ》ったらきっと、お父《とう》ちゃんに怒《ど》やされて（怒《おこ》られて）、ゲンコツを三発《ぱつ》ぐらいくらわされる。カナン（イヤや）なー」

泣《な》きべそをかきそうになっています。

二人《ふたり》の話《はなし》を聞《き》いていたのでしょう、お母《かあ》ちゃんが表戸《おもてど》へやって来《き》ました。そして、寛《かん》

一兄《いちにい》ちゃんにこんな用事《ようじ》をたのみました。

「せっかく来《き》てくれちゃったんやさかい、畑《はたけ》の雪《ゆき》をかいてもらおうかな。白菜《はくさい》やらネギが埋《う》まってしもて、おかずを作《つく》る材料《ざいりょう》がないさかい、困《こま》っとったんやわな」

「そうや、畑《はたけ》の雪《ゆき》かきがエエわ!」

と、なみ江《え》も思《おも》いました。

「おばちゃん、まかしとき! 畑《はたけ》の雪《ゆき》かきでも、屋根《やね》の雪《ゆき》かきでも、何《なん》でも手伝《てつだ》うで」

寛一兄《かんいちにい》ちゃんは自信《じしん》たっぷりです。長靴《ながぐつ》をはいた両足《りょうあし》を交互《こうご》に高《たか》く上《あ》げ、雪《ゆき》の中《なか》を大《おお》またで、ボソ、ボソ、と歩《ある》き出《だ》しました。

ところがすぐに、お母《かあ》ちゃんがあわてて、「これ、どこへ行《い》くんやいな!」と、寛一兄《かんいちにい》ちゃんを呼《よ》び止《と》めました。そして、

「そっちは池《いけ》やで、氷《こおり》が割《わ》れたら危《あぶ》ないがな。ウチの畑《はたけ》は、この辺《あた》りやで」

雪《ゆき》が積《つ》もってこんもりしたところを指《ゆび》さしました。

「いちめんが雪《ゆき》やさかい、どこが畑《はたけ》で、どこが道《みち》で、へへへ、どこが池《いけ》かわからんわ、おばちゃん」

寛一兄《かんいちにい》ちゃんは照《て》れながらも、さっそく、あてずっぽうで雪《ゆき》をかき始《はじ》めました。「ヨイショ」とかけ声《ごえ》だけは勇《いさ》ましいのですが、なかなか雪《ゆき》の中《なか》から野菜《やさい》が顔《かお》を出《だ》しません。なみ江《え》とお母《かあ》ちゃんに上手《じょうず》なところを見《み》せようと思《おも》ったのでしょう。雪《ゆき》かき棒《ぼう》を雪《ゆき》の中《なか》へ斜《なな》めに押《お》し込《こ》み、「うッ、うーん」と力《りき》んで持《も》ち上《あ》げようとしたとたん、足《あし》もとが滑《すべ》って、ドテン！　とひっくり返《かえ》ってしまいました。

「うわッ、なんちゅうヘタくそやろか！　畑《はたけ》の雪《ゆき》かきのコツがわかっとってやない。手《て》が痛《いと》うなかったら、私《わたし》がするほうがましやわ」

なみ江《え》は大《おお》きな声《こえ》で言《い》いました。お母《かあ》ちゃんも笑《わら》いをこらえているのでしょう、顔《かお》がヘンな感《かん》じにゆがんでいます。

寛一兄《かんいちにい》ちゃんの動作《どうさ》がだんだん荒《あら》くなり、顔《かお》がひきつってきました。

「ボクがこれほどきばって雪《ゆき》かきをしとるのに、なみ江《え》ちゃんは見《み》とるだけか。白菜《はくさい》がどこにあるか教《おし》えてくれてもよいやろッ」

なみ江《え》に八《や》つ当《あ》たりをしだしました。

「白菜《はくさい》の場所《ばしょ》よりも先《さき》に、寛一兄《かんいちにい》ちゃんには畑《はたけ》の雪《ゆき》かきのコツを教《おし》えなアカンわ。雪《ゆき》かき棒《ぼう》をもっと立《た》てて、雪《ゆき》の中《なか》に、ブスッ、とさし入《い》れてから、雪《ゆき》をのせてかかなアカンのやで。わかっとってやか（わかってるか）」

なみ江《え》が注意《ちゅうい》すると、お母《かあ》ちゃんはとうとう「プフッ、もう辛抱《しんぼう》できんわ。アハハー」と笑《わら》い出《だ》しました。そして、

「白菜《はくさい》はその辺《あた》りにあると思《おも》うさかい、なみ江《え》が言《い》うたように深《ふか》いところまで、グサッ、と入《い》れてすくってみ」

と教《おし》えました。寛一兄《かんいちにい》ちゃんは教《おし》えられた通《とお》りに雪《ゆき》かき棒《ぼう》を立《た》てて雪《ゆき》に深《ふか》く入《い》れ、

「ウーン、重《おも》たい」と顔《かお》をしかめながら何度《なんど》も何度《なんど》も雪《ゆき》をかきました。そして、やっと白《はく》菜《さい》を掘《ほ》り出《だ》しました。

「おばちゃん、出《で》てきたで！」

笑《え》みをふくらませて、寛一兄《かんいちにい》ちゃんはお母《かあ》ちゃんを見上《みあ》げました。雪《ゆき》の中《なか》から白菜《はくさい》が、ポカッ、と頭《あたま》を出《だ》しています。雪《ゆき》に埋《う》まった白菜《はくさい》がめずらしいのでしょうか、ジーッと見《み》たあと、白菜《はくさい》の頭《あたま》をたたきました。すると、コン、コンと音《おと》がしました。

「おばちゃん、凍《こお》っとるで！」

寛一兄《かんいちにい》ちゃんが目《め》を丸《まる》くして言《い》いました。

お母《かあ》ちゃんは白菜《はくさい》の根《ね》もとを両手《りょうて》で持《も》ち、「ヨイショ」のかけ声《ごえ》とともに雪《ゆき》の中《なか》から取《と》り出《だ》しました。降《ふ》り積《つ》もった雪《ゆき》でさらされたからか、凍《こお》った白菜《はくさい》はガラスのように透《す》き通《とお》った黄緑色《きみどりいろ》をしていました。

「ほんなら次《つぎ》は、ネギを取《と》り出《だ》してくれてやか（くれるか）、この辺《あた》りやと思《おも》うさかい」

お母《かあ》ちゃんが、次《つぎ》のこんもりしたところを指《ゆび》さしました。

「よっしゃ、まかしとき」

寛一兄《かんいちにい》ちゃんが雪《ゆき》をかき始《はじ》めました。最初《さいしょ》の時《とき》にくらべると、畑《はたけ》の雪《ゆき》かきのコツをつかんだようです。グサッ、グサッ、と雪《ゆき》かき棒《ぼう》を雪《ゆき》に突《つ》きさして、かいていきました。

「あっ、ネギが出《で》てきた！　そやけどおばちゃん、……ペチャンコやわ」

雪《ゆき》にやられていない時《とき》のネギはシャンと立《た》っているのに、今《いま》は雪《ゆき》の重《おも》みでペシャッと折《お》れ曲《ま》がっています。

「大丈夫《だいじょうぶ》やで、ちゃんと食《た》べられる。雪《ゆき》の下敷《したじ》きになって重《おも》たかったやろ。」

と言《い》いながら、お母《かあ》ちゃんはネギの周《まわ》りの雪《ゆき》を手《て》で払《はら》い、根《ね》もとを持《も》って、グイッ、と抜《ぬ》き取《と》りました。

寛一兄《かんいちにい》ちゃんは疲《つか》れてきたのか、もう雪《ゆき》かきに飽《あ》きたのか、「おばちゃん、これぐらいでよいか」と、顔《かお》の汗《あせ》を拭《ふ》いています。

「こんだけ手伝《てつど》うてもろたら、じゅうぶんや。これから朝《あさ》ご飯《はん》を作《つく》るさかい、寛一《かんいち》ちゃんも食《た》べていって」

お母《かあ》ちゃんが誘《さそ》いました。

「うん、おばちゃん、おおきに。そやけどボク、もうちょっとだけ雪《ゆき》で遊《あそ》びたいわ。なみ江《え》ちゃんもお手伝《てつだ》いがすんだら、ボクと雪《ゆき》だるまを作《つく》って遊《あそ》ぼ」

寛一兄《かんいちにい》ちゃんは「へへへー」と笑《わら》い、まだ足跡《あしあと》のついていない雪《ゆき》が積《つ》もる庭《にわ》の方《ほう》へ、雪《ゆき》かき棒《ぼう》をかついで向《む》かいました。

お母《かあ》ちゃんが白菜《はくさい》を持《も》ち、なみ江《え》がネギを持《も》って、「おおッ、つめたい、冷《つめ》たい！」と言《い》い合《あ》いながら家《いえ》に運《はこ》び入《い》れました。

お母《かあ》ちゃんが朝《あさ》ご飯《はん》の支度《したく》を始《はじ》めたので、なみ江《え》は雪《ゆき》だるまの目《め》と鼻《はな》と口《くち》を作《つく》るために、かまどの端《はし》に置《お》いてある炭俵《すみだわら》のそばに行《い》きました。すると、ザザーッ、ドタドタと屋根《やね》に積《つ》もった雪《ゆき》が滑《すべ》り落《お》ちる音《おと》が聞《き》こえて来《き》ました。そして、「なだれや！　雪崩《なだれ》や！」と叫《さけ》んでおもしろがっている寛一兄《かんいちにい》ちゃんの声《こえ》がしました。きっと寛一兄《かんいちにい》ちゃんは、屋根《やね》に積《つ》もった雪《ゆき》を軒下《のきした》から雪《ゆき》かき棒《ぼう》でかき落《お》として遊《あそ》んでいるにちがいありません。ところが、それはメチャクチャ危険《きけん》なのです。「危《あぶ》ないさかい、したらアカン」と、なみ江《え》はお母《かあ》ちゃんに何度《なんど》も教《おし》えられていました。寛一兄《かんいちにい》ちゃんも知《し》っているはずやのに、となみ江《え》は思《おも》いました。お母《かあ》ちゃんは朝《あさ》ご飯《はん》の支度《したく》に気《き》を取《と》られているのでしょう、そのことに気《き》づいていません。早《はや》くやめさせないと危険《きけん》なので、なみ江《え》は炭俵《すみだわら》から炭《すみ》をいくつか取《と》り出《だ》し、そばに積《つ》んである種火用《たねびよう》の古《ふる》い新聞紙《しんぶんし》に包《つつ》むと、それを持《も》って表戸《おもてど》へ急《いそ》ぎました。

ところが、表戸《おもてど》を開《あ》けて外《そと》へ出《で》た時《とき》でした――

ドドドドーッ、ドサドサ、ドサーッ！

北側《きたがわ》の小屋《こや》の方《ほう》で大《おお》きくてお腹《なか》に響《ひび》く音《おと》がしました。寛一兄《かんいちにい》ちゃんが屋根《やね》の先《さき》の雪《ゆき》を落《お》としたので、雪《ゆき》がゆるみ、大《おお》きなかたまりがいっきに滑《すべ》り落《お》ちたにちがいありません。そして、寛一兄《かんいちにい》ちゃんのはしゃぐ声《こえ》が、プツン、と途切《とぎ》れたのです。

「あッ！　寛一兄《かんいちにい》ちゃんは大丈夫《だいじょうぶ》やろか」

なみ江《え》はあわてて大《おお》きな音《おと》がした場所《ばしょ》へ行《い》きました。小屋《こや》の屋根《やね》の雪《ゆき》が半分《はんぶん》ほどなくなっています。軒下《のきした》には山《やま》の形《かたち》に雪《ゆき》のかたまりができていました。それに、どこにも寛一《かんいち》兄《にい》ちゃんの姿《すがた》が見《み》あたりません。

「寛一兄《かんいちにい》ちゃん、寛一兄《かんいちにい》ちゃーん！」

と叫《さけ》びましたが、返事《へんじ》はありません。

「寛一兄《かんいちにい》ちゃんが、大変《たいへん》や！」

なみ江《え》は表戸《おもてど》へ引《ひ》き返《かえ》し、炊事場《すいじば》のお母《かあ》ちゃんを大声《おおごえ》で呼《よ》びました。お母《かあ》ちゃんが飛《と》び出《だ》してきました。そして、小屋《こや》へ急《いそ》ぎました。山《やま》のように積《つ》もった軒下《のきした》の雪《ゆき》を見《み》て、なみ江《え》を見《み》て、次《つぎ》に寛一兄《かんいちにい》ちゃんを捜《さが》しましたが、見当《みあ》たらないので、これは雪《ゆき》に埋《う》もれたとわかったようです。

「しもた（しまった）！　寛一《かんいち》ちゃんにも注意《ちゅうい》をしとかなアカンかったのや」

お母《かあ》ちゃんは急《いそ》いで雪《ゆき》かき棒《ぼう》を取《と》りに行《い》こうとしました。と……その時《とき》、滑《すべ》り落《お》ちて山《やま》になった雪《ゆき》のかたまりの横腹《よこっぱら》が、ボソッ、と崩《くず》れたのです。

「ああ、恐《こわ》かった！」

寛一兄《かんいちにい》ちゃんが雪《ゆき》まみれになって出《で》てきました。なみ江《え》とお母《かあ》ちゃんは、ホッとしました。でも、なみ江《え》はすぐに腹《はら》がたってきました。

「私《わたし》が、寛一兄《かんいちにい》ちゃん！　て、何《なん》べん（何度《なんど》も）も呼《よ》んどるのに、何《なん》で返事《へんじ》をしいひんのんや。死《し》んでしもたんかと思《おも》うたやんかッ」

「へへへー、ちゃんと聞《き》こえとったけど、男《おとこ》の子《こ》が、助《たす》けて！　と言《い》うのは、カッコ悪《わる》いやんか」

寛一兄《かんいちにい》ちゃんは雪《ゆき》だらけの顔《かお》で、ニーッ、と笑《わら》いました。

「ほんでも（それでも）、これで雪《ゆき》かきの日《ひ》に屋根《やね》の下《した》で遊《あそ》んだら危《あぶ》ないことが、寛一《かんいち》ちゃんにもわかってもらえて、よかった」

お母《かあ》ちゃんはそう言《い》い、寛一兄《かんいちにい》ちゃんの服《ふく》やズボンを見《み》ました。

「雪《ゆき》が溶《と》けてきとるし、服《ふく》やらズボンがきつう濡《ぬ》れてしもたな。このままやったら風邪《かぜ》をひくさかい、着替《きが》えなアカンわ」

なみ江《え》と寛一兄《かんいちにい》ちゃんに家《いえ》の中に入《はい》るように言《い》いました。ところが、突然《とつぜん》お母《かあ》ちゃんは「ウーン」と考《かんが》え込《こ》んで、土間《どま》で立《た》ち止《ど》まってしまいました。

「そうやった。うちには男物《おとこもの》の服《ふく》がないのや」

お母《かあ》ちゃんが言《い》いました。

「せやったら（それなら）、私《わたし》の服《ふく》を貸《か》したげるわ」

なみ江《え》が言《い》うと、

「それはカナン。女《おんな》の子《こ》の服《ふく》なんか、よう着《き》んわ」

寛一兄《かんいちにい》ちゃんが顔《かお》をまっ赤《か》にして、あわててこばみました。

「そうか、うーん……よっしゃ、ほんならこれを着《き》たらよいわ」

お母《かあ》ちゃんはタンスの中《なか》から、ネズミ色《いろ》とピンクの横《よこ》じまが入《はい》ったセーターと紺色《こんいろ》のモンペを出《だ》してきて、「はい、これに着替《きが》えて」と寛一兄《かんいちにい》ちゃんに手渡《てわた》しました。

「ええー、おばちゃんの服《ふく》とモンペか！」

寛一兄《かんいちにい》ちゃんは顔《かお》をこわばらせ口《くち》をとんがらせたまま、受《う》け取《と》りません。

「カッコなんて、どうでもいいわな。風邪《かぜ》をひくよりましや」

お母《かあ》ちゃんは寛一兄《かんいちにい》ちゃんを部屋《へや》に連《つ》れていき、むりやり着替《きが》えをさせました。

寛一兄《かんいちにい》ちゃんが出《で》てきました。ダブダブのセーターに、モンペのすそをたくり、恥《は》ずかしそうに下《した》を向《む》いています。

「やっぱりカッコ悪《わる》いわ……。帰《かえ》り道《みち》で友《とも》だちに出会《でお》うたらカナンなー」

プイ、とすねたように下唇《したくちびる》を突《つ》き出《だ》しました。

「そやけど、これを着《き》て帰《かえ》ったら、まちがいのうウチんとこの雪《ゆき》かきの手伝《てつだ》いをしてきた証拠《しょうこ》になるし、お父《とう》ちゃんに怒《おこ》られる心配《しんぱい》がないわな」

お母《かあ》ちゃんにそう言《い》われて、寛一兄《かんいちにい》ちゃんの顔《かお》がいっぺんに明《あか》るくなりました。

「ほんまや。このカッコが手伝《てつど》うてきた証拠《しょうこ》やもんな」

と、大《おお》きな声《こえ》で答《こた》え、

「ほんならボク、帰《かえ》るわ。朝《あさ》ご飯《はん》は、お父《とう》ちゃんがこしらえて、ボクが帰《かえ》って来《く》るのを待《ま》っとってやはずやし」

と、お母《かあ》ちゃんに告《つ》げました。

「そ、そうか、なんや愛想《あいそ》のないことやな。手伝《てつど》うてもろうて何《なん》のお礼《れい》もでけんと、すまんこっちゃなー」

お母《かあ》ちゃんはすぐに、寛一兄《かんいちにい》ちゃんの濡《ぬ》れた服《ふく》やズボンを風呂敷《ふろしき》に包《つつ》みました。その風《ふ》呂敷包《ろしきづつ》みを持《も》って、寛一兄《かんいちにい》ちゃんは表戸《おもてど》から外《そと》へ出《で》ました。雪《ゆき》かき棒《ぼう》の柄《え》を風呂敷包《ふろしきづつ》みの結《むす》び目《め》に通《とお》し、それを右肩《みぎかた》に背負《せお》って帰《かえ》っていきました。歩《ある》くたびに風呂敷包《ふろしづつ》みが、ユラリ、ユラリとゆれています。

その背中《せなか》に向《む》かって、お母《かあ》ちゃんが言《い》いました。

「寛一《かんいち》ちゃん、手伝《てつだ》ってもろておっきに（ありがとう）。また手伝《てつだ》ってや。今度《こんど》は、おばちゃんとこで一緒《いっしょ》にご飯《はん》を食《た》べよなー」

寛一兄《かんいちにい》ちゃんは一度《ど》ふり返《かえ》って、ニーッ、と笑《え》みをふくらませ、「バイバーイ」と手《て》をふりました。ただ、なみ江《え》は、「いつもの雪《ゆき》かきより、今日《きょう》は、えろう疲《つか》れたなー」と、思《おも》いました。

三　ぶら下《さ》がりハシゴ

春休《はるやす》みが近《ちか》づいて来《き》ました。

ガタガタシュー。ヘン骨《こつ》おっさんの家《いえ》の表戸《おもてど》を開《あ》け、

「おっちゃん、来《き》たでぇ」

なみ江《え》は大《おお》きな声《こえ》で言《い》いました。今日《きょう》はまだ、村《むら》の人《ひと》は誰《だれ》も治療《ちりょう》をしてもらいに来《き》ていません。なみ江《え》とお母《かあ》ちゃんが一番《ばん》です。

ヘン骨《こつ》おっさんはいつものように囲炉裏《いろり》の前《まえ》に座《すわ》り、火《ひ》に薪《まき》をくべながら一度《ど》、ギョロ目《め》で、ジロッ、と見《み》ると、

「よっしゃ、こっちへ来《き》てみ」

治療室《ちりょうしつ》へ上《あ》がるように手招《てまね》きしました。

ヘン骨《こつ》おっさんの前《まえ》に座《すわ》って、なみ江《え》は三角巾《かくきん》から左腕《ひだりうで》をはずしました。もう痛《いた》くないし、ちゃんと動《うご》くので、

「ほれ、おっちゃん、もう大丈夫《だいじょうぶ》やわ。こんなこともできるで」

左手《ひだりて》を開《ひら》いたり閉《と》じたり、腕《うで》を回《まわ》してみせました。

「そうか！ ほんなら今日《きょう》は、ちょっとだけ治療《ちりょう》に力《ちから》を入《い》れてみよか」

「うん」と返事《へんじ》をして、なみ江《え》は元気《げんき》よく左腕《ひだりうで》をヘン骨《こつ》おっさんにさし出《だ》しました。ところが、引《ひ》っぱったり、曲《ま》げたり、頭《あたま》の上《うえ》にのせてチョンチョンと上下《じょうげ》させる治療《ちりょう》はいつもと同《おな》じなのに、今日《きょう》は荒《あら》くたいです。

うわっ、ちょっと痛《いた》いわ！　なみ江《え》が顔《かお》をしかめてがまんしていると、ヘン骨《こつ》おっさんがこんなことを言《い》いました。

「よっしゃ、左腕《ひだりうで》がちゃんと曲《ま》がるようになったさかい、今日《きょう》からな、家《いえ》でハシゴにぶら下《さ》がって、それから、おいで（来《き》なさい）」

なみ江《え》は、「うん」と返事《へんじ》をしました。

でも、隣《となり》で聞《き》いていたお母《かあ》ちゃんはびっくりしています。そして、両方《りょうほう》のまゆ毛《げ》をキユッと寄《よ》せながら、ヘン骨《こつ》おっさんにたずねました。

「まだ、治《なお》ったと言《い》うてもろてへんのに、ハシゴにぶら下《さ》がれと言《い》われても……、そんな荒《あら》くたいことをさせて、せっかく治《なお》りかけている左腕《ひだりうで》の骨《ほね》がまた、ポコッ、と、はずれたりしいひんやろか？」

そのとたん、ヘン骨《こつ》おっさんの両方《りょうほう》の目《め》が大《おお》きく見開《みひら》かれて、お母《かあ》ちゃんを、ギロッ、とにらみました。

「あんたは骨《ほね》つぎ屋《や》なんか。ワシの言《い》うとることが信用《しんよう》できひん（できない）のやったら、うちに来《く》る必要《ひつよう》はないわな。帰《かえ》るか？」

久《ひさ》しぶりに、ヘン骨《こつ》おっさんが気分《きぶん》を悪《わる》くした時《とき》の得意《とくい》のセリフが出《で》て、お母《かあ》ちゃんは、わッ、いらんことを言《い》うてしもた！　という顔《かお》になりました。すぐに下《した》を向《む》き、なみ江《え》をチラチラと見《み》ています。

「よっしゃ、今日《きょう》はここまでや。それでな、今日《きょう》から毎日《まいにち》、学校《がっこう》から帰《かえ》ったらハシゴにぶら下《さ》がるのやで。一、二、三、四、五まで数《かぞ》えたら、手《て》を離《はな》してハシゴから降《お》りるのや。最初《さいしょ》は恐《こわ》いさかい、うまいことぶら下《さ》がれへんけど、なみ江《え》ちゃんやったらすぐにできるようになる。ハシゴにぶら下《さ》がって五まで数《かぞ》えられるようになったら、おっちゃんとこへおいで」

ヘン骨《こつ》おっさんはそう告《つ》げて、今日《きょう》の治療《ちりょう》を終《お》えました。

家《いえ》に帰《かえ》るとすぐに、なみ江《え》とお母《かあ》ちゃんは庭《にわ》の東《ひがし》の隅《すみ》にある小屋《こや》に行《い》きました。小屋《こや》には電灯《でんとう》がありませんから、入《い》り口《ぐち》の戸《と》を開《あ》けっ放《ぱな》しにして入《はい》りました。夕暮《ゆうぐ》れ時《どき》なので、小屋《こや》の中《なか》はぼんやりとしています。

なみ江《え》は暗《くら》さに目《め》が慣《な》れるまでは入《い》り口《ぐち》の壁《かべ》から顔《かお》だけ出《だ》して、お母《かあ》ちゃんがハシゴの点検《てんけん》をしているようすを見《み》ていました。ハシゴは二階《かい》の屋根裏《やねうら》の物置《ものおき》に上《あ》がるための道具《どうぐ》です。だんだんと中《なか》が見《み》えるようになってきました。小屋《こや》には脱穀機《だっこくき》やムシロなど、農業《のうぎょう》に必要《ひつよう》な道具《どうぐ》が内壁《うちかべ》に沿《そ》って置《お》かれています。

「なみ江《え》、目《め》が慣《な》れたら、こっちに来《き》てみ」

お母《かあ》ちゃんが呼《よ》びました。

なみ江《え》は小屋《こや》の敷居《しきい》をまたいで中《なか》に入《はい》りました。ヒヤッと冷《つめ》たい空気《くうき》と湿気《しっけ》たにおいが鼻先《はなさき》を包《つつ》みました。小屋《こや》の二階《かい》にはワラや柴《しば》、普段《ふだん》は使《つか》わない家財道具《かざいどうぐ》などが天井近《てんじょうちか》くまで積《つ》まれています。かまどにくべる柴《しば》がなくなった時《とき》などは、お母《かあ》ちゃんがハシゴを上《のぼ》って行《い》き、ロープの先《さき》に鉤《かぎ》がついた降《お》ろし道具《どうぐ》で柴《しば》の束《たば》を引《ひ》っかけて、二階《かい》からハシゴに沿《そ》って少《すこ》しずつ降《お》ろします。

ハシゴを見上《みあ》げながら、お母《かあ》ちゃんがブツブツ言《い》いだしました。

一斗

「これにぶら下《さ》がれと言《い》われてもなー、ほんまに大丈夫《だいじょうぶ》やろかなー、ひっつきかけてる骨《ほね》がまた、ボコッ、と、はずれへんかいなー」

なみ江《え》の左腕《ひだりうで》とハシゴを何度《なんど》も見《み》くらべました。

あんまりお母《かあ》ちゃんがブツブツ言《い》うので、なみ江《え》もちょっとだけ心配《しんぱい》になってきました。でも、治療《ちりょう》をしている時《とき》に、ヘン骨《こつ》おっさんが「なみ江《え》ちゃんやったら、すぐにできるようになる」とほめてくれたので、勇気《ゆうき》を出《だ》してやってみよう、とハシゴの段《だん》に向《む》かって両手《りょうて》を伸《の》ばしました。

ハシゴは十一段《だん》あります。なみ江《え》が両腕《りょううで》を伸《の》ばすと、下《した》から四段目《だんめ》が持《も》つのにちょうどよい高《たか》さでした。段《だん》は角張《かくば》っています。

「てのひらが痛《いた》いやろうけど、しっかりにぎらなアカンのやで」

お母《かあ》ちゃんが心配《しんぱい》そうに言《い》いました。

「うん」と返事《へんじ》をし、なみ江《え》は四段目《だんめ》に向《む》かって両腕《りょううで》を伸《の》ばしました。ところが、伸《の》ばしても、伸《の》ばしても左手《ひだりて》と腕《うで》が緊張《きんちょう》して、うまくハシゴをつかむことができません。四段目《だんめ》に左手《ひだりて》がとどきそうになると、そこで指先《ゆびさき》が、ピタッ、と止《と》まってしまいます。ハシゴの段《だん》をにぎった拍子《ひょうし》に、また痛《いた》くなったらどうしよう、恐《こわ》いなーという気持《きも》ちがわき出《で》て、それ以上《いじょう》は指先《ゆびさき》が進《すす》みません。

「うーん、もうちょっとやのにー」

なみ江《え》が顔《かお》をしかめながら六回目《ろっかいめ》の挑戦《ちょうせん》をした時《とき》でした。左手《ひだりて》の中指《なかゆび》の先《さき》がハシゴの四段目《だんめ》にさわったのです。目《め》をつぶり、勇気《ゆうき》を出《だ》して、おもいっきり背伸《せの》びをしながら、さらに四段目《だんめ》へ指《ゆび》を伸《の》ばしました。すると、

「にぎれたわ!」

なみ江《え》はうれしくて叫《さけ》びました。

「ほんまや! にぎれとるで、やったー」

お母《かあ》ちゃんも手《て》をたたいて、バンザイをしました。

でも、それだけではダメです。ヘン骨《こつ》おっさんは、「ハシゴにぶら下《さ》がるのやで」と言《い》っていました。どうしようかなー、と迷《まよ》いましたが、なみ江《え》はおもいきって床《ゆか》から両足《りょうあし》を離《はな》してぶら下《さ》がってみることにしました。

「ハシゴが動《うご》かんように持《も》っとってや」

お母《かあ》ちゃんに言《い》うと、お母《かあ》ちゃんはもう心配《しんぱい》でしかたがないのでしょう、

「今日《きょう》は、そのぐらいにしといたらどうや」

と、眉《まゆ》をひそめました。

「へへー、もういっぺんだけやってみるわ」

なみ江《え》はギュッと口《くち》を閉《と》じ、そーっと床《ゆか》から両足《りょうあし》の裏《うら》を離《はな》しました。ズーン、と体重《たいじゅう》が両腕《りょううで》にかかりました。左腕《ひだりうで》は長《なが》い間《あいだ》、三角巾《かくきん》でつって使《つか》っていなかったので思《おも》うように力《ちから》が入《はい》りません。ハシゴの四段目《だんめ》をにぎっている指先《ゆびさき》がすぐにほどけそうになりました。それでも、「一、二、三」と数《かぞ》えたところまではぶら下《さ》がれました。

次《つぎ》の日《ひ》も学校《がっこう》から帰《かえ》るとすぐに、ぶら下《さ》がりの練習《れんしゅう》を始《はじ》めました。

「今日《きょう》は一、二、三、四、五と数《かぞ》えて五秒《びょう》ぶら下《さ》がるわ」

お母《かあ》ちゃんにハシゴのぶら下《さ》がり目標《もくひょう》を報告《ほうこく》すると、お母《かあ》ちゃんは顔《かお》を曇《くも》らせました。

「うわーっ、まだ最初《さいしょ》やさかい、むりせんでもよいわな。毎日少《まいにちすこ》しずつぶら下《さ》がっとったら、そのうちに長《なが》いことできるようになるさかい。そうしとき」

なみ江《え》は「心配《しんぱい》せんでもよいてや」と言《い》い、お母《かあ》ちゃんより先《さき》に走《はし》って小屋《こや》に行《い》きまし

た。お母ちゃんにハシゴを押さえておいてもらうと、背伸びをして両腕《りょううで》を伸《の》ばし、四段《だん》目《め》をつかみました。

昨日《きのう》、最後《さいご》に成功《せいこう》しているので、今日《きょう》はスムーズです。両足《りょうあし》の裏《うら》を床《ゆか》から離《はな》し、ブラーン、とハシゴにぶら下《さ》がりました。

ところが、「一、二、三、四」と数《かぞ》えた時《とき》です。

ポキッ、ピキ、ポキポキ——

左腕《ひだりうで》の治療箇所《ちりょうかしょ》から、ヘンな音《おと》がしました。なみ江《え》はあわてて両足《りょうあし》を床《ゆか》に着《つ》け、四段目《だんめ》から両手《りょうて》を離《はな》しました。

「しもた、えらいこっちゃ！　また、骨《ほね》が折《お》れたんとちがうか。そやからむりしたらアカンと言《い》うたのに。それみいな、言《い》わんこっちゃないわ」

気《き》の早《はや》いお母《かあ》ちゃんが青《あお》くなって叫《さけ》びました。すぐに、なみ江《え》は左腕《ひだりうで》を持《も》ち上《あ》げてみました。ぜんぜん痛《いた》くありません。スーッと、前《まえ》よりも調子《ちょうし》よく上《あ》がりました。

「ああよかった。もうこれくらいにしとかなアカン。せっかく治《なお》りかけとるのに今《いま》むりしたら、今日《きょう》までの苦労《くろう》が水《みず》の泡《あわ》やわな」

お母《かあ》ちゃんは、ぶら下《さ》がりハシゴの練習《れんしゅう》をやめさせようと、必死《ひっし》です。

でも、なみ江《え》は逆《ぎゃく》に痛《いた》くなかったのでますます、勇気《ゆうき》が出《で》ました。

「ちょっとぐらい骨《ほね》がポキポキ鳴《な》ってもどうもないわ。見《み》とりや、ほれ」

なみ江《え》は四段目《だんめ》に飛《と》びついてぶら下《さ》がりました。今度《こんど》はポキポキと音《おと》がしません。痛《いた》いこともありません。右腕《みぎうで》と同《おな》じように力《ちから》が入《はい》りました。

「うわーっ、言《い》うことをきかん子《こ》やな。お母《かあ》ちゃんはもう、知《し》らんでッ」

とうとうお母《かあ》ちゃんはプリプリして、母屋《おもや》に帰《かえ》ってしまいました。

なみ江《え》はもっと自信《じしん》がつきました。今度《こんど》はハシゴにぶら下《さ》がりながら、一から十まで数《かぞ》えました。


ヘン骨《こつ》おっさんが、「ハシゴにぶら下《さ》がって、五まで数《かぞ》えられるようになったら、おいで」と言《い》っていたので、今日《きょう》は出《で》かけなくてはなりません。

「ひどい雨降《あめふ》りやけど、ヘン骨《こつ》おっさんとこに行《い》けるか？」

お母《かあ》ちゃんが聞《き》きました。

「休《やす》まへんで。ハシゴにぶら下《さ》がって十まで数《かぞ》えられるようになったで、と、おっちゃんに言《い》いたいし」

「そうやな。左手《ひだりて》で傘《かさ》をさす練習《れんしゅう》もしとかなアカンさかいな」

なみ江《え》とお母《かあ》ちゃんは傘《かさ》をさして、ヘン骨《こつ》おっさんの家《いえ》に向《む》かいました。いつもは、お母《かあ》ちゃんが前《まえ》を歩《ある》き、なみ江《え》が後《うし》ろを歩《ある》いて「早《はよ》うおいでや」と急《せ》かされますが、今日《きょう》は雨《あめ》が降《ふ》っているのに、なみ江《え》がサッサと歩《ある》くので、お母《かあ》ちゃんはハアハアと息《いき》を切《き》らせて

「そない（そんなに）、急《いそ》がんときーな」と、ボヤいていました。

治療《ちりょう》の順番《じゅんばん》が回《まわ》ってきました。

ヘン骨《こつ》おっさんの前《まえ》に座《すわ》り、なみ江《え》は元気《げんき》よく左手《ひだりて》を出《だ》しました。もう三角巾《かくきん》はつけていません。

「だいぶハシゴにぶら下《さ》がれるわ。一から数《かぞ》えて十まではできるもん。まだちょっと痛《いた》いときもあるけど」

なみ江《え》は「へへへー」と自慢笑《じまんわら》いをしました。すると、ヘン骨《こつ》おっさんのギョロ目《め》がへにゃとカタカナのハの字《じ》にたれました。

「ほう、ぶら下《さ》がれるか！　そらよかったな。どうや、おっちゃんの治療《ちりょう》の腕前《うでまえ》は？　うまいに決《き》まっとるわのう」

お獅子《しし》のような鼻《はな》の穴《あな》をヒクヒクさせ、太《ふと》いゲジゲジ眉毛《まゆげ》をピコッと上下《じょうげ》させました。ヘン骨《こつ》おっさんがメチャクチャ機嫌《きげん》のよい時《とき》のクセです。

「春休《はるやす》みがすんだら、この子《こ》も三年生《ねんせい》に進級《しんきゅう》です。それまでには治《なお》るやろかと心配《しんぱい》やったけど、もう服《ふく》を脱着《ぬぎき》できるようになりました」

お母《かあ》ちゃんが報告《ほうこく》しました。ところが、たちまちヘン骨《こつ》おっさんのギョロ目《め》が三角《かく》になりました。

「なにッ、治《なお》せんと思《おも》とったな。ワシが治《なお》したる言《い》うたら、治《なお》したるわいッ。ほんまに、ひと言多《ことおお》いお母《かあ》ちゃんや」

ヘン骨《こつ》おっさんにまた、怒鳴《どな》られて、お母《かあ》ちゃんはシュンとなりました。

「ワッハハー、そない小《ちい》そうならんでもよいわな。これは、なみ江《え》ちゃんが、がんばって治療《ちりょう》に専念《せんねん》したからや。ほんで、なみ江《え》ちゃんは三年生《ねんせい》になるんかいな！」

ヘン骨《こつ》おっさんの目《め》がまた、ハの字《じ》にたれました。お母《かあ》ちゃんは、ホーッ、とため息《いき》をついています。

「ほんならいつもの治療体操《ちりょうたいそう》を始《はじ》めるぞ。エイ、コラ、ヨイショ。引《ひ》っぱって、伸《の》ばして、肩《かた》にチョンチョン！　よし、楽《らく》に動《うご》くようになったな。今日《きょう》は、これで終《お》わりや。毎《まい》日《にち》ハシゴにぶら下《さ》がって、一週間後《いっしゅうかんご》においで」

なみ江《え》は、「うん」と返事《へんじ》をしました。


その日《ひ》から一週間《いっしゅうかん》、なみ江《え》は一生懸命《いっしょうけんめい》にハシゴにぶら下《さ》がりました。とうとうハシゴにぶら下《さ》がったままで、学校《がっこう》の運動場《うんどうじょう》にある『うんてい（雲梯《うんてい》）』で遊《あそ》ぶように、両腕《りょううで》の力《ちから》だけで一段《だん》ずつ上《のぼ》れるようになりました。

もう折《お》れた左腕《ひだりうで》はちっとも痛《いた》くありません。右腕《みぎうで》に負《ま》けないほど力《ちから》が入《はい》りますし、思《おも》い通《どお》りに動《うご》かせるようにもなっていました。

その頃《ころ》のことです。

ヘン骨《こつ》おっさんの家《いえ》でこんなことがありました。なみ江《え》の腕《うで》が治《なお》ってからのちに、寛一《かんいち》兄《にい》ちゃんから聞《き》いて、なみ江《え》もお母《かあ》ちゃんもびっくりしました。

「お父《とう》ちゃん、早《はよ》う、なみ江《え》ちゃんの手《て》を治《なお》したげな、春休《はるやす》みが終《お》わってしまうで。三年《ねん》生《せい》になる進級《しんきゅう》日《び》に間《ま》にあわへんやんか」

寛一兄《かんいちにい》ちゃんが心配《しんぱい》して言《い》うと、

「お前《まえ》にはわからんか。なみ江《え》ちゃんの左腕《ひだりうで》はもうちゃんと治《なお》っとるんや。左肩《ひだりかた》に札《ふだ》の木《き》を置《お》いて指先《ゆびさき》を札《ふだ》につけたら、ペタン！　とつくようになっとったやろ」

ヘン骨《こつ》おっさんは答《こた》えました。

「なーんや、そうやったんか」

寛一兄《かんいちにい》ちゃんは納得《なっとく》しました。ところがすぐに、ヘン骨《こつ》おっさんは、漬《つ》けすぎた漬《つ》け物《もの》みたいに顔《かお》が、クシャ、となり、ごっつい両肩《りょうかた》がしょぼんとなりました。

「もう治《なお》った、と言《い》うてしもたら、なみ江《え》ちゃんもお母《かあ》ちゃんも、ウチに来《く》ることがなくなるさかいなー。あの二人《ふたり》が来《く》ると、なんや、家《いえ》の中《なか》がパァッと明《あか》るうなったような気《き》がするんや。お前《まえ》はそう思《おも》わなんだか？」

と、ヘン骨《こつ》おっさんが言《い》いました。

そういえばアガリトに赤《あか》いズック靴《ぐつ》が脱《ぬ》いであったり、かわいらしいハンカチが置《お》いてあったりすると、寛一兄《かんいちにい》ちゃんも心《こころ》が温《あたた》かくなってくる気《き》がしていたそうです。

「そやけどな、いよいよ明日《あした》は一週間目《いっしゅうかんめ》やし、最終日《さいしゅうび》にするわ。ワシの荒療治《あらりょうじ》にがんばって耐《た》えたほうびにあげよと思《おも》うて、なみ江《え》ちゃんに似《に》せて、地蔵《じぞう》さんをちょっとずつ彫《ほ》っとったんやけど、これも彫《ほ》り上《あ》がったしな」

ヘン骨《こつ》おっさんは背後《はいご》に置《お》いていた彫《ほ》り物《もの》を取《と》り出《だ》し、寛一兄《かんいちにい》ちゃんに見《み》せました。

「見《み》てみい、かわいらしい顔《かお》をしとるやろ」。もう、びっくりです。寛一兄《かんいちにい》ちゃんは、ヘン骨《こつ》おっさんが暇《ひま》な時《とき》に、よく山《やま》の動物《どうぶつ》や仏《ほとけ》さんの彫刻《ちょうこく》をしていることは知《し》っていましたが、女《おんな》の子《こ》の顔《かお》に似《に》せた地蔵《じぞう》の彫刻《ちょうこく》を見《み》るのは初《はじ》めてでした。

「へー、かわいらしいなぁ！　なみ江《え》ちゃんに、よう似《に》とるわ」

寛一兄《かんいちにい》ちゃんは目《め》を見開《みひら》いて、その地蔵《じぞう》さんをのぞき込《こ》みました。

「なみ江《え》ちゃんが元気《げんき》に学校《がっこう》へ行《い》けるように、もう大《おお》きなケガをしませんようにと願《ねご》うて、彫《ほ》ったんや」

と言《い》いながら、ヘン骨《こつ》おっさんは治療室《ちりょうしつ》の隅《すみ》に積《つ》んである新聞《しんぶん》を一枚取《まいと》って来《き》て、その地蔵《じぞう》さんの彫刻《ちょうこく》をくるみました。

「おっちゃん、来《き》たで」

なみ江《え》とお母《かあ》ちゃんは、ヘン骨《こつ》おっさんの治療室《ちりょうしつ》に顔《かお》を出《だ》しました。すぐに、ヘン骨《こつ》おっさんの太《ふと》い大《おお》きな声《こえ》が返《かえ》ってきました。

「来《き》たんか！　よっしゃ、こっちへ来《き》てみい」

囲炉裏《いろり》の前《まえ》に座《すわ》り、ヘン骨《こつ》おっさんが手招《てまね》きしています。あの仁王《におう》さんみたいな顔《かお》の太《ふと》いゲジゲジ眉毛《まゆげ》も、恐《こわ》いギョロメ目《め》も、お獅子《しし》みたいな団子鼻《だんごばな》も、タラコ唇《くちびる》も、ぜんぶ元気《げんき》いっぱいです。

なみ江《え》がヘン骨《こつ》おっさんの前《まえ》に座《すわ》ると、いつものように左腕《ひだりうで》を「引《ひ》っぱって、伸《の》ばして、肩《かた》にチョンチョン」としながら、ヘン骨《こつ》おっさんがたずねました。

「どうや、ハシゴにぶら下《さ》がっても左《ひだり》の腕《うで》のここが痛《いと》うないか。腕《うで》だけでハシゴが渡《わた》れるようになったかい？」

「うん、何《なん》にも痛《いと》うないし、じょうずに手《て》でハシゴを渡《わた》れるようになった」

なみ江《え》は答《こた》えました。

「そうかー、ほんなら両腕《りょううで》の長《なが》さをくらべてみよか」

ヘン骨《こつ》おっさんは、なみ江《え》の右手《みぎて》と左手《ひだりて》をにぎって自分《じぶん》の方《ほう》へ軽《かる》く引《ひ》っぱり、両手《りょうて》の指先《ゆびさき》をそろえました。

「よっしゃ、ハシゴも渡《わた》れるし、左《ひだり》の指先《ゆびさき》が左肩《ひだりかた》についたし、長《なが》さも同《おな》じやし、アッパレ！　これで治《なお》った。治療《ちりょう》は終《お》わりや」

「えッ！」、なみ江《え》とお母《かあ》ちゃんは驚《おどろ》いて顔《かお》を見合《みあ》わせました。

「治《なお》ったんや」

ヘン骨《こつ》おっさんがもう一度《ど》、言《い》いました。

「ほんま、うれしい！」

なみ江《え》は、お母《かあ》ちゃんのエプロンに抱《だ》きつきました。お母《かあ》ちゃんは「よかったなー」を三回《かい》も言《い》いました。

「あんたには長《なが》い間《あいだ》、鬼《おに》になってもろうて悪《わる》かったな」

ヘン骨《こつ》おっさんが、お母《かあ》ちゃんを見《み》ました。お母《かあ》ちゃんは目《め》をしょぼしょぼさせています。そして、こんなことを言《い》いました。

「この頃《ごろ》、やっと鬼《おに》になるという意味《いみ》がわかってきたところです。手《て》を治《なお》すだけとちごうて（ちがって）、ほんまに私《わたし》まで強《つよ》うしてもらいました。これからも毎日《まいにち》、いっぱい鬼《おに》になって、片親《かたおや》の子《こ》やからと言《い》われんように、なみ江《え》を一人前《にんまえ》の大人《おとな》になるように育《そだ》てたいと思《おも》てます」

「それは何《なに》よりや。なみ江《え》ちゃんもな、病気《びょうき》せんと学校《がっこう》に行《い》くんやで。また、手《て》の骨《ほね》が折《お》れたらな、おっちゃんとこへおいで」

「一回折《いっかいお》れた手《て》はな、二回折《かいお》れへんと、友《とも》だちが言《い》うとっちゃったわ」

と、なみ江《え》は返事《へんじ》をしました。

「ワッハハー、そうか、友《とも》だちがそない（そんなことを）言《い》うとったか！」

ヘン骨《こつ》おっさんは大《おお》きな声《こえ》で笑《わら》いました。そして、「早《はや》よ、お帰《かえ》り」と、なみ江《え》とお母《かあ》ちゃんを急《せ》かせました。

なみ江《え》が表戸《おもてど》を開《あ》けると、寛一兄《かんいちにい》ちゃんが立《た》っていました。

「これな、お父《とう》ちゃんが、なみ江《え》ちゃんに似《に》せて彫《ほ》ったお地蔵《じぞう》さんや。よう似《に》とるで。これを部屋《へや》に飾《かざ》っといたらな、もう骨《ほね》を折《お》るようなケガはせえへん（しない）のやて。なみ江《え》ちゃんに渡《わた》しとけ、やて」

寛一兄《かんいちにい》ちゃんは、新聞紙《しんぶんし》にくるんだ長《なが》さが四十《じゅっ》センチほどの物《もの》を、なみ江《え》に手渡《てわた》しました。

そして、いつものように「バイバーイ」と手《て》をふって、家《いえ》に入《はい》りました。

その日《ひ》から、なみ江《え》とお母《かあ》ちゃんは、そのお地蔵《じぞう》さんを、なみ江《え》の勉強机《べんきょうづくえ》の上《うえ》に置《お》いて毎朝学校《まいあさがっこう》へ行《い》く前《まえ》に、「骨《ほね》を折《お》るケガをしませんように」と拝《おが》むようにしています。

四　今日《きょう》から三年生《ねんせい》や

「なみ江《え》ちゃん、おはよう。用意《ようい》できたかー」

表戸《おもてど》から、寛一兄《かんいちにい》ちゃんと妙《たえ》ちゃんの声《こえ》がしました。学校《がっこう》へ行《い》くのを誘《さそ》いに来《き》てくれたのです。今日《きょう》は始業式《しぎょうしき》。なみ江《え》と妙《たえ》ちゃんは三年生《ねんせい》に、寛一兄《かんいちにい》ちゃんは六年生《ねんせい》に進級《しんきゅう》します。

「お母《かあ》ちゃん、行《い》ってくるで」

「忘《わす》れ物《もの》はないか？　お弁当《べんとう》を持《も》ったか？　あっ、そうや！　お地蔵《じぞう》さんに手《て》を合《あ》わせといたか？」

いつものように、炊事場《すいじば》で朝《あさ》ご飯《はん》のあとかたづけをしているお母《かあ》ちゃんが見送《みおく》ってくれます。お地蔵《じぞう》さんはヘン骨《こつ》おっさんがなみ江《え》に似《に》せて彫《ほ》ってくれた、あのお地蔵《じぞう》さんです。なみ江《え》とお母《かあ》ちゃんは「ケガなし地蔵《じぞう》」と名前《なまえ》をつけていました。

「うん、ちゃんとお地蔵《じぞう》さんに手《て》を合《あ》わせといた。それに何《なん》にも忘《わす》れてへん。お弁当《べんとう》もランドセルに入《い》れたし、大丈夫《だいじょうぶ》や」

なみ江《え》は返事《へんじ》をしました。始業式《しぎょうしき》に合《あ》わせて買《か》ってもらった赤色《あかいろ》のズック靴《ぐつ》をはき、ランドセルをゆらしながら表《おもて》へ飛《と》び出《だ》しました。

すぐに寛一兄《かんいちにい》ちゃんが最高学年《さいこうがくねん》の六年生《ねんせい》らしく胸《むね》をはり、鼻《はな》の穴《あな》をヒクヒクさせながら指示《しじ》をしました。

「ボクは五年生《ねんせい》からの持《も》ち上《あ》がりやけど、なみ江《え》ちゃんと妙《たえ》ちゃんは始業式《しぎょうしき》の前《まえ》にクラス替《が》えがあるやろ。自分《じぶん》がどのクラスで、二年生《ねんせい》の時《とき》のどの友《とも》だちと一緒《いっしょ》か、早《はよ》う知《し》りたいやろうし、走《はし》って行《い》くで」

すごくはりきっています。

でも、なみ江《え》はそのクラス替《が》えが心配《しんぱい》でなりません。

「妙《たえ》ちゃんと一緒《いっしょ》の組《くみ》やったらよいのにな」

と、妙《たえ》ちゃんを見《み》ました。

「ウチ（私《わたし》）も、今日《きょう》のクラス替《が》えが心配《しんぱい》なんや。朝《あさ》な、お父《とう》ちゃんが仏《ほとけ》さんを拝《おが》んでいるときに、後《うし》ろでな、なみ江《え》ちゃんと同《おな》じクラスになるように、お願《ねが》いをしてきた」

妙《たえ》ちゃんは目《め》をぱちぱちさせながら、なみ江《え》の耳《みみ》もとでささやきました。

一、二年生《ねんせい》の時《とき》、なみ江《え》と妙《たえ》ちゃんはクラスで一番仲《ばんなか》のよい友《とも》だちでした。なみ江《え》は人《ひと》見知《みし》りをする引《ひ》っ込《こ》み思案《じあん》な性格《せいかく》ですが、妙《たえ》ちゃんは明《あか》るくハキハキしていて、自分《じぶん》の意《い》見《けん》がちゃんと言《い》えます。ですからクラスのリーダーとして、みんなをまとめる学級委員《がっきゅういいん》をしていました。だからなみ江《え》は困《こま》ったことがあるとすぐに、妙《たえ》ちゃんに相談《そうだん》することにしていました。すると、いつもちゃんと解決《かいけつ》してくれました。

なみ江《え》が通《かよ》っている小学校《しょうがっこう》は、『高原小学校《たかはらしょうがっこう》』と言《い》います。富田村《とみたむら》のまん中《なか》にあって、富田村《とみたむら》の子《こ》どもたちの他《ほか》に、三《みっ》つの村《むら》の子《こ》どもたちが通学《つうがく》しています。なみ江《え》の家《いえ》からだと、友《とも》だちとしゃべりながら登校《とうこう》しても十五分《ふん》ぐらい、走《はし》れば五分《ふん》で行《い》けます。

「さー、走《はし》るで！」

寛一兄《かんいちにい》ちゃんが号令《ごうれい》をかけました。なみ江《え》と妙《たえ》ちゃんは寛一兄《かんいちにい》ちゃんのお尻《しり》にくっついて、ターッ、とかけ出《だ》しました。

学校《がっこう》に着《つ》くと、校庭《こうてい》の周囲《しゅうい》に植《う》えられた桜《さくら》が元気《げんき》いっぱいに咲《さ》きほこっていました。

妙《たえ》ちゃんと一緒《いっしょ》に満開《まんかい》になった桜《さくら》の木《き》を見上《みあ》げると、なみ江《え》は大好《だいす》きなピンク色《いろ》にふんわりと包《つつ》まれたようで、気持《きも》ちがはなやかになりました。桜《さくら》の木《き》もきっと、今日《きょう》の始《し》業式《ぎょうしき》と明日《あした》の入学式《にゅうがくしき》を、お祝《いわ》いしてくれているのでしょう。

「ほんなら寛一兄《かんいちにい》ちゃん、私《わたし》らはクラス替《が》えの発表《はっぴょう》を見《み》てくるわ」

下駄箱《げたばこ》に行《い》き、なみ江《え》と妙《たえ》ちゃんは急《いそ》いで上靴《うわばき》にはき替《か》えました。三年生《ねんせい》の教室《きょうしつ》は、二年生《ねんせい》の時《とき》に使《つか》っていた教室《きょうしつ》の隣《となり》です。教室前《きょうしつまえ》の廊下《ろうか》の壁《かべ》にクラス替《が》えの児童名簿《じどうめいぼ》が張《は》り出《だ》されていました。同学年《どうがくねん》の児童《じどう》たちがワイワイ言《い》いながら集《あつ》まっています。

なみ江《え》は背伸《せの》びをして、自分《じぶん》の名前《なまえ》を探《さが》しました。ドキドキします。妙《たえ》ちゃんも瞬《まばた》き一《ひと》つせず、自分《じぶん》の名前《なまえ》を探《さが》しています。

今年《ことし》の三年生《ねんせい》は児童数《じどうすう》が多《おお》く、一《ひと》クラス二十八名《めい》ずつ、『い組《ぐみ》』と『ろ組《ぐみ》』に分《わ》けられていました。『い組《ぐみ》』は担任《たんにん》が女先生《おんなせんせい》ですが、『ろ組《ぐみ》』は担任《たんにん》が山中照夫《やまなかてるお》という、男先生《おとこせんせい》でした。

「あったー、なみ江《え》ちゃんと一緒《いっしょ》や！」

妙《たえ》ちゃんが叫《さけ》び、その場《ば》で飛《と》び跳《は》ねました。なみ江《え》も自分《じぶん》の名前《なまえ》を見《み》つけました。なみ江《え》と妙《たえ》ちゃんは『ろ組《ぐみ》』で、男先生《おとこせんせい》のクラスでした。

妙《たえ》ちゃんは、なみ江《え》をふくめて二年生《ねんせい》の時《とき》に仲《なか》のよかった道子《みちこ》ちゃん、明君《あきらくん》、守君《まもるくん》、光市《こういち》ちゃんの六人全員《にんぜんいん》が『ろ組《ぐみ》』になったので、

「みんなと一緒《いっしょ》のクラスでよかったわ。なー、なみ江《え》ちゃん」

すごい勢《いきお》いではしゃぎだしました。クラスの担任《たんにん》が男先生《おとこせんせい》だということは、ぜんぜん気《き》にならないようです。

なみ江《え》は山中先生《やまなかせんせい》の名前《なまえ》と顔《かお》は知《し》っていましたが、男先生《おとこせんせい》に習《なら》うのは初《はじ》めてですから、カナンなー（イヤだな）と思《おも》っていました。一、二年生《ねんせい》の時《とき》は若《わか》い女先生《おんなせんせい》だったので、いつでも「先生《せんせい》、あんなー」と話《はなし》ができました。学校生活《がっこうせいかつ》はとても楽《たの》しくて、勉強《べんきょう》や遊《あそ》びで困《こま》ったことはありませんでした。でも、今度《こんど》は男先生《おとこせんせい》です。きっと恐《こわ》いし、きびしく教《おし》えはるやろなーと思《おも》うと、なみ江《え》は『ろ組《ぐみ》』の教室《きょうしつ》に入《はい》ったとたんに緊張《きんちょう》して、体《からだ》がカチンコチンになりました。

クラスの席順《せきじゅん》は、教室《きょうしつ》になぞらえた用紙《ようし》に二十八人分《にんぶん》の席《せき》の配置《はいち》が描《えが》かれていて、その一席《ひとせき》ずつに児童《じどう》の名前《なまえ》が書《か》かれていました。席《せき》の配置《はいち》は横《よこ》が五列《れつ》で、縦《たて》は廊下側《ろうかがわ》と校庭《こうてい》側《がわ》の席《せき》が五席《せき》、中《なか》の三列《れつ》は六席《せき》ずつでした。なみ江《え》の席《せき》はまん中《なか》の列《れつ》の後《うし》ろから二番目《ばんめ》です。妙《たえ》ちゃんは廊下側《ろうかがわ》の一番後《ばんうし》ろでした。明君《あきらくん》と守君《まもるくん》は廊下側《ろうかがわ》から二列目《れつめ》と三列目《れつめ》の前《まえ》から四番目《ばんめ》で隣同士《となりどうし》です。道子《みちこ》ちゃんは校庭側《こうていがわ》の一番前《ばんまえ》の席《せき》で、光市《こういち》ちゃんは校庭側《こうていがわ》から二列目《れつめ》の前から三番目《ばんめ》の席《せき》でした。

女《おんな》の子《こ》たちは、新《あたら》しい友《とも》だちにまだ慣《な》れていないので話《はなし》をしてもよそよそしくて、なんだかぎこちないです。それにくらべて男《おとこ》の子《こ》たちはおかまいなしです。

「男先生《おとこせんせい》になってよかったやんけ。これでドッジボールやろ、三角《かく》ベース（注①）やろ、ソフトボールもサッカーもいっぱいできるなー」

教室《きょうしつ》の後《うし》ろに集《あつ》まり、それぞれの球技《きゅうぎ》を真似《まね》ながらはしゃいでいます。

ペタン、パタン、ペタン、パタン――

廊下《ろうか》からスリッパの音《おと》が響《ひび》いてきました。

妙《たえ》ちゃんがすぐに、廊下側《ろうかがわ》の窓《まど》から顔《かお》を出《だ》し、

「あっ、山中先生《やまなかせんせい》が来《き》ちゃった！」

と大《おお》きな声《こえ》で告《つ》げました。クラスのみんなはあわてて席《せき》に着《つ》きました。

半分開《はんぶんひら》いた入《い》り口《ぐち》の戸《と》を右手《みぎて》で開《あ》けて、山中先生《やまなかせんせい》が教室《きょうしつ》に入《はい》ってきました。

なみ江《え》は、山中先生《やまなかせんせい》の頭《あたま》のてっぺんから足《あし》の先《さき》まで、す早《ばや》く観察《かんさつ》しました。やせて背《せ》が高《たか》く、細長《ほそなが》い顔《かお》は日焼《ひや》けしています。太《ふと》くて濃《こ》い眉毛《まゆげ》にくぼんだ目《め》、高《たか》い鼻《はな》に黒《くろ》いふち

の円《まる》い眼鏡《めがね》をかけています。紺色《こんいろ》の背広《せびろ》に白《しろ》のカッターシャツ、エンジ色《いろ》のネクタイがよく似合《にあ》っていました。そして、先《さき》ほど廊下《ろうか》からペタン、パタンと聞《き》こえてきた音《おと》は、黒《くろ》い皮製《かわせい》のスリッパの音《おと》でした。

山中先生《やまなかせんせい》が教壇《きょうだん》に立《た》ちました。まだ学級委員《がっきゅういいん》が決《き》まっていませんので、先生《せんせい》が「じゃ、みんな、起《き》……」とまで言《い》いかけた時《とき》でした。

妙《たえ》ちゃんが、サッと立《た》って、

「起立《きりつ》！」

大《おお》きな声《こえ》で号令《ごうれい》をかけました。なみ江《え》を先頭《せんとう》に二年生《ねんせい》の時《とき》の仲良《なかよ》し五人《にん》がサッと立《た》つと、他《ほか》の生徒《せいと》たちもいっせいに起立《きりつ》しました。

「礼《れい》！」

妙《たえ》ちゃんの高《たか》い声《こえ》が教室《きょうしつ》に響《ひび》きました。みんながいっせいに先生《せんせい》に向《む》かって礼《れい》をしました。驚《おどろ》いたのは山中先生《やまなかせんせい》です。眼鏡《めがね》の奥《おく》の小《ちい》さい目《め》をまん丸《まる》にして、

「いやー、まいった。もうみんなで学級委員《がっきゅういいん》を決《き》めとったのか！　すごいクラスを受《う》けもったもんや。これからの二年間《ねんかん》が楽《たの》しみやなー」

びっくりしています。

「着席《ちゃくせき》！」と妙《たえ》ちゃんが言《い》って、みんなは席《せき》に着《つ》きました。

ところが、そのあとがいけません。山中先生《やまなかせんせい》が出席名簿《しゅっせきめいぼ》を開《ひら》いて一人《ひとり》ずつ児童《じどう》の名前《なまえ》を読《よ》み上《あ》げ、クラスのみんなが順番《じゅんばん》に「はい」と返事《へんじ》をしたところまではよかったのですが、先生《せんせい》が黒板《こくばん》に自分《じぶん》の名前《なまえ》を書《か》いて、自己紹介《じこしょうかい》をしようとした時《とき》でした。

二年生《ねんせい》の時《とき》に、なみ江《え》のクラスのガキ大将《だいしょう》だった光市《こういち》ちゃんが、山中先生《やまなかせんせい》の自己紹介《じこしょうかい》よりも先《さき》に、

「男先生《おとこせんせい》なんやさかい、しっかりおせいよー（教《おし》えろよ）」

椅子《いす》にのり上《あ》がって、山中先生《やまなかせんせい》の背中《せなか》に向《む》かって叫《さけ》んだのです。そして、すぐに着席《ちゃくせき》して知《し》らんぷりをしました。

うわっ、そんなことを言《い》うたら、山中先生《やまなかせんせい》が怒《おこ》ってやわ！　なみ江《え》は机《つくえ》の上《うえ》を見《み》つめたまま緊張《きんちょう》しました。みんなも、なみ江《え》と同《おな》じように思《おも》ったのでしょう、教室《きょうしつ》がシーンとなりました。すると、

「アッハハー、こりゃ、まいった、まいった！」

山中先生《やまなかせんせい》の大喜《おおよろこ》びしたような声《こえ》が教室《きょうしつ》を包《つつ》みました。そして「イヤー、先《さき》に指導《しどう》をされてしもーたな」と、うれしそうに続《つづ》けたのです。

なみ江《え》は意外《いがい》だったので、ちょっとだけ顔《かお》を上《あ》げて教壇《きょうだん》を見《み》ました。山中先生《やまなかせんせい》は頭《あたま》をクシャクシャとかきながら照《て》れています。そして、

「がんばって教《おし》えるから、みんなも宿題《しゅくだい》を忘《わす》れずにやってくるように」

笑《わら》いながらみんなをクルリと見渡《みわた》しました。

「チエ！　ほれ、すぐにそうくるやろ」

光市《こういち》ちゃんの不満《ふまん》いっぱいの声《こえ》がしたかと思《おも》うと、

「宿題《しゅくだい》が一番《ばん》カナンのや。家《いえ》に帰《かえ》ったら遊《あそ》びたいに決《き》まっとるやろ。オレは宿題《しゅくだい》なんかしいひんぞ。思《おも》いっきり遊《あそ》ぶんやー」

数人《すうにん》の男《おとこ》の子《こ》が光市《こういち》ちゃんに同意《どうい》して「宿題《しゅくだい》は大《だい》きらいや！」と叫《さけ》び、パチパチと手《て》をたたきました。

山中先生《やまなかせんせい》はまた、「こりゃ、まいった、まいった」と頭《あたま》をかき、みんなを見渡《みわた》すと、

「このクラスは元気《げんき》がありあまっとる子《こ》が多《おお》いようやな、先生《せんせい》はうれしい。最初《さいしょ》は、おとなしい子《こ》ばっかりやったら、どうしようかと思《おも》っていました。今日《きょう》の始業式《しぎょうしき》の日《ひ》は、どうやってみんなを笑《わら》わせて明《あか》るいクラスにしようかとずいぶん考《かんが》えました。でも教室《きょうしつ》に来《き》てみたら、そんな心配《しんぱい》は吹《ふ》っとんでしまいました。ですから今《いま》は、みんなの元気《げんき》に負《ま》けんようにせんならんから、朝ごはん《あさ》をもう一杯《いっぱい》多《おお》く食《た》べて来《こ》なアカンな、と思《おも》っています」

顔中《かおじゅう》に笑《え》みをふくらませました。そして、白《はく》ボク（白色《しろいろ》チョーク）を右手《みぎて》でつまみ、

黒板《こくばん》に大《おお》きな字《じ》で『山中照夫《やまなかてるお》』と書《か》きました。

「先生《せんせい》が生《う》まれ育《そだ》ったところは、京都市内《きょうとしない》です。この高原小学校《たかはらしょうがっこう》に赴任《ふにん》して四年目《よねんめ》です。京都《きょうと》から通《かよ》うのは大変《たいへん》なので、隣町《となりまち》の須知《しゅうち》に下宿《げしゅく》をして、そこから自転車《じてんしゃ》で学校《がっこう》に来《き》ます。道《みち》で出会《であ》ったら遠慮《えんりょ》せずに、元気《げんき》よく声《こえ》をかけてください」

先生《せんせい》の自己紹介《じこしょうかい》が終《お》わると、今度《こんど》は席《せき》でふんぞり返《かえ》っていた守君《まもるくん》が質問《しつもん》をしました。

「下宿《げしゅく》って、お父《とう》ちゃんやお母《かあ》ちゃんと一緒《いっしょ》に住《す》んでへんのんか？」

「はい、一人《ひとり》で住《す》んでいます」

山中先生《やまなかせんせい》が答《こた》えました。

「ほんなら、お嫁《よめ》さんはおらへんのか？」

今度《こんど》は、明君《あきらくん》が質問《しつもん》をしました。

「いやー、まいったなー。先生《せんせい》は二十八歳《はっさい》になりましたが、まだいません」

そのあとも光市《こういち》ちゃんと守君《まもるくん》と明君《あきらくん》が先生《せんせい》にいろいろと質問《しつもん》をあびせていきます。三人《にん》の方《ほう》が先生《せんせい》みたいです。

「せやけど、一人《ひとり》で住《す》んどってさびしいないんか？　オレらは、お父《とう》ちゃんやお母《かあ》ちゃんと一緒《いっしょ》やないと、カナンけどなー」

光市《こういち》ちゃんが聞《き》きました。

「大丈夫《だいじょうぶ》です。人《ひと》は大人《おとな》になると両親《りょうしん》から離《はな》れて自分《じぶん》の力《ちから》で生《い》きていかなくてはなりませんから、さびしくはありません」

山中先生《やまなかせんせい》は力《ちから》を込《こ》めて答《こた》えました。

「せやけどなー、先生《せんせい》」

また光市《こういち》ちゃんが、何《なに》か質問《しつもん》をしようとした時《とき》でした。妙《たえ》ちゃんが、

「光市《こういち》ちゃん。そのぐらいにしとき」

と注意《ちゅうい》をしました。光市《こういち》ちゃんは後《うし》ろをふり返《かえ》って、サッと妙《たえ》ちゃんの顔《かお》を見《み》ました。そして、すぐに下唇《したくちびる》を突《つ》き出《だ》して「チェ！　そうするわ。やーめた」と言《い》いながら、プーとふくれっ面《つら》をして下《した》を向《む》きました。いくらガキ大将《だいしょう》でも妙《たえ》ちゃんには頭《あたま》が上《あ》がらないのです。

妙《たえ》ちゃんは大人《おとな》でもヤンチャな男《おとこ》の子《こ》の前《まえ》でもおくすることなく、ハキハキと自分《じぶん》の意見《いけん》が言《い》えました。それに家《いえ》がとてもお金持《かねも》ちで新《あたら》しい遊《あそ》び道具《どうぐ》や新刊《しんかん》の少年少女雑《しょうねんしょうじょざっ》

誌《し》(『なかよし』『りぼん』『小学《しょうがく》三年生《ねんせい》』など)は、村《むら》の子《こ》どもたちの誰《だれ》よりも先《さき》に買《か》ってもらえます。そして、妙《たえ》ちゃんはその遊《あそ》び道具《どうぐ》や雑誌《ざっし》を分《わ》けへだてなく、村《むら》の子《こ》どもたちやクラスのみんなに貸《か》してくれました。でも、妙《たえ》ちゃんを怒《おこ》らせたり、妙《たえ》ちゃんの友《とも》だちにイケズをしたりすると、ちゃんと謝《あやま》るまで貸《か》してもらえません。

一、二年生《ねんせい》の時《とき》も、光市《こういち》ちゃんはクラスのガキ大将《だいしょう》でしたが、妙《たえ》ちゃんの言《い》うことだけはよく聞《き》いていました。妙《たえ》ちゃんはガキ大将《だいしょう》よりもすごい、クラスの女王様《じょおうさま》だったのです。きっと三年生《ねんせい》のこのクラスでも、この二人《ふたり》が女王様《じょおうさま》とガキ大将《だいしょう》になるにちがいありません。

三年生《ねんせい》になると急《きゅう》に勉強《べんきょう》が難《むずか》しくなりました。国語《こくご》は難《むずか》しい漢字《かんじ》が多《おお》くなり覚《おぼ》えるのが大変《たいへん》です。算数《さんすう》は応用問題《おうようもんだい》に時間《じかん》がかかり、なかなか解《と》けません。理科《りか》や社会《しゃかい》はなんとか授業《じゅぎょう》についていけましたが、やっぱりニガテです。

なみ江《え》の好《す》きな学科《がっか》は音楽《おんがく》です。ピアノに合《あ》わせて歌《うた》を歌《うた》っていると一時間《じかん》なんてすぐに終《お》わってしまいます。嫌《きら》いな学科《がっか》は体育《たいいく》でした。背《せ》は男《おとこ》の子《こ》よりも高《たか》くて、クラスで二番目《ばんめ》だったのですが、走《はし》りはいつもビリです。ドッジボールは運動神経《うんどうしんけい》のにぶいなみ江《え》が標的《ひょうてき》になり、ドーン！　と背中《せなか》やお尻《しり》にボールを当《あ》てられて、いつも一番《ばん》にコートの外《そと》に出《だ》されていました。

そんなある日《ひ》のことです。

四時間目《じかんめ》の授業《じゅぎょう》が終《お》わりかけた時《とき》でした。山中先生《やまなかせんせい》が教室《きょうしつ》の窓《まど》を少《すこ》し開《あ》けて、空《そら》を見《み》上《あ》げました。そして、

「今日《きょう》はよい天気《てんき》やから昼休《ひるやす》みは、みんなでアタゴ山《やま》に登《のぼ》ってお弁当《べんとう》を食《た》べようか」

と言《い》いました。アタゴ山《やま》は学校《がっこう》の裏《うら》にある里山《さとやま》で、子《こ》どもの足《あし》でも二十分《じゅっぷん》ぐらいで山《さん》頂《ちょう》まで登《のぼ》れます。昼休《ひるやす》みの間《あいだ》に登《のぼ》って、山頂《さんちょう》で昼食《ちゅうしょく》をとって下《お》りて来《く》るのは、それほどむりなことではありません。

「賛成《さんせい》やなー。早《はよ》う、勉強《べんきょう》をすませようや」

光市《こういち》ちゃんが椅子《いす》から立《た》ち上《あ》がって、みんなにハッパをかけました。

ガラン、ガラン、授業終了《じゅぎょうしゅうりょう》の鐘《かね》が鳴《な》りました。みんなはいっせいにお弁当《べんとう》の入《はい》った袋《ふくろ》を持《も》って下駄箱《げたばこ》に行《い》きました。校庭《こうてい》に全員《ぜんいん》が集《あつ》まるのに三分《ぷん》もかかりません。

山中先生《やまなかせんせい》は、「やる時《とき》にはやるもんやなー」とヘンに感心《かんしん》したあと、「出発《しゅっぱつ》！」と号令《ごうれい》

しました。みんなは早足《はやあし》でアタゴ山《やま》の山頂《さんちょう》を目指《めざ》して登《のぼ》りました。山頂《さんちょう》に登《のぼ》りついた子《こ》から、お弁当《べんとう》を食《た》べるのです。

アタゴ山《やま》の頂上《ちょうじょう》には火《ひ》の神《かみ》の社《やしろ》が建《た》てられていて、その前《まえ》に広《ひろ》い空《あ》き地《ち》があります。なみ江《え》たちが山頂《さんちょう》に着《つ》くと、守君《まもるくん》がその空《あ》き地《ち》に立《た》って、おじいちゃんから聞《き》いていた、こんな話《はなし》をしました。

「ここは昔《むかし》な、雨乞《あまご》いをしたとこなんやて。雨《あめ》が降《ふ》らへんだら田植《たう》えもできひん（できない）し、飲《の》み水《みず》もなくなるさかい、村《むら》の人《ひと》らが『雨《あめ》、雨《あめ》タンモレ、タンモレ』と、火《ひ》をたいて願《ねご》うたんやて。おじいちゃんが言《い》うとっちゃった」

山中先生《やまなかせんせい》は、「なるほど、それはよいことを教《おし》えてもろうたな」と感心《かんしん》しました。そして、

「守君《まもるくん》のおかげで、みんなも昔《むかし》の村人《むらびと》の生活《せいかつ》の一《ひと》つを知《し》ることができたわけやね。雨《あめ》が降《ふ》らなかったら『干魃《かんばつ》』と言《い》って、米《こめ》や野菜《やさい》は枯《か》れ死《じ》にするし、井戸水《いどみず》も涸《か》れてしまうし、人《ひと》も家畜《かちく》も飲《の》み水《みず》がなくなるし、大変《たいへん》な被害《ひがい》をこうむったんやな。村《むら》と村《むら》で水争《みずあらそ》いまで起《お》きたと、先生《せんせい》は聞《き》いてる」

クラスのみんなは、大雨《おおあめ》が降《ふ》って村《むら》の端《はし》を流《なが》れる高屋川《たかやがわ》があふれて村中《むらじゅう》が水浸《みずびた》しにな

ったことは知《し》っていますが、井戸水《いどみず》が涸《か》れてしまうほど雨《あめ》が降《ふ》らなかったことはないので、

「お天気《てんき》ばっかりやったら、ぎょうさん外《そと》で遊《あそ》べるのにな」と顔《かお》を見合《みあ》わせました。

なみ江《え》は、妙《たえ》ちゃんと道子《みちこ》ちゃんと一緒《いっしょ》に飛《と》び出《で》た大《おお》きな岩《いわ》の上《うえ》に座《すわ》りました。地面《じめん》に座《すわ》っている子《こ》、倒《たお》れた木《き》にまたがっている子《こ》、お弁当《べんとう》を見《み》せ合《あ》っている子《こ》、おかずの交換《こうかん》をしている子《こ》、みんな楽《たの》しそうです。

なみ江《え》もお母《かあ》ちゃんが作《つく》ってくれたお弁当《べんとう》を開《あ》けました。大好《だいす》きな卵焼《たまごや》きが入《はい》っています。砂糖《さとう》を入《い》れて甘《あま》くしてあります。好《す》きなおかずは一番《ばん》あとに食《た》べようと、お弁当《べんとう》のフタに卵焼《たまごや》きを移《うつ》しかえたところへ、みんなのようすを見回《みまわ》っていた山中先生《やまなかせんせい》がやって来《き》ました。

なみ江《え》のお弁当《べんとう》をのぞき込《こ》むと、

「おっ、卵焼《たまごや》きを残《のこ》すのか！　もったいないな。残《のこ》さんと食《た》べなアカンぞ」

眼鏡《めがね》の奥《おく》で目《め》を丸《まる》くし、指導《しどう》をしました。

私《わたし》の一番好《ばんす》きなおかずやさかい、あとで食《た》べるんや、と言《い》いたかったのですが、どうしても男先生《おとこせんせい》の前《まえ》では言葉《ことば》が出《で》ません。二年生《ねんせい》の時《とき》は女先生《おんなせんせい》にひっついて「先生《せんせい》あの

な ー」と、いっぱい話《はな》しかけられたのに。ようやく慣《な》れてきた山中先生《やまなかせんせい》でも、やっぱり男先生《おとこせんせい》はニガテです。

「うん」とだけ、なみ江《え》は返事《へんじ》をしました。

お弁当《べんとう》を食《た》べ終《お》えたグループが、かくれんぼを始《はじ》めました。なみ江《え》たちも参加《さんか》しました。女《おんな》の子《こ》は山頂近《さんちょうちか》くの木《こ》かげや岩《いわ》の後《うし》ろにかくれるぐらいなので、すぐに見《み》つかってしまいます。男《おとこ》の子《こ》は遠《とお》くまで走《はし》って行《い》ってかくれているので、なかなか見《み》つかりませんでした。

「そろそろ切《き》り上《あ》げて下山《げざん》せんと、五時間目《じかんめ》に遅《おく》れてしまうな」

山中先生《やまなかせんせい》は腕時計《うでどけい》を見《み》て、「ようし、そこまでや」と、全員集合《ぜんいんしゅうごう》をかけました。集《あつ》まってきた生徒《せいと》一人《ひとり》ひとりの頭《あたま》を押《お》さえて人数点呼《にんずうてんこ》を始《はじ》めました。ところが、

「あれっ、明君《あきらくん》と守君《まもるくん》の二名《めい》がおらんやないか！」

すぐに、山中先生《やまなかせんせい》は周《まわ》りの林《はやし》に向《む》かって大《おお》きな声《こえ》で、「明《あきら》くーん、守《まもる》くーん、教室《きょうしつ》へ帰《かえ》る時間《じかん》やぞー。早《はよ》う出《で》て来《こ》ーい」と叫《さけ》びました。でも、何《なん》の返事《へんじ》もありません。二人《ふたり》が出《で》てくるようすもありません。先生《せんせい》の顔《かお》がだんだんこわばってきました。

「よし、二人《ふたり》を捜《さが》そう」

山中先生《やまなかせんせい》は急《いそ》いでクラスのみんなを三人《にん》ずつ組《く》ませ、二人《ふたり》がかくれそうな場所《ばしょ》を捜《さが》し回《まわ》りました。でも、二人《ふたり》はどこにもいません。山中先生《やまなかせんせい》の顔《かお》がますますこわばって、青《あお》くなっています。

「これはえらいことや！　急《いそ》いで山《やま》を下《お》りて、他《ほか》の先生方《せんせいがた》の応援《おうえん》をたのんで捜《さが》さなアカン」

山中先生《やまなかせんせい》は子《こ》どもたちを急《せ》かせて、山《やま》を下《お》りました。

学校《がっこう》に着《つ》くと、運動場《うんどうじょう》にはもう、誰《だれ》もいませんでした。とっくに五時間目《じかんめ》の授業《じゅぎょう》が始《はじ》まっていました。

「校長先生《こうちょうせんせい》に緊急事態《きんきゅうじたい》を報告《ほうこく》して他《ほか》の先生方《せんせいがた》の協力《きょうりょく》をお願《ねが》いしてくるから、みんなは教室《きょうしつ》で自習《じしゅう》をして、待機《たいき》しているように」

山中先生《やまなかせんせい》の指示《しじ》を受《う》け、なみ江《え》たちは急《いそ》いで教室《きょうしつ》に向《む》かいました。

ところが、教室《きょうしつ》の入《い》り口《ぐち》まで来《く》ると、

「なんやー、みんな遅《おそ》かったなー」

聞《き》き覚《おぼ》えのある声《こえ》が、クラスのみんなを出迎《でむか》えたのです。

「わッ、明《あきら》に守《まもる》やないか！　何《なに》をしとんねん、こんなとこで」

光市《こういち》ちゃんがみんなをかき分《わ》けて前《まえ》に出《で》ました。そうとう怒《おこ》っています。目《め》が三角《かく》になって顔《かお》がまっ赤《か》です。ドカドカと、みんなは教室《きょうしつ》に入《はい》り、明君《あきらくん》と守君《まもるくん》を囲《かこ》みました。みんなが恐《こわ》い顔《かお》で見下《みお》ろすので、二人《ふたり》はびっくりしたのでしょう、

「な、何《なん》にもしてへん。かくれんぼがつまらんさかい、先《さき》に山《やま》を下《お》りただけや。なァ明《あきら》」

守君《まもるくん》が隣《となり》に座《すわ》っている明君《あきらくん》の左腕《ひだりうで》をヒジでつつきました。

「アホかー、みんなでどんだけ（どれだけ）捜《さが》したと思《おも》とるんや」

ポカッ、ポカッ！　光市《こういち》ちゃんのゲンコツが二人《ふたり》の頭《あたま》に飛《と》びました。

「痛《いた》ッ、な、何《なに》、するんや！」

二人《ふたり》は頭《あたま》を押《お》さえて首《くび》を引《ひ》っこめました。

「何《なん》もクソもないわい。勝手《かって》に山《やま》を下《お》りるんやったら、何《なん》でオレを誘《さそ》わなんだんやッ。オレらはガキ大将《だいしょう》三人組《にんぐみ》やろ、このアホが」

光市《こういち》ちゃんはもう一発《いっぱつ》ずつたたこうとしました。ところが、その後《うし》ろから、

「あんたもな、アホなことを言《い》うとってやわ。何《なに》が、ガキ大将《だいしょう》三人組《にんぐみ》やッ」

パチーン！　光市《こういち》ちゃんのイガグリ頭《あたま》（丸《まる》ぼうず頭《あたま》）に、妙《たえ》ちゃんがハリ手《て》を一発《いっぱつ》お

みまいしました。光市《こういち》ちゃんは「痛《いた》いッ」と顔《かお》をしかめて、妙《たえ》ちゃんを見《み》ましたが、
「ウチと光市《こういち》ちゃんが職員室《しょくいんしつ》へ行《い》って山中先生《やまなかせんせい》に知《し》らせてくるさかい、みんなはこの二人《ふたり》がどこにも行《い》かんように、見張《みは》っとってや」
妙《たえ》ちゃんはすぐに光市《こういち》ちゃんを連《つ》れて、職員室《しょくいんしつ》の方《ほう》へ走《はし》って行《い》きました。

ペタペタ、パタパタ一と、あわてて廊下《ろうか》をかけてくるスリッパの音《おと》が響《ひび》いてきました。妙《たえ》ちゃんと光市《こういち》ちゃんの報告《ほうこく》を聞《き》き、山中先生《やまなかせんせい》が校長先生《こうちょうせんせい》と一緒《いっしょ》に走《はし》って教室《きょうしつ》に帰《かえ》って来《き》たのです。

教室《きょうしつ》に入《はい》って二人《ふたり》を確認《かくにん》するなり、「よかった、よかった」と、山中先生《やまなかせんせい》は明君《あきらくん》と守君《まもるくん》を抱《だ》きしめました。校長先生《こうちょうせんせい》も、「二人《ふたり》が無事《ぶじ》に学校《がっこう》へ帰《かえ》っていて、ああ一よかった。こんなうれしいことはない」と大喜《おおよろこ》び。みんなの顔《かお》を見渡《みわた》して校長室《こうちょうしつ》へ引《ひ》き上《あ》げて行《い》きました。

山中先生《やまなかせんせい》はよほど、二人《ふたり》が見《み》つかってうれしかったのでしょう、二人《ふたり》を抱《だ》きしめたまま、
「ハアー、よかった」、眼鏡《めがね》をはずして泣《な》いています。

そのようすに、大人《おとな》の男先生《おとこせんせい》でも泣《な》くことがあるんや！　男《おとこ》の人《ひと》も女《おんな》の人《ひと》も同《おな》じな

んやなーと、なみ江《え》は思《おも》いました。急《きゅう》に気持《きも》ちが楽《らく》になりました。山中先生《やまなかせんせい》のところに行《い》き、

「先生《せんせい》、二人《ふたり》がおっちゃって（いて）よかったな」

と言《い》いました。自分《じぶん》でも不思議《ふしぎ》でした。言葉《ことば》が、パッ、と出《で》たのです。

山中先生《やまなかせんせい》は「ウン、ウン」とうなずきながら、二人《ふたり》を抱《だ》きしめていました。

この出来事《できごと》があってから、なみ江《え》は男先生《おとこせんせい》にも「先生《せんせい》、あんなー」と話《はなし》ができるようになりました。また、三年生《ねんせい》になって日《ひ》が浅《あさ》く、バラバラだったみんなの気持《きも》ちも、この出来事《できごと》でギュッと一《ひと》つになりました。二年生《ねんせい》の時《とき》のようにみんながワイワイと楽《たの》しく話《はなし》をするようになったのです。

そして、クラスのみんなは山中先生《やまなかせんせい》に「泣《な》きんぼ先生《せんせい》」という、アダナをつけました。

〈注釈《ちゅうしゃく》〉

注① 三角《かく》ベース＝野球《やきゅう》やソフトボールを簡略化《かんりゃくか》した球技遊《きゅうぎあそ》び。二塁《にるい》ベースがなく、一《ひと》チーム六人《にん》～七人《にん》で行《おこな》いました。

五　おテントウさんとナガモノ除《よ》け

ヘン骨《こつ》おっさんの家《いえ》で、なみ江《え》が寛一兄《かんいちにい》ちゃんに算数《さんすう》を教《おし》えてもらっていると、ヘン骨《こつ》おっさんが部屋《へや》にやって来《き》て、こんなことを言《い》いました。

「今日《きょう》は土曜日《どようび》やさかい、学校《がっこう》は昼《ひる》までやし。よっしゃ、ワシも午後《ごご》の治療《ちりょう》はお休《やす》みにするわ。寛一《かんいち》は納屋《なや》へ行《い》ってカマと縄《なわ》を用意《ようい》してくれ。今から三人《にん》で堂山《どうやま》へ花採《はなと》りに行《い》こう」

堂山《どうやま》は、村《むら》のはずれにある小高《こだか》い山《やま》です。昔《むかし》は、かまどで煮炊《にた》きをする時《とき》に使《つか》う薪《まき》や柴《しば》を採《と》る、とても大切《たいせつ》な山《やま》でした。

寛一兄《かんいちにい》ちゃんが唇《くちびる》を突《つ》き出《だ》して、不思議《ふしぎ》そうにたずねました。

「何《なに》も堂山《どうやま》まで行《い》かんでも、仏《ほとけ》さんに供《そな》える花《はな》やったら、裏の花畑《はなばたけ》にチューリップやら矢車草《やぐるまそう》が咲《さ》いとるやんか」

すぐに、ヘン骨《こつ》おっさんの太《ふと》い眉毛《まゆげ》がハの字《じ》になり、ギョロ目《め》がへにゃっと細《ほそ》くたれました。大《おお》きな口《くち》が開《あ》いたかと思《おも》うと、

「ワッハハー、今日《きょう》の花採《はなと》りは、仏《ほとけ》さんに供《そな》える花《はな》とちごうて（ちがって）、明日《あした》は五月《がつ》八日《ようか》で花《はな》まつりやさかい、おテントウさんを作《つく》る花《はな》やがな」

「えっ、おテントウさんてか！　花《はな》まつりは知《し》っとるけど、何《なん》や、それ？」

なみ江《え》と寛一兄《かんいちにい》ちゃんは、初《はじ》めて聞《き》く言葉《ことば》に顔《かお》を見合《みあ》わせました。花《はな》まつりは、仏教《ぶっきょう》を開《ひら》いたお釈迦《しゃか》さまがインドでお生《う》まれになった日《ひ》を祝《いわ》う行事《ぎょうじ》です。本来《ほんらい》は、四月八日《しがつようか》にするのですが、丹波《たんば》は雪《ゆき》が多《おお》くて春《はる》が遅《おそ》いので、一月遅《ひとつきおく》れで行《おこな》われます。

「あっ、そうか！　寛一《かんいち》が小《ちい》さかった頃《ころ》には、お母《かあ》ちゃんとよく作《つく》ったんやけど、お母《かあ》ちゃんが死《し》んでからは、いっぺんも作《つく》ってへんさかい、お前《まえ》がおテントウさんを知《し》らんのもむりはない。それに、この頃《ごろ》はどこの家《いえ》も、おテントウさんを上《あ》げへんさかい、なみ江《え》ちゃんが知《し》らんのもあたりまえやな。まぁ、おっちゃんが作《つく》るのを見《み》とったらわかるさかい、カマと縄《なわ》を用意《ようい》して、すぐに堂山《どうやま》へ出《で》かけよ」

ヘン骨《こつ》おっさんは、寛一兄《かんいちにい》ちゃんが小学校《しょうがっこう》六年生《ねんせい》に進級《しんきゅう》して野山《のやま》でいたずらをすることが多《おお》くなり、わんぱく坊主《ぼうず》になったので、もう一度《ど》、おテントウさんを作《つく》ろうと思《おも》いついたのでした。それに昔《むかし》から村人《むらびと》が伝《つた》えてきた『花《はな》おり』の風習《ふうしゅう》も伝《つた》えておきたいと考《かんが》えていました。

なみ江《え》も寛一兄《かんいちにい》ちゃんも堂山《どうやま》のことはよく知《し》っています。とくに男《おとこ》の子《こ》にはちょうどよい遊《あそ》び場《ば》でした。友《とも》だちと走《はし》り回《まわ》ったり、虫取《むしと》りをしたり、手《て》ごろな落《お》ち枝《えだ》を見《み》つけて、チャンバラごっこをして遊《あそ》んでいました。

堂山《どうやま》に着《つ》くと、ヘン骨《こつ》おっさんはすぐに、

「藤《ふじ》の花《はな》がほしいんや。藤《ふじ》はツルを木《き》に巻《ま》きつけながら高《たか》いところに上《のぼ》っていって、上《うえ》から下《した》に向《む》けて花《はな》をつけとるさかい、木《き》の上《うえ》を見《み》て探《さが》したらよい」

上《うえ》を向《む》いて、あちこち見回《みまわ》しました。しばらくそうしていましたが、「よし、これに決《き》めた！」と、腰《こし》にさしていたカマを取《と》り、チョン、とツルを切《き》りました。

「ほれ、採《と》れた。見事《みごと》な咲《さ》きばえや」

花《はな》をほめて、寛一兄《かんいちにい》ちゃんに手渡《てわた》しました。紫《むらさき》と白《しろ》の花《はな》が房《ふさ》になって今《いま》にもこぼれ落《お》ちそうです。

「ブドウの房《ふさ》みたいやな！」

寛一兄《かんいちにい》ちゃんが見《み》ほれています。そして、花房《はなふさ》を落《お》とさないように、そっと抱《だ》きかかえました。

「うわー、お父《とう》ちゃん。藤《ふじ》の花《はな》は甘《あま》ずっぽうて（甘酸《あまず》っぱくて）香《こう》ばしいにおいがするなー。心《こころ》がやさしゅう（優《やさ》しく）なるみたいや」

ヘン骨《こつ》おっさんは目《め》を細《ほそ》め、「生意気《なまいき》なことを言《い》うようになったもんや」と、つぶやきました。

「次《つぎ》は、紅《あか》いツツジや」

ヘン骨《こつ》おっさんが、寛一兄《かんいちにい》ちゃんに指示《しじ》をしました。

ツツジは藤《ふじ》の花《はな》とちがって背《せ》が低《ひく》い木《き》です。寛一兄《かんいちにい》ちゃんは藤《ふじ》の花房《はなふさ》をなみ江《え》にあずけ、山道脇《やまみちわき》に生《は》えているツツジを見《み》つけると、花《はな》を落《お》とさないように、ピシッ、ピシッ、と手《た》折《お》りました。ところが、枝《えだ》を折《お》るたびに顔《かお》をしかめています。

「ワッハハー、ツツジの木《き》は硬《かた》いさかいに、力《ちから》を一度《ど》に入《い》れて折《お》ると弾《はじ》けて折《お》れよる。指先《ゆびさき》から脇《わき》の下《した》まで、ビビビーッ、としびれが走《はし》るやろ」

ヘン骨《こつ》おっさんは大笑《おおわら》いしながら、寛一兄《かんいちにい》ちゃんが手折《たお》ったツツジと、なみ江《え》が手《て》にしている藤《ふじ》の花《はな》を受《う》け取《と》り、それらを束《たば》ねて縄《なわ》でしばりました。

家《いえ》に花《はな》を持《も》ち帰《かえ》るとすぐに、ヘン骨《こつ》おっさんは小屋《こや》から長《なが》い竹《たけ》を一本《いっぽん》、取《と》り出《だ》してきました。

「さぁ、今《いま》からおテントウさんを作《つく》るぞ！」

と気合《きあい》を込《こ》めて、竹《たけ》の先《さき》に藤《ふじ》の花《はな》と紅《あか》い花《はな》が咲《さ》いているツツジとシキミを重《かさ》ね、縄《なわ》でグルグルと巻《ま》きつけました。シキミは漢字《かんじ》で『樒《しきみ》』と書《か》きます。常緑《じょうりょく》の小高木《しょうこうぼく》で、枝《えだ》や葉《は》を仏前《ぶつぜん》に供《そな》えます。葉《は》は線香《せんこう》の材料《ざいりょう》になるそうです。

「へーぇ、おもしろいことをするのやなー。これがおテントウさんか！　ボクには、お化《ば》けほうきにしか、見《み》えへんけどなー」

寛一兄《かんいちにい》ちゃんは、ヘン骨《こつ》おっさんの肩越《かたご》しにその作業《さぎょう》をのぞき込《こ》みながら首《くび》をかしげました。

ヘン骨《こつ》おっさんは竹竿《たけざお》の先《さき》を縄《なわ》で、キュッ、と結《むす》びました。

「さあ、この竹竿《たけざお》を起《お》こして、あのセンダイの入《い》り口《ぐち》のねき（そば）にこしらえといた支《ささ》え（支柱《しちゅう》）にくくりつけるさかい、ちょっと竹《たけ》を持《も》っといてくれ」

そして、ヘン骨《こつ》おっさんは、その周囲《しゅうい》を掃《は》きだしました。センダイは農家《のうか》の座敷《ざしき》や客《きゃく》間《ま》に隣接《りんせつ》して造《つく》られている庭園《ていえん》のことで、『前栽《せんざい》』と書《か》いて「せんざい」と読《よ》むのですが、丹波地方《たんばちほう》をふくむ京都近郊《きょうときんこう》の田舎《いなか》の人《ひと》たちはよく、「センダイ」と言《い》っています。掃除《そうじ》がすむとおテントウさんの竹《たけ》を支《ささ》えにくくりつけ、その前《まえ》にムシロを敷《し》き、その上《うえ》に低《ひく》い脚《あし》がついた板《いた》を置《お》いて、水《みず》、洗《あら》い米《ごめ》、塩《しお》、堂山《どうやま》でつんできた花《はな》を供《そな》えました。これがおテントウさんの祭壇《さいだん》です。

「よっしゃ、これでええ。明日《あした》の日曜日《にちようび》は朝《あさ》から『花《はな》おり』や。なみ江《え》ちゃんもおいでや」

ヘン骨《こつ》おっさんは、なみ江《え》と寛一兄《かんいちにい》ちゃんにそう告《つ》げました。そして、立《た》ち上《あ》がったおテントウさんを、もう一度《ど》、目《め》を細《ほそ》めて見上《みあ》げました。

日曜日《にちようび》の朝《あさ》。ヘン骨《こつ》おっさんの家《いえ》に行《い》くと、ちょうど寛一兄《かんいちにい》ちゃんが寝床《ねどこ》から起《お》きてくるところでした。

「なんや朝寝坊《あさねぼう》やなー、もう八時半《じはん》やのに！」

なみ江《え》は笑《わら》いながらイヤミを言《い》いました。土間《どま》でかたづけをしていたヘン骨《こつ》おっさんも眉間《みけん》にシワをよせ、ギョロ目《め》を三角《かく》にして、

「なみ江《え》ちゃんが来《き》とるのに何《なに》をグズグズしとるのやッ。早《はよ》う、手《て》と顔《かお》を洗《あら》って『花《はな》おり』をせんかいな」

と叱《しか》りました。寛一兄《かんいちにい》ちゃんはまだ、寝《ね》ぼけています。だから、めんどくさいとでも思《おも》ったのでしょうか、

「ぼくは、『花《はな》おり』のやり方《かた》がわからへんさかい、やめとくわ。なみ江《え》ちゃんだけしとき」

と返事《へんじ》をしました。たちまち、ヘン骨《こつ》おっさんの怒《いか》りが飛《と》んできました。

「『花《はな》おり』はな、ナガモンに咬《か》まれんように、おテントウさんに守《まも》ってほしいと祈《いの》ることや。そいつらに咬《か》まれてもよいのやったら、しいひんでもよい（しなくてもよい）。せやけど、今日《きょう》の『花《はな》おり』の日《ひ》だけしか、おテントウさんは願《ねが》いを聞《き》いてくれはらへんさかいな」

ナガモンはナガモノとも言《い》い、ヘビのように細《ほそ》くて長《なが》い生《い》き物《もの》のことです。とくに毒《どく》を持《も》つマムシやムカデは恐《おそ》れられていました。

寛一兄《かんいちにい》ちゃんはびっくりしたのでしょう、あわてて「わッ、それはカナン！　やっぱり『花《はな》おり』をするわ」と、言《い》い直《なお》しました。

「ほんなら（それなら）、お父《とう》ちゃんが教《おし》えてやるさかい、言《い》う通《とお》りにしたらよい。なみ江《え》ちゃんも一緒《いっしょ》にするのやで」

ヘン骨《こつ》おっさんは、寛一兄《かんいちにい》ちゃんとなみ江《え》をセンダイの入《い》り口《ぐち》に立《た》てた、おテントウさんの下《した》に連《つ》れて行《い》きました。ひょいとおテントウさんを見上《みあ》げて、寛一兄《かんいちにい》ちゃんに、

「藤《ふじ》の葉《は》を取《と》ってみ」

と指示《しじ》をしました。藤《ふじ》の枝《えだ》は祭壇《さいだん》に置《お》かれていました。

「まず、茶《ちゃ》わんに入《い》れた水《みず》にこの藤《ふじ》の葉《は》をつけて、こうやってプイプイとふるのや」

ヘン骨《こつ》おっさんが手本《てほん》を見《み》せます。それを真似《まね》て、寛一兄《かんいちにい》ちゃんとなみ江《え》も水《みず》につけた藤《ふじ》の葉《は》をプイプイとふりました。パッ、パッと、水《みず》が地面《じめん》に散《ち》らばりました。次《つぎ》は米《こめ》をつまんでパラパラと地面《じめん》にまきます。

ところがすぐに、寛一兄《かんいちにい》ちゃんが口先《くちさき》をとがらせて、「もったいないなー、お米《こめ》がパーになるやんか」と言《い》いました。すると、

「この米粒《こめつぶ》はな、鳥《とり》や虫《むし》の食《た》べ物《もの》になるし、ほどこしてやったらよいんや」

と、ヘン骨《こつ》おっさんがたしなめました。そして、

「どうか、マムシやムカデに咬《か》まれませんように」

と唱《とな》えて、パン、パン、と柏手《かしわで》を打《う》っておテントウさんを拝《おが》みました。寛一兄《かんいちにい》ちゃんとなみ江《え》もその通《とお》りにしました。

「よっしゃ、これで五月八日《がつようか》の『花《はな》おり』はおしまいや。今日《きょう》は花《はな》まつりで、お寺《てら》に行《い》ったら甘茶《あまちゃ》をくれはるさかい、もらいに行《い》ってこい」

ヘン骨《こつ》おっさんが言《い》いました。お寺《てら》は宇《う》津《つ》木《ぎ》寺《でら》と言《い》い、アタゴ山《やま》のすそ野《の》にあります。アタゴ山《やま》は高原《たかはら》小学校《しょうがっこう》の裏山《うらやま》で、先日《せんじつ》、泣《な》きんぼ先生《せんせい》とクラスのみんなでお昼《ひる》ご飯《はん》を食《た》べに登《のぼ》って大騒《おおさわ》ぎをした、あの山《やま》のことです。

「へえー、甘茶《あまちゃ》をくれはるのんか！　ほんなら、もらってくるわ。なみ江《え》ちゃん、一緒《いっしょ》に行《い》こう」

寛一兄《かんいちにい》ちゃんは水筒《すいとう》を肩《かた》にかけてすぐに出《で》かけようとしましたが、「ちょっと待《ま》て！」と、ヘン骨《こつ》おっさんに呼《よ》び止《と》められました。

「お賽銭《さいせん》を持《も》って行《い》かなアカンがな」

ヘン骨《こつ》おっさんは家《いえ》に入《はい》り、半紙《はんし》に包《つつ》んだものを持《も》ってきました。

「これに米《こめ》と小銭《こぜに》が包《つつ》んであるさかいに、寺《てら》に着《つ》いたら、お釈迦《しゃか》さんにお供《そな》えするんや」

「うん、わかった！」

寛一兄《かんいちにい》ちゃんはその包《つつ》みを落《お》とさないようにズボンのポケットにしまいました。

お寺《てら》の本堂《ほんどう》に行《い》くには、長《なが》い石段《いしだん》を登《のぼ》らなくてはなりません。

トントントン、トントントントン、寛一兄《かんいちにい》ちゃんとなみ江《え》は息《いき》を荒《あら》げながら石段《いしだん》を登《のぼ》りました。ひたいから汗《あせ》がジワッと出《で》てきます。

お寺《てら》の門《もん》が見《み》えてきました。

「フー、やっと着《つ》いたわ！」

寛一兄《かんいちにい》ちゃんは門《もん》の前《まえ》に、ペタン、と腰《こし》を下《お》ろしました。なみ江《え》もフラフラです。汗《あせ》をぬぐいながら登《のぼ》ってきた石段《いしだん》の方《ほう》に目《め》をやると、村《むら》の家々《いえいえ》や田《た》んぼや畑《はたけ》がよく見《み》えました。

ところが、うん？　なんだか村《むら》のようすが変《へん》です。

「おかしいな。どこの家《いえ》にも、おテントウさんが祀《まつ》られてへんわ。村《むら》の人《ひと》らは、ナガモンに咬《か》まれてもかまへんのやろか？　ウチはお父《とう》ちゃんが一生懸命《いっしょうけんめい》に作《つく》っちゃったのに」

寛一兄《かんいちにい》ちゃんが首《くび》をかしげました。

お寺《てら》では本堂《ほんどう》の障子《しょうじ》が開《あ》けてありました。エンゲ（縁側《えんがわ》の廊下《ろうか》）にはタライくらいの丸盆《まるぼん》が敷《し》かれ、屋根《やね》をタンポポやツツジ、藤《ふじ》の花《はな》でふいた花御堂《はなみどう》が置《お》かれていました。そして、花御堂《はなみどう》の中《なか》には小《ちい》さな桶《おけ》が置《お》いてあり、甘茶《あまちゃ》がいっぱい入《はい》っていて、そのまん中《なか》に黒光《くろびか》りしたお釈迦《しゃか》さまが立《た》っていました。右手《みぎて》を上《あ》げ、人《ひと》さし指《ゆび》を天《てん》に向《む》け、左手《ひだりて》は下《した》に向《む》けて、人《ひと》さし指《ゆび》で地面《じめん》をさしています。

寛一兄《かんいちにい》ちゃんは、そのお釈迦《しゃか》さまが何《なん》で黒光《くろびか》りしとるのやろか？　それに何《なん》で右手《みぎて》の人《ひと》さし指《ゆび》が上《うえ》を向《む》いて、左手《ひだりて》の指《ゆび》が下《した》を向《む》いているのやろか？　と不思議《ふしぎ》でならないようです。

と、その時《とき》でした――

「お釈迦《しゃか》さまに、甘茶《あまちゃ》をかけたげてや」

背後《はいご》で声《こえ》がしました。お寺《てら》のご住職《じゅうしょく》の奥《おく》さんです。

寛一兄《かんいちにい》ちゃんは、よいところに来《こ》られたと思《おも》ったのでしょう、さっそく、

「何《なん》でこのお釈迦《しゃか》さまは黒光《くろびか》りしとるんや？　それに、右手《みぎて》と左手《ひだりて》の指《ゆび》が上《うえ》と下《した》をさしてるのは何《なん》でや？」

と、たずねました。

「毎年花《まいとしはな》まつりの時《とき》に、お詣《まい》りに来《き》た人《ひと》が甘茶《あまちゃ》をかけて拝《おが》むさかい、だんだん黒《くろ》うなっていかはるんやわ。黒《くろ》くならはる分《ぶん》だけ、お釈迦《しゃか》さまは、みんなの悩《なや》みや願《ねが》いをもろたげはるんや。子《こ》どもには病気《びょうき》をせんと元気《げんき》で遊《あそ》べるように、大人《おとな》は病気《びょうき》や災害《さいがい》に遭《あ》わんよう

に、村《むら》のみんなが仲《なか》よく暮《く》らせるようにってな。それとな、両《りょう》の手《て》の人《ひと》さし指《ゆび》で『天《てん》』と『地《ち》』をさしたはるお姿《すがた》は、『天上天下唯我独尊《てんじょうてんげゆいがどくそん》』をあらわしたはって、みんな尊《とうと》い人間《にんげん》なんや、と人々《ひとびと》に示《しめ》しておられるのやわな」

と、奥《おく》さんが教《おし》えてくれました。

「ふーん、そうなんや!」

寛一兄《かんいちにい》ちゃんは左手《ひだりて》の人《ひと》さし指《ゆび》で鼻先《はなさき》をこすりながら納得《なっとく》したようです。さっそく、なみ江《え》と寛一兄《かんいちにい》ちゃんは一緒《いっしょ》に花御堂《はなみどう》の前《まえ》に置《お》かれている竹《たけ》の柄杓《ひしゃく》を手《て》に取《と》り、桶《おけ》に入《はい》っている甘茶《あまちゃ》をすくって、お釈迦《しゃか》さまの体《からだ》にていねいにかけました。

それがすむと、お寺《てら》の奥《おく》さんは寛一兄《かんいちにい》ちゃんから水筒《すいとう》を受《う》け取《と》り、竹《たけ》の柄杓《ひしゃく》で甘茶《あまちゃ》を入《い》れ始《はじ》めました。でも、水筒《すいとう》の口《くち》がせまいので、何度《なんど》も何度《なんど》も柄杓《ひしゃく》を水筒《すいとう》の口《くち》に運《はこ》んでいます。

「やっと入《はい》ったわ。はい、甘茶《あまちゃ》」

奥《おく》さんから水筒《すいとう》を手渡《てわた》してもらい、寛一兄《かんいちにい》ちゃんは肩《かた》にかけながら、

「富田《とみた》の人《ひと》らはみんな、もう甘茶《あまちゃ》をもらいに来《き》ちゃったんか?」

と聞《き》きました。

「家《いえ》の用事《ようじ》がすんだ人《ひと》らが順《じゅん》ぐりに（順番《じゅんばん》に）来《き》たはるで。あッ、そうや！　ちょっと前《まえ》に、なみ江《え》ちゃんとこのお母《かあ》ちゃんが、イト婆《ばあ》ちゃんとこの家族《かぞく》と一緒《いっしょ》に来《き》とっちゃったわ。それにな、なみ江《え》ちゃんが寛一《かんいち》ちゃんとこと一緒《いっしょ》に来《く》るかもわからへんし、よろしゅうたのみます、と言《い》うとっちゃったで」

あっ、そうなんや！　お母《かあ》ちゃんもやっぱり、ナガモンに咬《か》まれるのはカナンのやなーと思《おも》うと、なみ江《え》は何《なん》だか、おかしくなりました。

「さあ、早《はよ》う帰《かえ》って、みんなで甘茶《あまちゃ》を飲《の》んでんか」

「うん、そうするわ」

寛一兄《かんいちにい》ちゃんとなみ江《え》は二、三歩《ぽ》帰《かえ》りかけましたが、急《きゅう》に、寛一兄《かんいちにい》ちゃんが「あれー」と叫《さけ》んで、また本堂《ほんどう》の方《ほう》へくるっと向《む》き直《なお》りました。

「あのな、おばちゃん。ボク、何《なん》かしらんけど、忘《わす》れ物《もの》をしとるような気《き》がするのやけどな……」

「ええー、忘《わす》れ物《もの》てか！　お釈迦《しゃか》さまにもお詣《まい》りしたし、甘茶《あまちゃ》は持《も》ったさかい、忘《わす》れ物《もの》はないはずやけど……なー」

奥《おく》さんは、うん？　という顔《かお》をしています。

「何《なん》か忘《わす》れてるわ、何《なん》か忘《わす》れてるでー、何《なん》か忘《わす》れてるんやけどなー」

寛一兄《かんいちにい》ちゃんは鼻《はな》の穴《あな》をヒクヒクさせて下唇《したくちびる》を突《つ》き出《だ》し、首《くび》を左右《さゆう》にひねりながら、

「えーと、なみ江《え》ちゃん、何《なん》やったかいなー」

なみ江《え》を見《み》ましたが、なみ江《え》も思《おも》い出《だ》せません。

ピューッ、と生暖《なまあたた》かい風《かぜ》が石段《いしだん》の方《ほう》から吹《ふ》き上《あ》がってきました。ちょっと強《つよ》い風《かぜ》で本《ほん》堂《どう》を吹《ふ》き抜《ぬ》ける時《とき》に、境内《けいだい》に落《お》ちている小《ちい》さい枯《か》れ枝《えだ》を一本運《いっぽんはこ》んできたのでしょう、寛一《かんいち》兄《にい》ちゃんのズボンの右側《みぎがわ》に、ポン、と当《あ》たりました。

「わあッ、痛《いた》い！」

寛一兄《かんいちにい》ちゃんは右側《みぎがわ》の太《ふと》ももをさすりながら、

「あ、そうやった！　ズボンの右《みぎ》ポケットにお賽銭《さいせん》が入《はい》っとったんや。これをお供《そな》えせなアカンのやった。忘《わす》れるとこやったわ」

本堂《ほんどう》にかけより、お釈迦《しゃか》さまの前《まえ》に半紙《はんし》で包《つつ》んだお賽銭《さいせん》を置《お》きました。

「アッハハー、それはどうもおおきに。気《き》をつけて帰《かえ》ってなー」

お寺《てら》の奥《おく》さんに見送《みおく》ってもらい、寛一兄《かんいちにい》ちゃんとなみ江《え》は長《なが》い石段《いしだん》をトントントン、とかけ下《お》りました。そして競争《きょうそう》しながらヘン骨《こつ》おっさんが待《ま》っている家《いえ》へ帰《かえ》りました。

ヘン骨《こつ》おっさんが表戸《おもてど》の前《まえ》で待《ま》っていました。

「甘茶《あまちゃ》をもろうてきたでェー」

寛一兄《かんいちにい》ちゃんは肩《かた》から水筒《すいとう》をはずして、ヘン骨《こつ》おっさんに手渡《てわた》しました。

「その甘茶《あまちゃ》はな、半分《はんぶん》だけ飲《の》んで、残《のこ》りの半分《はんぶん》はおまじないを唱《とな》えながら家《いえ》の周《まわ》りにまいて、ナガモンが家《いえ》に入《はい》らんように、お願《ねが》いをするんや」

ヘン骨《こつ》おっさんが甘茶《あまちゃ》を飲《の》む手《て》ほどきを説明《せつめい》しました。「うん」と返事《へんじ》をして寛一兄《かんいちにい》ちゃんが飲《の》もうとすると、ヘン骨《こつ》おっさんは大《おお》きな声《こえ》で「バカモン！」と叱《しか》りました。寛一《かんいち》兄《にい》ちゃんもなみ江《え》もびっくりしましたが、何《なん》で叱《しか》られたのかわからず、キョトン、として顔《かお》を見合《みあ》わせました。

「自分《じぶん》が飲《の》むよりまず先《さき》に家《いえ》の周《まわ》りにまいて、『ナガモンが入《はい》ってきませんように』と、おテントウさんにお願《ねが》いをして、おまじないを唱《とな》えてから飲《の》むもんや」

「なるほどなー。おテントウさんより先《さき》に口《くち》をつけたら失礼《しつれい》やわ。お願《ねが》いを聞《き》いてもらえんかったらカナンさかい、なみ江《え》ちゃん、先《さき》にまいておまじないをしよう」

寛一兄《かんいちにい》ちゃんとなみ江《え》は家《いえ》の周《まわ》りに甘茶《あまちゃ》をまきながら、ヘン骨《こつ》おっさんに教《おし》えてもらったおまじないを唱《とな》えました。

「ナガモン　ナガモン　トンデユケ。アマチャヤヲノンデ　トンデユケ。オテントウサンニマモッテモラウ。ナガモン　ナガモン　ヒトカムナ。アマチャヤヲノンデ　ヒトカムナ。オテントウサンガ　マモッテクレル」

水筒《すいとう》に甘茶《あまちゃ》が半分残《はんぶんのこ》りました。それを三個《こ》の湯飲《ゆの》み茶碗《ぢゃわん》に分《わ》けました。

甘茶《あまちゃ》を口《くち》にふくむと、青《あお》くさいにおいがして、少《すこ》しだけ甘《あま》い味《あじ》がしました。

「これで今年《ことし》の夏《なつ》は、ナガモンに咬《か》まれへんわ」

ヘン骨《こつ》おっさんはニッコリしました。ただ、寛一兄《かんいちにい》ちゃんには一《ひと》つだけ疑問《ぎもん》があるようです。

「せやけどお父《とう》ちゃん、お寺《てら》の門《もん》のところから村《むら》を見《み》たら、ウチにはおテントウさんが作《つく》ってあるのに、よその家《いえ》は、どこも作《つく》っとってやなかったで。何《なん》でやろ？」

「ふーん、そうか」ヘン骨《こつ》おっさんはため息《いき》をついて、おテントウさんを見上《みあ》げましたが、

「昔《むかし》は、どこの家《いえ》でもおテントウさんを作《つく》ったさかい、野《の》や山《やま》で花《はな》を採《と》るのを競《きそ》ったもんや。つみ遅《おく》れると、遠《とお》い山奥《やまおく》まで採《と》りに行《い》かんなんので苦労《くろう》したけどな。今《いま》は、ナガモンや虫《むし》に咬《か》まれてもよい薬《くすり》があるさかい、『花《はな》おり』なんかしいひんのやろう。村《むら》の暮《く》らしもずいぶん変《か》わったもんや」

そう言《い》って、黙《だま》り込《こ》んでしまいました。

それから一《いっ》カ月《かげつ》がすぎ、梅雨《つゆ》の季節《きせつ》になりました。毎日《まいにち》雨《あめ》が降《ふ》り続《つづ》き、ヘン骨《こつ》おっさんの家《いえ》の土間《どま》もタタミもジワッと湿《しっ》けています。

深夜《しんや》のことでした。

寝床《ねどこ》でぐっすり眠《ねむ》っていたヘン骨《こつ》おっさんが、突然《とつぜん》、「ワッ！」と家中《いえじゅう》に響《ひび》くほど大《おお》きな叫《さけ》び声《ごえ》をあげました。

「痛《い》タタター、ウワァ、痛《いた》いッ！」

隣《となり》の部屋《へや》で寝《ね》ていた寛一兄《かんいちにい》ちゃんは、その声《こえ》に驚《おどろ》いて目《め》を覚《さ》ましました。眠《ねむ》い目《め》をこすりながら隣《となり》の部屋《へや》をのぞき、「どないしたんや？」と、寝床《ねどこ》の上《うえ》で顔《かお》をしかめているヘン骨《こつ》おっさんに聞《き》きました。

「やられたがなー、ムカデや！」

寛一兄《かんいちにい》ちゃんはムカデと聞《き》いて、眠気《ねむけ》がすっ飛《と》んでしまいました。ヘン骨《こつ》おっさんの布《ふ》団《とん》をめくると、開《ひら》いた大人《おとな》の手《て》よりも長《なが》いムカデが布団《ふとん》からはい出《だ》してきました。「わッ！」と叫《さけ》んで、寛一兄《かんいちにい》ちゃんが飛《と》び退《の》いたすきに、大《おお》きなムカデはタタミの縁《へり》のすき間《ま》から床下《ゆかした》に入《はい》ってしまいました。

「逃《に》げ足《あし》の速《はや》いヤツや！」

寛一兄《かんいちにい》ちゃんもヘン骨《こつ》おっさんも退治《たいじ》しそこなったことを悔《く》やみました。そうしているうちに、ムカデに咬《か》まれたヘン骨《こつ》おっさんの左足《ひだりあし》のふくらはぎは毒《どく》が回《まわ》り、みるみるうちにパンパンにはれました。タオルをぬらして咬《か》み口《くち》に当《あ》てて冷《ひ》やしましたが、ふくらはぎは、はれるばかり。何度《なんど》もタオルを取《と》り替《か》えているヘン骨《こつ》おっさんのことが心配《しんぱい》で、寛《かん》一兄《いちにい》ちゃんは寝《ね》つくことができません。もう一度《ど》、ヘン骨《こつ》おっさんの部屋《へや》に行《い》き、

「お父《とう》ちゃん、この間《あいだ》、花《はな》まつりの日《ひ》にナガモンに咬《か》まれんようにと甘茶《あまちゃ》を家《いえ》の周《まわ》りにまいて、『花《はな》おり』をして、おまじないをしてたのんだのに、お父《とう》ちゃんが咬《か》まれてしもたわな。ボクがもろうてきた甘茶《あまちゃ》は役《やく》に立《た》たへんだのか？　お釈迦《しゃか》さまとおテントウさんは、お父《とう》ちゃんをナガモンから守《まも》ってくれはらへんだんか？」

と、グチを言《い》いました。

ヘン骨《こつ》おっさんはドキッとしたのか、目《め》をむいて寛一兄《かんいちにい》ちゃんを見《み》たあと、すぐに障《しょう》子《じ》の方《ほう》を見《み》たり、裸電球《はだかでんきゅう》を見《み》ていましたが、

「そんなことはない。『花《はな》おり』をして、甘茶《あまちゃ》をまいてたのんださかい、ムカデはお前《まえ》を咬《か》まんと、ワシの足《あし》を咬《か》んだんや。お前《まえ》やったら体《からだ》が小《ちい》さいさかい、毒《どく》の回《まわ》りが早《はよ》うて、こんなことではすまへんだやろう。ワシが咬《か》まれてよかったんや。せやさかい、来年《らいねん》の『花《はな》おり』もおテントウさんも、今年《ことし》以上《いじょう》に立派《りっぱ》なモン（もの）を作《つく》るつもりや。それ

にしても、このボンボンになった足《あし》はいったい、いつになったらはれが引《ひ》くんかいのう。お釈迦《しゃか》さま、早《は》よ、治《なお》してや！　ナンマイダブツー」

念仏《ねんぶつ》を唱《とな》えながら、パンパンにはれた左足《ひだりあし》のふくらはぎを、うらめしそうにながめていました。そして、とうとう、

「これは、拝《おが》むだけではアカン。ひとつ、薬《くすり》でもつけとこか」

独《ひと》り言《ごと》を口《くち》にしながら、こそっと部屋《へや》を出《で》て行《い》きました。

その翌日《よくじつ》、学校《がっこう》へ行《い》く時《とき》に、なみ江《え》はこの話《はなし》を寛一兄《かんいちにい》ちゃんから聞《き》いて、びっくりしました。

でも……、そういえば花《はな》まつりの日《ひ》、甘茶《あまちゃ》をもらってきて庭《にわ》にまき、おまじないをしたのは、なみ江《え》と寛一兄《かんいちにい》ちゃんだけでした。ヘン骨《こつ》おっさんは、おテントウさんの儀式《ぎしき》とおまじないを教《おし》えてくれましたが、ヘン骨《こつ》おっさん自身《じしん》が、かんじんのおまじないを唱《とな》えるのと甘茶《あまちゃ》をまくのを忘《わす》れていたように思《おも》います。

やっぱりおテントウさんは、よう見《み》てはるのやな、と思《おも》いました。

六　ツバメの巣《す》

「なみ江《え》ちゃん、こっちに来《き》てみ。おもしろいもんがあるでぇー」

なみ江《え》が遊《あそ》びに来《き》たのを先《さき》に見《み》つけて、ヘン骨《こつ》おっさんが呼《よ》びました。

うん、何《なん》やろか？

なみ江《え》はスキップをしながら、ヘン骨《こつ》おっさんと寛一兄《かんいちにい》ちゃんがいる表戸《おもてど》へ行《い》きました。

「ほれ、あれやがな」

ヘン骨《こつ》おっさんが表戸《おもてど》の上《うえ》を指《ゆび》さしました。その指先《ゆびさき》を、ずーっと目《め》でたどると、ひさしの横柱《よこばしら》に、粘土《ねんど》でこしらえた大《おお》きめのお椀《わん》を半分《はんぶん》にしたようなモノがくっついています。色《いろ》は灰色《はいいろ》です。

「あッ、ツバメの巣《す》や！」

なみ江《え》は叫《さけ》び、目《め》を見張《みは》りました。

すぐに、一羽《わ》のツバメが飛《と》んできて、その巣《す》に留《と》まりました。ワラか草《くさ》のようなものを口《くち》にくわえています。辺《あた》りを二、三回《かい》キョロ、キョロと見回《みまわ》してから、くちばしを巣《す》にチョン、チョンと押《お》し当《あ》て、すぐにつつきだしました。そして、ツバメが顔《かお》を上《あ》げると、くちばしにくわえていたものが、なくなっていました。

「何《なん》をしとるんかな、あのツバメ？」

なみ江《え》がたずねると、寛一兄《かんいちにい》ちゃんが答《こた》えてくれました。

「巣《す》の周《まわ》りのカベを高《たか》くしようとしとるんやわな。なー、お父《とう》ちゃん」

ヘン骨《こつ》おっさんは、「そうや」とうなずいて、ニヤッ、としました。

「へエー、ツバメはかしこいんやなー。ちゃんと自分《じぶん》ら（たち）の巣《す》をこしらえられるんや。お母《かあ》ちゃんも、ツバメが巣《す》をこしらえた家《いえ》にはよいことがあるて言《い》うちゃったわ」

なみ江《え》は感心《かんしん》しました。でも、すぐに、つまらないな、と思《おも》いました。

「あれ、なみ江《え》ちゃん、急《きゅう》に元気《げんき》がなくなったわな。どうしたんや？」

寛一兄《かんいちにい》ちゃんが不思議《ふしぎ》そうに、なみ江《え》の顔《かお》をのぞき込《こ》みました。

「去年《きょねん》な。ウチ（自分《じぶん》の家《いえ》）にもツバメが巣《す》をこしらえたらよいのにと言《い》うたら、お母《かあ》ちゃんは『それはカナンわ、ツバメはフンを落《お》とすさかい』やて。せやさかい、ツバメが来《き》たら、お母《かあ》ちゃんが『来《き》たらアカン！』と言《い》うて、ほうきでツバメを追《お》い払《はら》って、巣《す》を作《つく》らせてやないのんや（作《つく》らせてやらないのや）」

なみ江《え》は、ヘン骨《こつ》おっさんとこに巣《す》を作《つく》っているツバメがうらやましくてしかたがありません。

ヘン骨《こつ》おっさんは大《おお》きな声《こえ》で、「ワッハハ」と笑《わら》いました。

「なみ江《え》ちゃんのお母《かあ》ちゃんは、きれい好《ず》きやからのう。ワシらは家《いえ》が汚《よご》れるのは、ちょっとの間《ま》（少《すこ》しの間《あいだ》）やさかい、かまへんと思《おも》うし、ツバメの赤《あか》ちゃんが大人《おとな》になって飛《と》びたって行《い》くと、ホッとするけどな。それにな、なみ江《え》ちゃんのお母《かあ》ちゃんも言《い》うとったように、ツバメが巣《す》を作《つく》ってくれたら、その家《いえ》によいことがあるそうや。ツバメのおかげでよいことが飛《と》び込《こ》んできたら、こんなうれしいことはない。もしよいことがあったら、なみ江《え》ちゃんにも分《わ》けてやるさかい、楽《たの》しみにしとったらよいで」

ヘン骨《こつ》おっさんは目尻《めじり》をたれ、笑《え》みをふくらませました。

一週間《いっしゅうかん》が経《た》った、午後《ごご》のことです。

学校《がっこう》から帰《かえ》ると、なみ江《え》は急《いそ》いでヘン骨《こつ》おっさんの家《いえ》に行《い》きました。なみ江《え》を見《み》つけた寛一兄《かんいちにい》ちゃんが表戸《おもてど》の下《した》で、すぐに、「しーっ」と人《ひと》さし指《ゆび》を口《くち》に当《あ》て、静《しず》かにするように合図《あいず》をしました。巣《す》から一羽《わ》のツバメが顔《かお》だけ出《だ》して、キョロ、キョロと辺《あた》りを見回《みまわ》しています。

「母《かあ》さんツバメが卵《たまご》を産《う》んだんや」

寛一兄《かんいちにい》ちゃんは毎年《まいとし》、ツバメの成長《せいちょう》を見《み》ているので、ようすがわかるのでしょう。なみ江《え》の耳《みみ》のそばで、コソッと教《おし》えてくれました。

「もうちょっとしたらな、卵《たまご》から赤《あか》ちゃんツバメが出《で》てくるんやで」

ところがすぐに、「イヤ、まだまだ先《さき》や」と、ヘン骨《こつ》おっさんの声《こえ》が、なみ江《え》の頭《あたま》の上《うえ》からしました。びっくりしてふり返《かえ》ると、ヘン骨《こつ》おっさんはお獅子《しし》のような鼻《はな》をヒクヒクさせ、ギョロ目《め》を細《ほそ》めてツバメの巣《す》を見上《みあ》げていました。ヘン骨《こつ》おっさんが鼻《はな》をヒクヒクさせるのは、ムチャクチャ機嫌《きげん》のよい時《とき》のクセです。

「今《いま》は、母《かあ》さんツバメが卵《たまご》を温《あたた》めてヒナにかえす、だいじな仕事《しごと》が始《はじ》まったばっかりやわな。キョロキョロ首《くび》をふって辺《あた》りを見回《みまわ》しとるのは、ヘビやイタチが卵《たまご》を取《と》りに来《き》いひんか（来《こ》ないか）、見張《みは》っとるんやで」

と、ヘン骨《こつ》おっさんが教《おし》えてくれました。

すぐに、寛一兄《かんいちにい》ちゃんが「あっ、そうや！」と、パン、と手《て》をたたき、

「去年《きょねん》、お父《とう》ちゃんが、ツバメをヘビから守《まも》ったんやったな。ごっつう長《なが》いヤツで、こんなぐらいあったわ」

目《め》を見開《みひら》いて、なみ江《え》の目《め》の前《まえ》で両腕《りょううで》をめいっぱい広《ひろ》げました。

「うわッ、私《わたし》よりおっきな（大《おお》きな）ヘビか！」

クラスで、なみ江《え》は背《せ》が高《たか》いほうです。身長《しんちょう》は、一メートル二十二センチですが、それよりも大《おお》きいなんて、びっくりです。

「そうや。ワシが表戸《おもてど》の戸口《とぐち》に手《て》をかけた時《とき》に、ドサッ、と上《うえ》から太《ふと》いヒモみたいなのが落《お》ちてきたんで、何《なに》が落《お》ちてきたんかいなー、と、ジーッと見《み》たら動《うご》きだしよったんや」

「あッ、ヘビや！」、ヘン骨《こつ》おっさんはあわてて戸口《とぐち》のつっかえ棒《ぼう》を手《て》にし、「シーシー」と、ヘビを庭先《にわさき》の草《くさ》むらへ追《お》い払《はら》ったのでした。

「ヘビには悪《わる》かったけどな。今年《ことし》もツバメの子《こ》どもたちが天敵《てんてき》のヘビに呑《の》まれんと、立派《りっぱ》な大人《おとな》のツバメになって、南《みなみ》の国《くに》に帰《かえ》ってほしいもんや」

ヘン骨《こつ》おっさんは照《て》れくさそうに頭《あたま》をかきましたが、なみ江《え》はヘビのことよりも、へ

ン骨《こつ》おっさんがそのあとに説明《せつめい》してくれた、母《かあ》さんツバメの話《はなし》のほうがもっと心《こころ》に残《のこ》りました。

「それにな、母《かあ》さんツバメは、ああやって卵《たまご》を温《あたた》めなアカンさかいに、エサを取《と》りに行《い》かれへんやろ。卵《たまご》を温《あたた》めるのはな、自分《じぶん》の力《ちから》を使《つか》い切《き》るほどしんどいことらしいわ。ほんでお腹《なか》がすくわな。そやから父《とう》さんツバメがエサを運《はこ》んで来《き》てくれるのを、じーっと待《ま》っとるんやで」

寛一兄《かんいちにい》ちゃんは目《め》を輝《かがや》かせて、「お父《とう》ちゃんは、富田《とみた》のツバメ博士《はかせ》や！」と言《い》いました。なみ江《え》は寛一兄《かんいちにい》ちゃん

が、ちょっとだけうらやましくなり、私《わたし》もお父《とう》ちゃんがほしいな、と思《おも》いました。

その日《ひ》から、なみ江《え》は毎日《まいにち》、学校《がっこう》の帰《かえ》りにヘン骨《こつ》おっさんの家《いえ》によって、ツバメの巣《す》を観察《かんさつ》しました。


二週間目《しゅうかんめ》の日曜日《にちようび》。なみ江《え》がヘン骨《こつ》おっさんの家《いえ》へ遊《あそ》びに行《い》くと、寛一兄《かんいちにい》ちゃんが、

「巣《す》の中《なか》に、母《かあ》さんツバメがおらへんのや……」

と表戸《おもてど》の巣《す》の下《した》でオロオロしていました。

なみ江《え》はびっくりして、すぐにヘン骨《こつ》おっさんに知《し》らせに行《い》きました。

「おっちゃん、母《かあ》さんツバメがおらへん。ヘビにやられたんとちがうか」

ヘン骨《こつ》おっさんは、昼《ひる》ご飯《はん》のおかずの丸干《まるぼ》しをコンロで焼《や》いていました。火箸《ひばし》で一匹《いっぴき》ずつ裏返《うらがえ》しながら、「そうか」と答《こた》えただけで、ちっともあわてません。

「きっと赤《あか》ちゃんツバメのエサを探《さが》しに行《い》ったんやろ」

「えッ、ほんまか！　そしたら卵《たまご》から赤《あか》ちゃんが生《う》まれたんや」

なみ江《え》は急《いそ》いで巣《す》の下《した》に戻《もど》りました。寛一兄《かんいちにい》ちゃんはまだ、巣《す》の下《した》でオロオロしていま

す。ヘン骨《こつ》おっさんから聞《き》いたことを話《はな》すと、たちまち寛一兄《かんいちにい》ちゃんは顔《かお》から口《くち》が飛《と》び出《で》るのとちがうかと思《おも》うほど口《くち》を開《あ》けて、「なーんや、そうやったんか！　アッハハ」と笑《わら》いました。そして、

「それやったら、耳《みみ》をすましたら、赤《あか》ちゃんツバメの鳴《な》き声《ごえ》が聞《き》こえるかもしれへんし、聞《き》いてみよか」

と言《い》いました。二人《ふたり》でソーと巣《す》の真下《ました》まで行《い》き、背伸《せの》びをしながらめいっぱい右《みぎ》の耳《みみ》を巣《す》に近《ちか》づけました。

ピチピチ、グチョグチョ、ピチピチ――　小《ちい》さくて、弱《よわ》くて、ヘンな音《おと》やけれども、鳴《な》き声《ごえ》みたいなのが聞《き》こえてきました。

それからはもう夢中《むちゅう》です。なみ江《え》は登校《とうこう》と下校《げこう》の時《とき》に必《かなら》ず、ヘン骨《こつ》おっさんの家《いえ》によって、ツバメ親子《おやこ》の観察《かんさつ》をするようになりました。ヘン骨《こつ》おっさんも寛一兄《かんいちにい》ちゃんも巣《す》を見上《みあ》げては、「子《こ》どもは大《おお》きくなったかい」と話《はな》しかけています。

そして、ヘン骨《こつ》おっさんは、

「そろそろこの巣《す》の下《した》に、古《ふる》い新聞《しんぶん》を広《ひろ》げて敷《し》いとこか」

と、寛一兄《かんいちにい》ちゃんに古新聞《ふるしんぶん》を取《と》って来《く》るように言《い》いました。

なみ江《え》はすぐに、ツバメのフンが、ポトン！　と落《お》ちてくるのを受《う》けるのやと、わかりました。古新聞《ふるしんぶん》を受《う》け取《と》ると、ヘン骨《こつ》おっさんは巣《す》の下《した》に広《ひろ》げ、風《かぜ》で新聞《しんぶん》が飛《と》ばされないように四ヵ所《かしょ》の隅《すみ》に石《いし》を置《お》きました。

日《ひ》に日《ひ》に赤《あか》ちゃんツバメは育《そだ》っていきました。一週間《いっしゅうかん》もすると、巣《す》のふちから黄色《きいろ》いくちばしがのぞくようになりました。そのたびに、「あっ！　見《み》えたわ」と、なみ江《え》は興《こう》奮《ふん》しました。

「四《よっ》つのくちばしが見《み》えるさかい、四羽《わ》のヒナがおるんやわな」

寛一兄《かんいちにい》ちゃんがつぶやきました。

「一羽《わ》、二羽《わ》、三羽《ば》、四羽《わ》」と、なみ江《え》も数《かぞ》えてみました。

「四羽《わ》の赤《あか》ちゃんツバメと、お父《とう》さんとお母《かあ》さんの六人家族《にんかぞく》やで。大勢《おおぜい》やさかい、楽《たの》しいやろな。なみ江《え》ちゃんとこも、うちも二人《ふたり》ずつの家族《かぞく》やさかい、ツバメに負《ま》けとるな」

寛一兄《かんいちにい》ちゃんはうらやましそうです。そこへ、スーィ、スーィ、親《おや》ツバメが巣《す》に近《ちか》づいてきました。

「あっ、お父《とう》ちゃんか、お母《かあ》ちゃんかわからんけど、帰《かえ》ってきたわ！」

寛一兄《かんいちにい》ちゃんが巣《す》を指《ゆび》さしました。

とたんに、巣《す》の中《なか》の黄色《きいろ》い四《よっ》つのくちばしがパカ、パカ、パカ、パカと開《あ》き、すごい勢《いきお》いで鳴《な》きだしました。

親《おや》ツバメは、赤《あか》ちゃんツバメのくちばしの中《なか》にサッ、サッ、サッ、サッと順番《じゅんばん》に自分《じぶん》のくちばしを入《い》れていきます。取《と》ってきたエサを、子《こ》どもたちの口《くち》の中《なか》に落《お》としてやっているのです。それがすむとまた、サーッ、と飛《と》びたって行《い》きました。入《い》れ替《か》わりに、もう一羽《わ》の親《おや》ツバメが帰《かえ》ってきました。するとまた、黄色《きいろ》いくちばしがパカ、パカ、パカ、パカと開《あ》いて、すごい声《こえ》で鳴《な》きだしました。親《おや》ツバメはそのくちばしの中《なか》にエサを入れてやり、また、すぐに飛《と》び去《さ》ってしまいました。

エサをもらった赤《あか》ちゃんツバメたちは、親《おや》ツバメが見《み》えなくなると、黄色《きいろ》いくちばしを巣《す》の中《なか》に、スーッ、とかくしました。

「じょうずにかくれるやろ、何《なん》でわかるんやろな！　エサがもらえるような時間《じかん》になると、さっきみたいにくちばしを出《だ》しよるんや」

寛一兄《かんいちにい》ちゃんは首《くび》をかしげます。

「ふーん。ツバメは子《こ》どもの時《とき》から、かしこいんやなぁ！」

なみ江《え》は感心《かんしん》しました。

こうして、親《おや》ツバメのエサ運《はこ》びと四羽《わ》の赤《あか》ちゃんツバメのお食事《しょくじ》は、次《つぎ》の週《しゅう》の土曜日《どようび》まで見《み》られました。


ところが、日曜日《にちようび》の朝《あさ》、なみ江《え》がヘン骨《こつ》おっさんの家《いえ》に行《い》ってみると、ヘン骨《こつ》おっさんと寛一兄《かんいちにい》ちゃんが、フンを受《う》ける古新聞《ふるしんぶん》の横《よこ》でつっ立《た》っていました。新聞《しんぶん》の上《うえ》には、子《こ》どものてのひらぐらいの黒《くろ》いかたまりが、ベチャ、とついています。

いつもなら「なみ江《え》ちゃん来《き》たんか」とか、「元気《げんき》に遊《あそ》ぶのやで」と声《こえ》をかけてくれるヘン骨《こつ》おっさんが、今日《きょう》は、チラッ、となみ江《え》を見《み》ただけで腕組《うでぐ》みをしたまま、すぐに黒《くろ》いかたまりを見《み》て、何《なに》も言《い》ってくれません。寛一兄《かんいちにい》ちゃんも、なみ江《え》が来《き》たのに知《し》らんふりです。黒《くろ》いかたまりを見《み》たまま、釘《くぎ》づけになっています。

なみ江《え》もやっと、古新聞《ふるしんぶん》の上《うえ》の黒《くろ》いかたまりの正体《しょうたい》がわかりました。一羽《わ》の赤《あか》ちゃんツバメが巣《す》から落《お》ちていたのです。顔《かお》と黄色《きいろ》いくちばしを横《よこ》に向《む》け、新聞《しんぶん》にくっついたように、ベターッ、となっています。羽根《はね》は少《すこ》し広《ひろ》げてダランとしたままです。ただ、頭《あたま》や首《くび》すじに生《は》えている産毛《うぶげ》だけが、ふわふわと風《かぜ》にゆれていました。

なみ江《え》は、「赤《あか》ちゃんツバメが！」と言《い》ったきり、すぐには言葉《ことば》が出《で》てきません。胸《むね》がドンドンと大《おお》きな音《おと》をたてるばかりです。

「おっちゃん、赤《あか》ちゃんツバメを助《たす》けたげてーな、巣《す》に戻《もど》したげてーな」

ヘン骨《こつ》おっさんの着物《きもの》のたもとにしがみつき、なみ江《え》は叫《さけ》びました。

ところが、ヘン骨《こつ》おっさんは眉毛《まゆげ》の間《あいだ》にシワを寄《よ》せ、太《ふと》いタラコ唇《くちびる》を固《かた》く結《むす》んで、腕組《うでぐ》みをしたまま見《み》ているだけです。

ヘン骨《こつ》おっさんの後《うし》ろに回《まわ》って、おもいっきり背中《せなか》を押《お》し、なみ江《え》はもう一度《ど》、叫《さけ》びました。

「早《はよ》う、巣《す》に返《かえ》したげてッ、と言《い》うとるやろッ」

それでもヘン骨《こつ》おっさんは、むずかしい顔《かお》をしたまま、赤《あか》ちゃんツバメを巣《す》に戻《もど》してやろうとはしません。寛一兄《かんいちにい》ちゃんにたのんでも、「もうアカンのやて」と言《い》ったきり、何《なに》もしようとしません。

なみ江《え》は腹《はら》がたちました。

「もう、おっちゃんや、寛一兄《かんいちにい》ちゃんなんかに、たのまへんわ！」

なみ江《え》は新聞紙《しんぶんし》の上《うえ》でベチャとなっている赤《あか》ちゃんツバメに手《て》を伸《の》ばしました。すると、赤《あか》ちゃんツバメが、ピクッ、ピクッ、と動《うご》きました。

「ほら、まだ生《い》きとるで、おっちゃん！　寛一兄《かんいちにい》ちゃんも見《み》たか！」

なみ江《え》は両《りょう》てのひらで赤《あか》ちゃんツバメをすくい取《と》り、ヘン骨《こつ》おっさんの胸《むね》の前《まえ》にさし出《だ》しました。

でも、ヘン骨《こつ》おっさんは、むずかしい顔《かお》をしたまま、ジロッ、と見《み》ただけで、手《て》に取《と》って巣《す》に返《かえ》してやろうとも、落《お》ちてケガをしていないか診《み》てやろうともしません。大《おお》きなため息《いき》をついただけです。

寛一兄《かんいちにい》ちゃんも見《み》るのがイヤなのでしょうか、下《した》を向《む》いて右足《みぎあし》のズック靴《ぐつ》の先《さき》で、表《おもて》戸《ど》の敷居《しきい》をポンポンと蹴《け》っていました。

なみ江《え》はもう、メチャクチャ腹《はら》がたちました。

「おっちゃん。生《い》きものは大事《だいじ》にせなアカン。ツバメが大《おお》きくなっていくのが楽《たの》しみやと言《い》うとっちゃったのは、ウソなんか。赤《あか》ちゃんツバメが巣《す》から落《お》ちて苦《くる》しんどるのに、何《なん》で巣《す》に返《かえ》してあげへんのや、ケガをしてへんか診《み》てやらへんのや。おっちゃんも寛一兄《かんいちにい》ちゃんも大嫌《だいきら》いやッ」

ヘン骨《こつ》おっさんと寛一兄《かんいちにい》ちゃんに腹《はら》がたつことをおもいっきりぶつけました。フンを受《う》けるために広《ひろ》げていた古新聞《ふるしんぶん》の汚《よご》れていない端《はし》をビリビリと破《やぶ》り、赤《あか》ちゃんツバメをその中《なか》にくるむと、なみ江《え》は、ダーッ、と家《いえ》に向《む》かってかけだしました。

家《いえ》に帰《かえ》ると、なみ江《え》はすぐに、赤《あか》ちゃんツバメをくるんでいた新聞紙《しんぶんし》を広《ひろ》げました。そして、もっとびっくりしました。赤《あか》ちゃんツバメが目《め》を閉《と》じて、ぐったりしているのです。

「うわっ、赤《あか》ちゃんツバメが動《うご》かへん！　お願《ねが》いやさかい、目《め》を開《あ》けてーな」

なみ江《え》は泣《な》きじゃくりながらツバメを何度《なんど》もなでましたが、赤《あか》ちゃんツバメは目《め》を開《あ》けませんし、体《からだ》がかたくなっていました。

なみ江《え》の泣《な》き声《こえ》を聞《き》きつけて、奥《おく》の部屋《へや》から、お母《かあ》ちゃんが出《で》て来《き》ました。

「どない（どう）したんや！　友《とも》だちとケンカをしたんか？　手《て》に持《も》っている新聞紙《しんぶんし》に包《つつ》んだモンは何《なん》やな？」

お母《かあ》ちゃんが聞《き》きました。

なみ江《え》は、「赤《あか》ちゃんツバメが……」と言《い》うのがやっとでした。

お母《かあ》ちゃんは新聞紙《しんぶんし》に包《つつ》んだものが何《なに》かわかると、ギョッ、として、

「まぁ、こんなもん、どこでひろってきたんやな？」

と早口《はやくち》でたずねました。

「ヘン骨《こつ》おっさんとこに、ツバメの赤《あか》ちゃんが四羽生《わう》まれたんやけど、今日《きょう》、この子《こ》だけが巣《す》から落《お》ちたんや。ベチャとして動《うご》かへんさかい、早《はよ》う、巣《す》に戻《もど》したげてって、ヘン骨《こつ》おっさんにたのんだのに、何《なに》もしてくれてやないんや。寛一兄《かんいちにい》ちゃんは、『もう、アカンのやて』と言《い》うてやし、かわいそうやから家《いえ》に連《つ》れて帰《かえ》ってきたんや。ヘン骨《こつ》おっさんとこでは、ピクッ、ピクッと動《うご》いとったのに、家《いえ》に着《つ》いたら目《め》を閉《と》じて動《うご》かんようになってしもたんや。ヘン骨《こつ》おっさんと寛一兄《かんいちにい》ちゃんが悪《わる》いんや」

なみ江《え》は、泣《な》きじゃくりました。

するとお母《かあ》ちゃんがこう言《い》いました。

「この間《あいだ》、新《あたら》しいタオルを買《こ》うてあげたさかい、古《ふる》いピンク色《いろ》のタオルはいらんやろ。あれを布団《ふとん》がわりに敷《し》いたげたら、ふかふかやして、気持《きも》ちがよいわ。蔵《くら》からミカン箱《ばこ》を取《と》ってくるさかいに、その箱《はこ》に寝《ね》かしてあげ」

お母《かあ》ちゃんが取《と》ってきてくれたミカン箱《ばこ》を土間《どま》に置《お》いて、赤《あか》ちゃんツバメを寝《ね》かそうとしていたら、「ワラも敷《し》いたげな、アカンで」と、お母《かあ》ちゃんが言《い》いました。

なみ江《え》は小屋《こや》からワラを取《と》ってきてミカン箱《ばこ》の底《そこ》に敷《し》き、古《ふる》いタオルを広《ひろ》げて、その上《うえ》に赤《あか》ちゃんツバメを寝《ね》かせました。タオルを半分《はんぶん》に折《お》って、かけ布団《ぶとん》にしました。すると、すぐに、

「お花《はな》と水《みず》も供《そな》えたげや」

と、お母《かあ》ちゃんがヘンなことを言《い》ったのです。湯飲《ゆの》み茶碗《ぢゃわん》に水《みず》を入《い》れて置《お》き、花《はな》は石垣《いしがき》のところに咲《さ》いている紅《あか》いツツジを折《お》って、牛乳《ぎゅうにゅう》ビンにさしてそばに置《お》きました。

と、そこへ、表戸《おもてど》の方《ほう》から、

「なみ江《え》ちゃんはいるかい」「なみ江ちゃーん、ボクや」

その声《こえ》が、ヘン骨《こつ》おっさんと寛一兄《かんいちにい》ちゃんだとわかると、また、なみ江《え》は腹《はら》がたってきて、急《いそ》いで下《しも》の間《ま》に入《はい》り、障子《しょうじ》を、ピシャ、と閉《し》めました。

「ちょっと入《はい》らしてもらうで」

ヘン骨《こつ》おっさんの声《こえ》です。寛一兄《かんいちにい》ちゃんと家《いえ》に入《はい》ったようです。そして、もう一度《ど》、ヘン骨《こつ》おっさんの声《こえ》が聞《き》こえてきました。

「やっぱり、アカンかったんやの。今日《きょう》、なみ江《え》ちゃんがひどう（ひどく）怒《おこ》ってな。心《しん》配《ぱい》で来《き》てみたんやけど、何《なん》ぞ、言《い》うとったかい？」

ヘン骨《こつ》おっさんがたずねています。

「ツバメの赤《あか》ちゃんのことで、徳《とく》やん（ヘン骨《こつ》おっさんのこと）と寛一《かんいち》ちゃんに腹《はら》をたてとったけど、世話《せわ》をしているうちにだんだん落《お》ち着《つ》いてきたみたいやわ」

ちょっと間《ま》があいて、また、ヘン骨《こつ》おっさんの声《こえ》がしました。

「あの赤《あか》ちゃんツバメを見《み》て、幸《しあわ》せなツバメや、と思《おも》た。ワシの家《いえ》で息《いき》をひきとったら、あない（あんなに）かわいくは飾《かざ》ってやれへんだわな」

なみ江《え》は、ドキッ、としました。赤《あか》ちゃんツバメはやはり、死《し》んでいたのです。でも、ヘン骨《こつ》おっさんが、なみ江《え》が怒《おこ》って帰《かえ》ってから、なみ江《え》のことを心配《しんぱい》していてくれたことや、赤《あか》ちゃんツバメがかわいい布団《ふとん》で寝《ね》かされているのを見《み》て、「幸《しあわ》せなツバメや」と言《い》ってくれたので、腹《はら》がたつ気持《きも》ちが少《すこ》しずつやわらぎました。

スーと障子《しょうじ》を開《あ》け、なみ江《え》はヘン骨《こつ》おっさんと寛一兄《かんいちにい》ちゃんが座《すわ》っている、アガリトへ行《い》きました。

「おっちゃん、ごめんな。赤《あか》ちゃんツバメが死《し》んだらカナンことで頭《あたま》がいっぱいやったんや。せやけど、赤《あか》ちゃんツバメは死《し》んでしもたんやろ」

なみ江《え》は泣《な》きました。自然界《しぜんかい》のしくみをまだよく知《し》りません。

ヘン骨《こつ》おっさんは、「なみ江《え》ちゃんに最期《さいご》を看取《みと》ってもろうた、あの赤《あか》ちゃんツバメはほんまに幸《しあわ》せモンや」と言《い》ってくれました。

そして、お母《かあ》ちゃんが、

「そうや！　いつも、なみ江《え》が遊《あそ》びに行《い》かせてもらうばっかりで、ウチに徳《とく》やんと寛一《かんいち》ちゃんが一緒《いっしょ》に来《き》てくれてや（来《き》てくれる）ことは、めったにないさかい、今日《きょう》はおやつを一緒《いっしょ》に食《た》べよ」

と告《つ》げて急《いそ》いで土間《どま》に降《お》り、台所《だいどころ》へ向《む》かいました。手早《てばや》くジャガイモを洗《あら》い、蒸《む》し器《き》に入《い》れて、かまどでふかしました。蒸《む》し終《お》わると、お皿《さら》に盛《も》って塩《しお》をふり、みんなの前《まえ》に出《だ》しました。

ヘン骨《こつ》おっさんは、皿《さら》からふかしイモを一個《いっこ》取《と》り、なみ江《え》と一緒《いっしょ》に赤《あか》ちゃんツバメの前《まえ》に供《そな》えました。そのあと、みんなは、ほおばったジャガイモを口《くち》にため、ほーッと息《いき》を吐《は》きました。すると、寛一兄《かんいちにい》ちゃんが大《おお》きな声《こえ》で、こんなことを言《い》ったのです。

「こないしとったら、ツバメの家族《かぞく》みたいやな。にぎやかやし、おばちゃんがお母《かあ》ちゃんやったらよいのになー」

「まぁ、何《なに》を言《い》うのやいな！」

お母《かあ》ちゃんは目《め》を丸《まる》くして、照《て》れ笑《わら》いをしました。ヘン骨《こつ》おっさんも急《きゅう》にそわそわしだしました。ふかしイモを口《くち》に押《お》し込《こ》むと、寛一兄《かんいちにい》ちゃんを急《せ》きたて、「おいしかったわ。長《なが》いことじゃましたな」と、あわただしく帰《かえ》って行《い》きました。

お母《かあ》ちゃんが、死《し》んだ赤《あか》ちゃんツバメが眠《ねむ》るミカン箱《ばこ》のところに来《く》るように、なみ江《え》に言《い》いました。そして、こんな話《はなし》をしました。

「隣《となり》のおばあちゃんが言《い》うとっちゃったわ。ツバメはな、一度《ど》人間《にんげん》のにおいがつくと、エサを食《た》べる力《ちから》が弱《よわ》って、親《おや》も子《こ》を育《そだ》てへんらしいわ。それが自然《しぜん》のしくみなんやて。きびしいもんやな。お母《かあ》ちゃんは思《おも》うんやけど、ヘン骨《こつ》おっさんも、この自然《しぜん》のしくみを知《し》っていて、巣《す》に赤《あか》ちゃんツバメを返《かえ》してやなかったんやないやろか（返《かえ》さなかったのとちがうか）。自分《じぶん》が巣《す》に返《かえ》してやっても、ツバメの世界《せかい》では生《い》きていかれへんさかいな。人《ひと》も鳥《とり》も他《ほか》の生《い》き物《もの》も死《し》ぬのはさけられへんのやな」

なみ江《え》は、「うん」とうなずきました。

「赤《あか》ちゃんツバメのお墓《はか》を作《つく》るわ」

「ほんなら、お母《かあ》ちゃんは小《ちい》さいオニギリを作《つく》ったげるわ。それをお供《そな》えしょう。天国《てんごく》に行《い》くのに、お腹《なか》が空《す》いたらかわいそうやしな」

なみ江《え》は家《いえ》の横《よこ》にある花畑《はなばたけ》の隅《すみ》に穴《あな》を掘《ほ》り、お母《かあ》ちゃんが作《つく》ってくれた小《ちい》さいオニギリと一緒《いっしょ》に、死《し》んだ赤《あか》ちゃんツバメを埋《う》めました。

「なみ江《え》にこんなやさしい心《こころ》が育《そだ》っているのを知《し》って、お母《かあ》ちゃんはうれしいわ。この赤《あか》ちゃんツバメもヘン骨《こつ》おっさんも、この世《よ》で生《い》きる物《もの》の命《いのち》の尊《とうと》さを教《おし》えてくれたちゃったんやわ。感謝《かんしゃ》せなアカンな」

お母《かあ》ちゃんが言《い》いました。なみ江《え》はもう一度《ど》、赤《あか》ちゃんツバメのお墓《はか》を見《み》て、「うん」とうなずきました。

ヘン骨《こつ》おっさんの家《いえ》の赤《あか》ちゃんツバメは、いつもと同《おな》じようにエサをついばみながら、巣立《すだ》ちの日《ひ》を待《ま》っていました。

七　ホタルとり

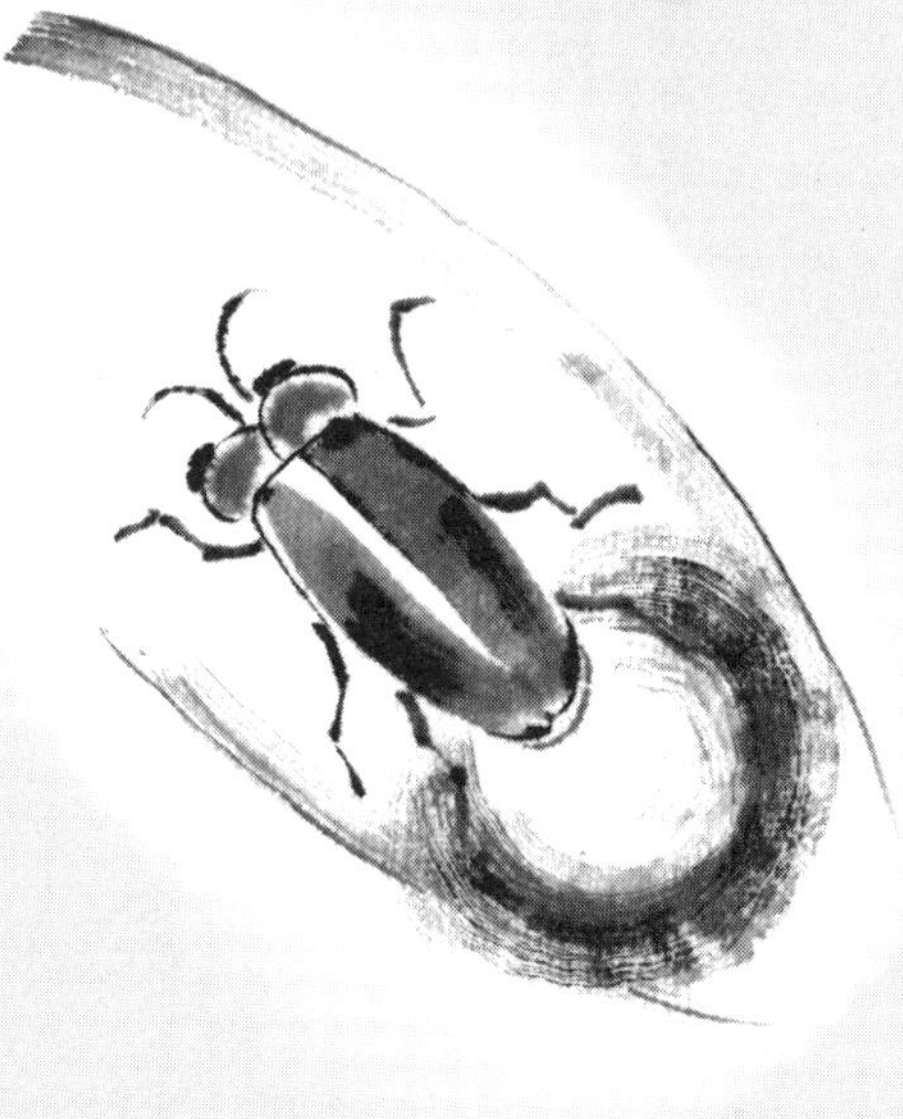

「お母《かあ》ちゃん、早《はよ》うご飯《はん》にしてや。友《とも》だちとホタルとりに行《い》くんや」

なみ江《え》は、炊事場《すいじば》で夕食《ゆうしょく》の準備《じゅんび》をしている、お母《かあ》ちゃんを急《せ》かせました。

お母《かあ》ちゃんは、おくどさんに柴《しば》をくべながら、鍋《なべ》のフタを取《と》ってこげつかないように菜箸《さいばし》で煮物《にもの》をかき混《ま》ぜています。

おくどさんは、なみ江《え》が子《こ》どもの頃《ころ》、どこの家庭《かてい》でも使用《しよう》されていた煮炊《にた》きをするかまどのことです。農家《のうか》ではたいがい、土間《どま》におくどさんがこしらえてありました。また、菜箸《さいばし》は長《なが》い四本《ほん》の箸《はし》を束《たば》ねて作《つく》った、煮物用《にものよう》の大《おお》きな箸《はし》です。

湯気《ゆげ》と一緒《いっしょ》に醤油《しょうゆ》のにおいが、プーン、と土間《どま》いっぱいに広《ひろ》がりました。

「ジャガイモと玉《たま》ネギを炊《た》いとるさかいになー……」

お母《かあ》ちゃんは鍋《なべ》のフタを持《も》ち上《あ》げ、何度《なんど》か菜箸《さいばし》を突《つ》き入《い》れています。まだ、うまく煮《に》えていないのでしょう、

「もうちょっとかかるわ」

と、もう一度《いちど》フタをしました。

なみ江《え》は気《き》が急《せ》いて柱時計《はしらどけい》ばかり見《み》ていました。しばらくすると、

「炊《た》けたで。自分《じぶん》のお膳《ぜん》を出《だ》して座《すわ》り。お母《かあ》ちゃんのもたのむわな」

お母《かあ》ちゃんが言《い》いました。お膳《ぜん》は一辺《いっぺん》が一尺《いっしゃく》ぐらい（約《やく》三十《じゅっ》センチメートル）の四角《しかく》い台《だい》に四本《ほん》の足《あし》がついていて、赤黒《あかぐろ》いうるしが塗《ぬ》られています。家族全員《かぞくぜんいん》に一脚《いっきゃく》ずつ用《よう》意《い》してあり、お膳《ぜん》の前《まえ》に正座《せいざ》をして食《た》べます。

なみ江《え》は自分《じぶん》のとお母《かあ》ちゃんのお膳《ぜん》を戸棚《とだな》から出《だ》し、居間《いま》に並《なら》べました。

「あんたは魚《さかな》が嫌《きら》いやけど、白身《しろみ》のカレイやったら食《た》べるさかい、舞鶴《まいづる》から魚《さかな》を売《う》りに来《き》やはったおっちゃんから買《こ》うといたわ」

晩《ばん》ご飯《はん》のおかずは、ジャガイモと玉《たま》ネギの煮物《にもの》、カレイの焼魚《やきざかな》、お漬物《つけもの》のタクアン、そして、麦《むぎ》ご飯《はん》です。

「いただきまーす」

なみ江《え》は早《はや》くホタルとりに行《い》きたくて、急《いそ》いでガツガツ食《た》べました。

「これっ！　じっくり（ゆっくり）よう（よく）かんで食《た》べなアカンやろ。お腹《なか》が痛《いと》うなっても知《し》らんで」

お母《かあ》ちゃんが注意《ちゅうい》しましたが、すでに、柱時計《はしらどけい》は午後《ごご》六時《じ》三十分《じゅっぷん》を告《つ》げています。

今頃《いまごろ》はもう、友《とも》だちが高屋川《たかやがわ》の土手《どて》に集合《しゅうごう》しているはずです。

なみ江《え》は、やっぱり急《いそ》いでガツガツ食《た》べました。

「長袖《ながそで》の服《ふく》と長《なが》ズボンをはいて行《い》かな、虫《むし》に咬《か》まれるで。それに長靴《ながぐつ》もはいて行《い》きや。ハメがおるかもしれへんさかいな」

ハメは恐《こわ》い毒《どく》ヘビのマムシのことです。先《さき》ほどから、お母《かあ》ちゃんは同《おな》じことばかり何回《なんかい》も言《い》っています。夕方《ゆうがた》から遊《あそ》びに出《で》かけるなみ江《え》のことが心配《しんぱい》なのはわかりますが、今《いま》は気《き》が急《せ》いて、ただうるさいだけです。

「わかっとるてや」

なみ江《え》は口《くち》をとがらせて返事《へんじ》をしました。

急《いそ》いで身支度《みじたく》を整《ととの》え、表戸《おもてど》を飛《と》び出《だ》しました。小屋《こや》へ走《はし》っていくと、菜《な》タネ（菜《な》の花《はな》）の茎《くき》を二本《ほん》取《と》り出《だ》しました。なみ江《え》が子《こ》どもの頃《ころ》は、ホタルとりをするのに虫取《むしと》りアミは使《つか》いませんでした。この菜《な》タネの茎《くき》で飛《と》んでいるホタルをサッとふって落《お》としたり、茎《くき》を手《て》に持《も》って、ホタルが止《と》まるのをじっと待《ま》つのです。種《たね》を抜《ぬ》き取《と》られた茎《くき》は、サヤがパアッと開《ひら》いて、白《しろ》い花《はな》がいっぱい咲《さ》いているようです。小屋《こや》から出《で》ると、ホタルを追《お》っているようすを想像《そうぞう》しながら、一度《ど》、二本《ほん》の菜《な》タネの茎《くき》を右《みぎ》や左《ひだり》に動《うご》かしてみました。カシャ、カシャと、サヤがここちよい音《おと》をたてました。

次《つぎ》は、取《と》ったホタルを入《い》れる虫《むし》かごが必要《ひつよう》です。でも、虫《むし》かごは使《つか》いません。富田《とみた》の子《こ》どもたちはホタルとりに行《い》く時《とき》、よく育《そだ》った太《ふと》いネギの筒《つつ》や、底《そこ》の広《ひろ》いビンや缶《かん》のフタに釘《くぎ》で空気穴《くうきあな》を開《あ》けて、虫《むし》かごの代《か》わりに使《つか》いました。

なみ江《え》は家《いえ》の前《まえ》にある畑《はたけ》に行《い》きました。太《ふと》いネギを選《えら》んで、チョン！　と手《て》でつみ取《と》りました。ネギの筒《つつ》の空洞《くうどう》の中《なか》に取《と》ったホタルを入《い》れておくと、不思議《ふしぎ》なことにホタルは逃《に》げ出《だ》しません。たぶんホタルが細長《ほそなが》いネギの底《そこ》の方《ほう》に入《はい》ってしまうと出《で》にくいし、ネギのネバネバした汁《しる》がホタルの体《からだ》について飛《と》びにくいからだ、と思《おも》います。

ネギの臭《にお》いがプーンと鼻《はな》をさしましたが気《き》にせずに、菜《な》タネの茎《くき》と三本《ぼん》のネギを持《も》って、なみ江《え》は高屋川《たかやがわ》へ急《いそ》ぎました。

「なみ江《え》ちゃん、遅《おそ》かったなー」

高屋川《たかやがわ》の土手《どて》（堤《つつみ》）で、寛一兄《かんいちにい》ちゃんたち五人《にん》が待《ま》っていました。

「まだちょっと外《そと》が明《あか》るいし、ホタルは飛《と》んでへんわ。もうちょっとしたら、ぎょうさん飛《と》ぶやろ」

ホタルとりにはまだ、少《すこ》し時間《じかん》が早《はや》いようです。ホタルは水辺《みずべ》の草《くさ》や笹《ささ》に止《と》まって夜露《よつゆ》を飲《の》んでいますから、まっ暗《くら》にならないと飛《と》び始《はじ》めません。向《む》こう岸《ぎし》をおおう竹《たけ》やぶには、ホタルの尻《しり》ちょうちんが鈴《すず》なりです。鈴《すず》なりとは、木《き》に実《み》がいっぱいなっているようすを言《い》います。

みんなは土手《どて》に立《た》って、辺《あた》りがもっと暗《くら》くなるのを待《ま》ちました。三十分《じゅっぷん》ほど待《ま》ったでしょうか、一匹《いっぴき》、二匹《ひき》、三匹《びき》とホタルが飛《と》び始《はじ》めました。

「よっしゃ!」

と声《こえ》を上《あ》げ、みんなは、ホタルの尻《しり》ちょうちんを追《お》いかけて走《はし》り出《だ》しました。ホタルの群《む》れに追《お》いつくと、菜《な》タネの茎《くき》をその群《む》れに向《む》かって持《も》ち上《あ》げました。ホタルが止《と》まってくれるのを息《いき》をころして待《ま》ちます。頭上《ずじょう》はホタルの尻《しり》ちょうちんだらけです。でも、ホタルはスイスイと飛《と》んで行《い》ってしまって、なかなか菜《な》タネの茎《くき》に止《と》まってくれません。

「しゃーないなぁ(しかたがない)。これでホタルを払《はら》い落《お》とそう」

みんなは菜《な》タネの茎《くき》を上《うえ》から下《した》からムチャクチャに動《うご》かしました。

ところが、これも失敗《しっぱい》です。

「この場所《ばしょ》はアカン。川下《かわしも》の方《ほう》が、取《と》りやすいわ」

なみ江《え》と寛一兄《かんいちにい》ちゃんの他《ほか》はみんな、川下《かわしも》へ走《はし》って行《い》きました。

寛一兄《かんいちにい》ちゃんは、ちょっと離《はな》れた場所《ばしょ》へ行《い》き、もう一度《ど》、ホタルとりを始《はじ》めました。

なみ江《え》は、「♪ホー、ホー、ホタル来《こ》い♪」と歌《うた》いながら、ホタルが近《ちか》づいてくるのを待《ま》っていました。すると、一匹《いっぴき》のホタルが飛《と》んで来《き》ました。菜《な》タネの茎《くき》を、そーっとそのホタルにさし出《だ》しました。そして、スー、スーと左右《さゆう》に動《うご》かしてみました。菜《な》タネの茎《くき》が起《お》こす風《かぜ》にゆさぶられて、ホタルが一匹《いっぴき》、足《あし》もとに、ポトン、と落《お》ちました。

よっしゃ、取《と》れた！　と、なみ江《え》は思《おも》いましたが、すぐに、そのホタルはフワリ、フワリと尻《しり》ちょうちんを点《とも》して飛《と》び去《さ》ってしまいました。

寛一兄《かんいちにい》ちゃんがニコニコしながらそばにやって来《き》て、

「ヘタクソやなー。ボクはもう、五匹《ひき》もつかまえたでぇー」

空《あ》きビンでこしらえた虫《むし》かごに入《はい》っているホタルを見《み》せました。

「ヘタクソやなー」と言《い》われて、なみ江《え》は腹《はら》がたちました。

「私《わたし》かて、今《いま》につかまえてみせるし」

「アカン、ベェー」をして、プイと寛一兄《かんいちにい》ちゃんに背《せ》を向《む》けました。

しばらくすると、ドサッ、ガサガサ、ズズーッ――

少《すこ》し離《はな》れた土手《どて》の草《くさ》むらで大《おお》きな音《おと》がしました。すぐに、

「ひゃー、なみ江《え》ちゃん助《たす》けてぇー」

寛一兄《かんいちにい》ちゃんの叫《さけ》び声《ごえ》が上《あ》がりました。

あッ、ホタルを追《お》いかけていて、土手《どて》から落《お》ちたのとちがうか！　なみ江《え》はとっさにそう思《おも》いましたが、先《さき》ほどからかわれたので、「自慢《じまん》ばっかりしとるしや。カッコ悪《わる》うー」、声《こえ》がした草《くさ》むらの方《ほう》に向《む》かって大声《おおごえ》で憎《にく》まれ口《ぐち》をたたきました。

でも、辺《あた》りはまっ暗《くら》です。やっぱり心配《しんぱい》です。

なみ江《え》はホタルとりを中止《ちゅうし》して、持《も》ってきた懐中電灯《かいちゅうでんとう》を照《て》らしながら、声《こえ》のした場所《ばしょ》へ行《い》ってみました。そして、懐中電灯《かいちゅうでんとう》を土手《どて》の草《くさ》むらに向《む》け、のぞき込《こ》みました。寛一《かんいち》兄《にい》ちゃんの姿《すがた》は見《み》えません。それにメチャクチャ恐《こわ》いことを思《おも》い出《だ》しました。ホタルと

りに出《で》かける前《まえ》に、お母《かあ》ちゃんから何回《なんかい》も注意《ちゅうい》されていたことです。

「ハメが出《で》とる頃《ころ》やさかいに、ぜったい土手《どて》から川辺《かわべ》の草《くさ》むらに下《お》りたらアカンで。ハメに咬《か》まれるさかいな」

なみ江《え》は胸《むね》が、ドキドキしだしました。川下《かわしも》の方《ほう》でホタルとりをしていたみんなが、こちらへ帰《かえ》って来《く》るところでしたので、

「みんな、ちょっと来《き》てぇー」

と、叫《さけ》びました。

「何《なん》や！」

「どないしたんや！」

みんなが走《はし》って集《あつ》まってきました。

「この辺《へん》から土手《どて》の下《した》へ、寛一兄《かんいちにい》ちゃんが落《お》ちたんや」

なみ江《え》は足《あし》もとの草《くさ》むらから土手下《どてした》を、懐中電灯《かいちゅうでんとう》で照《て》らしました。

「ドンクサイ、ヤツやなー。ホタルを取《と》る時《とき》はあんまり明《あか》るくしたらアカンのやけど、しゃーないな、みんなで懐中電灯《かいちゅうでんとう》を点《つ》けて捜《さが》そう」

みんなはいっせいに、持《も》ってきた懐中電灯《かいちゅうでんとう》のスイッチを入《い》れました。そして、足《あし》もとから土手下《どてした》の川《かわ》まで生《は》えている草《くさ》むらを照《て》らし出《だ》しました。

すると、土手《どて》のまん中辺《なかあた》りから、

「助《たす》けてー。ここや！」

寛一兄《かんいちにい》ちゃんの叫《さけ》び声《ごえ》がしました。

みんなはすぐに声《こえ》がした方《ほう》へ懐中電灯《かいちゅうでんとう》を向《む》けました。

「あッ、おった！　あそこや」

寛一兄《かんいちにい》ちゃんは土手《どて》のまん中《なか》で草《くさ》をつかんでもがいています。

「今《いま》、助《たす》けたげるさかい、待《ま》っとりや！」と言《い》ったものの、手《て》をさし出《だ》しただけでは寛一《かんいち》兄《にい》ちゃんにとどきません。

「せや（そうや）、人間《にんげん》ロープをしよう。そしたら、寛一《かんいち》ちゃんにとどくわ」

寛一兄《かんいちにい》ちゃんの友《とも》だちが叫《さけ》びました。人間《にんげん》ロープは、人《ひと》が腹《はら》ばいになって足首《あしくび》を持《も》ち合《あ》い、目標《もくひょう》に向《む》かってロープのように伸《の》びていく方法《ほうほう》です。

「この中《なか》で一番体《ばんからだ》が小《ち》さいのは、お前《まえ》となみ江《え》ちゃんやけど、女《おんな》の子《こ》に人間《にんげん》ロープはさせられへん。お前《まえ》がロープになれ」

寛一兄《かんいちにい》ちゃんの友《とも》だちは、なみ江《え》と同級生《どうきゅうせい》のサブやんに命《めい》じました。

「ええー、ぼくが、てか！　どんなことをするのか、わからへん」

目《め》を丸《まる》くしたサブやんは、すぐにイヤそうな顔《かお》をしました。

「かんたんや。土手《どて》の斜面《しゃめん》に寝《ね》ころんで、寛一《かんいち》ちゃんに向《む》かって両手《りょうて》をおもいっきり出《だ》したらよいんや」

「そんなことをしたら、ボクも一緒《いっしょ》に落《お》ちてしまうやんか」

「大丈夫《だいじょうぶ》や。お前《まえ》の体《からだ》が落《お》ちんように、みんなで両足《りょうあし》をしっかり持《も》っとくさかい、ちーとも心配《しんぱい》することはあらへん」

寛一兄《かんいちにい》ちゃんの友《とも》だちが説明《せつめい》すると、他《ほか》のみんなも、「それがよい」と言《い》いました。サブやんは泣《な》きそうになりながら、土手《どて》の斜面《しゃめん》に腹《はら》ばいになりました。ところが、

「アカンわ！　こいつの身長《しんちょう》だけでは寛一《かんいち》ちゃんのとこまで手《て》がとどかへんさかい、ボクも腹《はら》ばいになってサブやんの足《あし》を持《も》つわ。そのかわり、寛一《かんいち》ちゃんが上《あ》がって来《く》るまで、みんなは絶対《ぜったい》にボクの足首《あしくび》をにぎっとる手《て》を離《はな》したらアカンで。ほんまに約束《やくそく》やでぇ」

寛一兄《かんいちにい》ちゃんの友《とも》だちが真剣《しんけん》な目《め》でみんなをにらみ、「約束《やくそく》やでぇ」を強調《きょうちょう》しました。

「ほんなら、私《わたし》がしっかり懐中電灯《かいちゅうでんとう》で照《て》らすさかい、がんばってな」

なみ江《え》は二人《ふたり》を励《はげ》ましました。そして、サブやんの両足首《りょうあしくび》を寛一兄《かんいちにい》ちゃんの友《とも》だちがにぎり、その友《とも》だちの足首《あしくび》を残《のこ》りの男《おとこ》の子《こ》三人《にん》が持《も》ちました。いよいよ人間《にんげん》ロープの開始《かいし》です。腹《はら》ばいになっている二人《ふたり》の体《からだ》がズルズルと土手《どて》の下《した》に向《む》かって滑《すべ》り降《お》りていきました。もう少《すこ》しで寛一兄《かんいちにい》ちゃんがしがみついている草《くさ》むらにとどきます。

「寛一兄《かんいちにい》ちゃん、早《はよ》う、サブやんの手《て》をつかみ！」

なみ江《え》は叫《さけ》びましたが、一回目《いっかいめ》は失敗《しっぱい》です。何回《なんかい》か繰《く》り返《かえ》して、やっと寛一兄《かんいちにい》ちゃんがサブやんの手《て》をつかみました。

「やったー！」

すぐに寛一兄《かんいちにい》ちゃんが、サブやんと友《とも》だちの体《からだ》をつたって土手《どて》をよじ登《のぼ》ってくるものと思《おも》っていました、……なのに、寛一兄《かんいちにい》ちゃんは土手《どて》の斜面《しゃめん》と草《くさ》にズルズル足《あし》を滑《すべ》らせて、ちっとも上《あ》がって来《き》ません。

「ドンクサイな！　何《なに》をしとるんやなッ」

なみ江《え》もみんなもだんだん腹《はら》がたってきました。と、その時《とき》です——

なみ江《え》の懐中電灯《かいちゅうでんとう》が、寛一兄《かんいちにい》ちゃんの体《からだ》の右横《みぎよこ》でクネクネと動《うご》いている細長《ほそなが》いものを照《て》らしだしたのです。

「わッー、ハメや！」

なみ江《え》は大声《おおごえ》で叫《さけ》びました。みんなはもう、ビックリです。寛一兄《かんいちにい》ちゃんもサブやんも寛一兄《かんいちにい》ちゃんの友《とも》だちも、「うっひゃー、ハ、ハメはどこにおんねん（おるのや）！」体《からだ》をゆすって叫《さけ》びまくっています。

「寛一兄《かんいちにい》ちゃんのお尻《しり》のとこや！」

なみ江《え》は指《ゆび》さしました。とたんに、人間《にんげん》ロープでつながっていた三人《にん》が「わーッ！」と悲鳴《ひめい》をあげ、ダダダッ、死《し》にもの狂《ぐる》いで土手《どて》の斜面《しゃめん》を蹴《け》ってよじ登《のぼ》ってきました。

寛一兄《かんいちにい》ちゃんは助《たす》けてくれたみんなにお礼《れい》を言《い》うのも忘《わす》れて、

「あー恐《こわ》かった！　ハメは一番《ばん》カナン。もうちょっとで死《し》んでしまうとこやったわ」

と目《め》をむいています。

みんなも「ハメはどこや！」と、懐中電灯《かいちゅうでんとう》で先《さき》ほどの草《くさ》むらを照《て》らしながらのぞき込《こ》みました。みんなであれほど大騒《おおさわ》ぎをしたのに、そのヘビは寛一兄《かんいちにい》ちゃんのいた場所《ばしょ》で、まだ、クネクネと体《からだ》をよじらせていました。

すぐに寛一兄《かんいちにい》ちゃんの友《とも》だちが、

「あれはハメとちがうぞ！　背《せ》に小判《こばん》の模様《もよう》がないさかい、シマヘビや」

と言《い》いました。そして、寛一兄《かんいちにい》ちゃんに、

「あんなに早《はよ》う、土手《どて》を上《あ》がって来《こ》られるのやったら、ボクらに人間《にんげん》ロープをさせる前《まえ》に、自分《じぶん》でさっさと上《あ》がって来《こ》いや。みんなに迷惑《めいわく》をかけたんやから、お礼《れい》に、今《いま》さっき取《と》ったホタルを一匹《いっぴき》ずつ渡《わた》さなアカン」

そう言《い》って、先《さき》ほどの大騒《おおさわ》ぎの最中《さいちゅう》でも落《お》とさずにいた寛一兄《かんいちにい》ちゃんのホタルの入《はい》ったビンを取《と》り上《あ》げ、助《たす》けてくれた五人《にん》の仲間《なかま》に一匹《ぴき》ずつホタルを配《くば》っていきました。ビンの中《なか》に六匹《ろっぴき》いたホタルは一匹《いっぴき》だけになってしまい、寛一兄《かんいちにい》ちゃんは唇《くちびる》を突《つ》き出《だ》して、

「しゃーないなぁ」と言《い》いました。

なみ江《え》のネギの筒《つつ》にも、寛一兄《かんいちにい》ちゃんを助《たす》けたお礼《れい》のホタルが一匹入《いっぴきはい》りました。尻《しり》ちょうちんを、パアッ、パアッ、と点《とも》しています。そのたびにネギの横腹《よこっぱら》が本物《ほんもの》の提灯《ちょうちん》のよ

うに、ホワン、ホワン、と光《ひか》りました。

そこへ、一匹《いっぴき》のホタルが飛《と》んできて、なみ江《え》の菜《な》タネのサヤにちょこんと止《と》まりました。

「あッ、今度《こんど》は自分《じぶん》で取《と》れた！」

なみ江《え》は菜《な》タネのサヤからホタルを取《と》り出《だ》しました。お尻《しり》に大《おお》きなちょうちんがついていて、先《さき》ほどのホタルより一回《ひとまわ》り大《おお》きな体《からだ》をしています。

「ゲンジボタルやわ！」

ゲンジボタルはホタルの王様《おうさま》です。なみ江《え》は胸《むね》をはずませながら、ネギの筒《つつ》にゲンジボタルを入《い》れました。ポトン、と底《そこ》に落《お》ちました。大《おお》きな尻《しり》ちょうちんを点《とも》すたびに、ネギ

の繊維《せんい》の筋《すじ》がすけて見《み》えます。

「きれいやなァ。早《はよ》う帰《かえ》って、お母《かあ》ちゃんに見《み》せたげよー」

なみ江《え》が帰《かえ》りかけると、

「もう帰《かえ》るんか？」

寛一兄《かんいちにい》ちゃんが聞《き》きました。

「私《わたし》かて、一匹《いっぴき》つかまえたもん。ほれ見《み》てみい、大《おお》きなゲンジボタルやで。私《わたし》、ヘタクソとちがうしな」

なみ江《え》は得意《とくい》になって、ネギの筒《つつ》に入《はい》ったホタルを、寛一兄《かんいちにい》ちゃんの鼻先《はなさき》へ突《つ》き出《だ》しました。

家《いえ》に帰《かえ》ると、お母《かあ》ちゃんがカヤ（注①）をつって、寝床《ねどこ》の準備《じゅんび》をしていました。

「お母《かあ》ちゃん、このホタルと一緒《いっしょ》に寝《ね》るでー」

なみ江《え》はカヤを、パッ、とめくって入《はい》りました。ところが、すぐにお母《かあ》ちゃんが文句《もんく》を言《い》いました。

「また、立《た》ったままでカヤに入《はい》ってからに。蚊《か》がカヤの中《なか》に入《はい》るやないの。何《なん》のためにカヤをつっとるのかわからへん。入《はい》る時《とき》は、うちわで周《まわ》りをあおいで蚊《か》を追《お》い払《はら》ってから、小《ちい》さくなって入《はい》らなアカンと、いつも言《い》うとるやろ。それに、そのホタルを入《い》れたネギ、臭《くそ》うてかなんわ。早《はよ》う、どこかへ持《も》って行《い》ってんか」

お母《かあ》ちゃんは、おかんむりです。

なみ江《え》はホタルと一緒《いっしょ》にいたいので、ネギから二匹《ひき》のホタルを出《だ》して、カヤの中《なか》に放《はな》しました。ホタルたちは尻《しり》ちょうちんをつけたり、消《け》したりして、あっちこっちに飛《と》び回《まわ》りました。お母《かあ》ちゃんもホタルを見《み》て、おかんむりが少《すこ》しおさまったのか、「きれいやなア」と見《み》ほれています。

でも、ホタルは取《と》ったその夜《よる》だけしか飼《か》えません。人間《にんげん》が飼《か》ってもすぐに死《し》んでしまうからです。

次《つぎ》の日《ひ》の朝《あさ》、なみ江《え》は学校《がっこう》へ行《い》く前《まえ》に、寛一兄《かんいちにい》ちゃんと一緒《いっしょ》に高屋川《たかやがわ》の土手《どて》へ、昨夜《さくや》取《と》ったホタルを放《はな》しに行《い》きました。

それから一週間《いっしゅうかん》が経《た》った夕方《ゆうがた》、

「お母《かあ》ちゃん、もういっぺんだけホタルを取《と》りに行《い》ってくるわ」

なみ江《え》が出《で》かけようとすると、お母《かあ》ちゃんが今夜《こんや》に限《かぎ》って、

「アカンアカン、ホタルとりはアカンよ。七月《がつ》のホタルは幽霊《ゆうれい》ボタルと言《い》うて、誰《だれ》も取《と》ったらアカンのやで」

「えっ、幽霊《ゆうれい》ボタルてか！」

なみ江《え》は目《め》を見開《みひら》きました。

「七月《がつ》に入《はい》ったらな、お盆《ぼん》（八月《がつ》十五日《にち》）まであと、一月《ひとつき》ちょっとやし、ご先祖《せんぞ》さんがな、ぼつぼつ自分《じぶん》の生《う》まれた家《いえ》に帰《かえ》って来《き》やはるのやわな。その時《とき》に、ホタルの尻《しり》ちょうちんをからはる（借《か》りる）んや。それを幽霊《ゆうれい》ボタルと言《い》うのやで。昔《むかし》から幽霊《ゆうれい》ボタルは取《と》らんように、村《むら》の年寄《としよ》りから言《い》い伝《つた》えられてきたさかい、お母《かあ》ちゃんらが子《こ》どもの時《とき》は、それをしっかり守《まも》ってな、ホタルを取《と》りに行《い》く子《こ》はおらへんかった。」

ふーん、となみ江《え》は返事《へんじ》をして、その夜《よる》は、ホタルを取《と》りに行《い》くのをやめました。それにこの頃《ごろ》は午後《ごご》七時《じ》を過《す》ぎると、なみ江《え》ン家《ち》の庭《にわ》にもホタルが飛《と》んできます。ただ、ホタルとりに行《い》っていた一週間前《いっしゅうかんまえ》までは、あんなにスーイ、スーイと飛《と》んでいたのに、今《いま》は

あまり元気《げんき》がないようです。

「あっ、そうか！　お母《かあ》ちゃんが言《い》うとっちゃったな。七月《がつ》は、ご先祖《せんぞ》さんが家《いえ》に帰《かえ》って来《き》やはるさかい、きっと今《いま》、尻《しり》ちょうちんでご先祖《せんぞ》さんらの足《あし》もとを照《て》らしてくれているんやわ。せやさかい、速《はや》いこと飛《と》んだらアカンのや。あの尻《しり》ちょうちんは大《おお》きいさかい、きっと、私《わたし》がこの間《あいだ》、逃《に》がしたゲンジボタルにちがいないわ。それに……、ご先祖《せんぞ》さんが帰《かえ》って来《き》やはるんやったら、私《わたし》のお父《とう》ちゃんも帰《かえ》って来《き》とってんやろな。私《わたし》が生《う》まれてすぐに亡《な》くなったさかい顔《かお》は知《し》らんけど……もう、お父《とう》ちゃんは家《いえ》の中《なか》に入《はい》っちゃったんやろか」

なみ江《え》は、庭《にわ》をゆっくり飛《と》んでいるホタルの尻《しり》ちょうちんを見上《みあ》げながら、そう思《おも》いました。

〈注釈《ちゅうしゃく》〉

注①　カヤ＝蚊《か》を防《ふせ》ぐための網状《あみじょう》の布《ぬの》のことで、麻糸《あさいと》で作《つく》られ緑色《みどりいろ》に染《そ》められていました。カヤのつり手《て》を部屋《へや》の四隅《よすみ》にくくりつけ、つり下《さ》げて寝床《ねどこ》をおおい使用《しよう》しました。

八　スキノトコ（つちのこ）釣《っ》り

富田《とみた》も田植《たう》えが終《お》わりました。

田《た》んぼからは、小《ちい》さい稲《いね》の苗《なえ》が顔《かお》を出《だ》して風《かぜ》にそよいでいます。カエルが「ゲコゲコ、グァクァ」とさわがしく合唱《がっしょう》しだしました。

ヘン骨《こつ》おっさんはというと、村《むら》の人《ひと》たちが「腰《こし》が痛《いた》い！　肩《かた》と手《て》が痛《いた》い！」と次《つぎ》から次《つぎ》に治療《ちりょう》にやって来《き》て、テンテコ舞《ま》いです。

「田植《たう》えの時《とき》に自分《じぶん》の体《からだ》をむりして使《つこ》うとるさかい、アッチコッチが痛《いと》うなるのやなー。そやから、ワシも休《やす》むひまがないわ！」

うれしいボヤキを口《くち》にしながら、一人《ひとり》ずつ治療《ちりょう》をしていました。

さて、村《むら》一番《ばん》の釣《つ》りキチ名人《めいじん》・辰吉《たつきち》さんの治療《ちりょう》の順番《じゅんばん》が回《まわ》ってきました。辰吉《たつきち》さんは何《なに》よりも魚釣《さかなつ》りが大好《だいす》きです。田《た》んぼや畑《はたけ》の仕事《しごと》をしていても途中《とちゅう》でほっぽり出《だ》して、川《かわ》に出《で》かけては魚釣《さかなつ》りばかりしています。ですから、辰吉《たつきち》さんの田《た》んぼだけは、半分《はんぶん》しか田植《たう》えが終《お》わっていません。

毎年《まいとし》、この時期《じき》になると、村《むら》の人《ひと》たちは「辰吉《たつきち》さんも魚《さかな》を釣《つ》っとる間《ま》があったら田植《たう》えをせんと、秋《あき》に米《こめ》が穫《と》れんようになるのに」と心配《しんぱい》します。

ヘン骨《こつ》おっさんも、辰吉《たつきち》さんが治療《ちりょう》に来《く》るたびに、「魚釣《さかなつ》りもよいけど、早《は》よ、田植《たう》えをせなアカン」と注意《ちゅうい》したいのをグッとがまんして、ちょっとだけイヤミを交《ま》ぜて、こんなふうに言《い》います。

「あんたは、田植《たう》えで手足《てあし》が痛《いと》うなるのとちごうて（ちがって）、魚《さかな》がよう釣《つ》れるさかい、痛《いと》うなるのやなー」

でも、辰吉《たつきち》さんは平気《へいき》のヘイ！

「グィ、グィ、来《き》た来《き》た大《おお》きいぞ！　これやさかい魚釣《さかなつ》りはやめられんのや。この間《あいだ》も、三尺《じゃく》（九十《じゅっ》センチメートル）近《ちか》いコイを釣《つ》ったんやでぇ」

魚釣《さかなつ》りのようすを演《えん》じて見《み》せ、ますます話《はなし》に花《はな》を咲《さ》かせるのです。

「そうか！　そのうちに、クジラも釣《つ》りあげるのとちがうか」

ヘン骨《こつ》おっさんはそう言《い》って、辰吉《たつきち》さんの両手《りょうて》を頭《あたま》の上《うえ》に持《も》ち上《あ》げ、ギューッ、と引《ひ》っぱりました。

「痛《いた》ッタタタ、痛《いた》いてや！」

辰吉《たつきち》さんは顔《かお》をしかめました。

「徳《とく》やんの治療《ちりょう》は、ほんまに荒《あら》っぽいな。ほんでも（それでも）治《なお》るさかい、不思議《ふしぎ》や」

いつものように、ヘン骨《こつ》おっさんの荒療治《あらりょうじ》の腕《うで》まえに感心《かんしん》しましたが、今日《きょう》に限《かぎ》って、辰吉《たつきち》さんは治療《ちりょう》がすむと、「あのなー」と言《い》い、ヘン骨《こつ》おっさんの顔《かお》をのぞき込《こ》みました。そして、ヘンなことを話《はな》し始《はじ》めたのです。

「昨日《きのう》、高屋川《たかやがわ》で魚《さかな》を釣《つ》っとったら、ワシの右足《みぎあし》の長靴《ながぐつ》にネロネロとさわるヤツがおったんや。何《なん》やろうか？　と思《おも》って見《み》たら、まるまる肥《ふと》った短《みじか》いヘビみたいな生《い》き物《もの》が、ワシの長靴《ながぐつ》を上《のぼ》ろうとしとる。びっくりして右足《みぎあし》をふって、そいつをふり落《お》としたんやけど、足《あし》がそいつの上《うえ》にのって、ツルン、とすべって尻《しり》モチをついてしもた。その時《とき》に打《う》った腰《こし》が痛《いた》むさかい、腰《こし》の治療《ちりょう》を念入《ねんい》りに受《う》けたんや」

ヘン骨《こつ》おっさんは、「ふーん、そうか」と返事《へんじ》をしました。そして、「そいつは、あんたに踏《ふ》まれて死《し》んだのか？」とたずねました。

「いいや。探《さが》してみたら、もうおらへんかった。それにしても、あのまるまる肥《ふと》って、足《あし》をふったら黄色《きいろ》に変《か》わりよったヘビの短《みじか》いモンみたいな生《い》き物《もの》はいったい何《なん》やろか？　富田《とみた》の者《もん》にもこのことを言《い》いたいんやけど、ワシが言《い》うたら『辰吉《たつきち》さんが、また、おかしなことを言《い》うとってやわ』と言《い》われるのがオチやさかい、よう言《い》わんのや。せやけど、徳《とく》やんにだけは聞《き》いといてもらおうと思《おも》うてな」

辰吉《たつきち》さんは鼻《はな》の穴《あな》を大《おお》きくふくらませ、目《め》を丸《まる》くして、もう一度《ど》ヘン骨《こつ》おっさんの顔《かお》をのぞき込《こ》みました。

ヘン骨《こつ》おっさんは、まてよ、そいつはひょっとしたら……！と思《おも》いました。子《こ》どもの時《とき》に、お父《とう》さんから聞《き》かされた不思議《ふしぎ》な事件《じけん》を思《おも》い出《だ》したからです。それは、こんな事件《じけん》でした。

昔《むかし》、富田《とみた》のお稲荷《いなり》さんの下《した》の川《かわ》には魚《さかな》がたくさんいて、よく釣《つ》れる穴場《あなば》がありました。

ある日《ひ》、村《むら》の子《こ》どもたちが、その場所《ばしょ》で魚釣《さかなつ》りをしていたら太《ふと》くて短《みじか》いヘビのようなモノが出《で》てきて、一人《ひとり》の男《おとこ》の子《こ》にまとわりつきました。その子《こ》はびっくりして気《き》を失《うしな》い、三日後《みっかご》に死《し》んでしまったのでした。

村《むら》の人《ひと》たちは、そのヘビはきっと、昔《むかし》から村《むら》で「スキノトコ」と呼《よ》ばれてきた化《ば》け物《もの》ヘビにちがいない、と、ウワサし合《あ》って恐《おそ》れました。それ以来《いらい》、村《むら》ではお稲荷《いなり》さんの下《した》で遊《あそ》んだら「スキノトコが出《で》る」と、子《こ》どもたちにきびしく注意《ちゅうい》して、そこでは遊《あそ》ばさないようになったのでした。

「そいつは、スキノトコや」

と、ヘン骨《こつ》おっさんはつぶやきました。

辰吉《たつきち》さんは治療《ちりょう》を終《お》え、ヘン骨《こつ》おっさんの家《いえ》を出《で》ましたが、ヘン骨《こつ》おっさんがボソッと口にした、「スキノトコ」が気《き》になってしかたがありません。寝《ね》てもスキノトコ、起《お》きてもスキノトコと、毎日《まいにち》スキノトコばかりが頭《あたま》の中《なか》をグルグル回《まわ》って、ご飯《はん》もろくに喉《のど》を通《とお》りません。

「ワシは魚《さかな》をいっぱい釣《つ》ってきたさかい、もう魚釣《さかなつ》りは飽《あ》きた。今度《こんど》は、あのケッタイなスキノトコを釣《つ》りたいもんや。釣《つ》りキチ名人《めいじん》と言《い》われとるワシやさかい、ぜったいに釣《つ》ってやるわい」

今《いま》まで誰《だれ》も釣《つ》ったことのないスキノトコを釣《つ》って、村《むら》の人《ひと》たちをびっくりさせてやろうと、辰吉《たつきち》さんは本気《ほんき》でスキノトコ釣《つ》りの準備《じゅんび》を始《はじ》めたのです。

翌日《よくじつ》の朝早《あさはや》く、辰吉《たつきち》さんは高屋川《たかやがわ》に出《で》かけました。この間《あいだ》、スキノトコに出《で》くわした場《ば》所《しょ》に着《つ》くと、辰吉《たつきち》さんは河原《かわら》のぬかるみを見《み》つけ、両足《りょうあし》の長靴《ながぐつ》に泥《どろ》をいっぱいつけました。

「これでスキノトコが上《のぼ》りやすうなったやろ。前《まえ》みたいに、ワシの長靴《ながぐつ》に上《のぼ》ってきたら、じーっとがまんしとって、キュッとつかまえちゃろ。それに今日《きょう》からは魚《さかな》釣《つ》りとちごうてスキノトコ釣《つ》りやさかい、土手《どて》の草《くさ》むらに糸《いと》をたらさなアカン」

辰吉《たつきち》さんは高屋川《たかやがわ》にくるりと背《せ》を向《む》けました。草《くさ》が一番《ばん》たくさん茂《しげ》っている場所《ばしょ》をめがけて、釣《つ》り糸《いと》を投《な》げ入《い》れました。ただ、釣《つ》り針《ばり》につけられたエサが、とてもヘンです。辰《たつ》吉《きち》さんは川魚《かわざかな》を釣《つ》る時《とき》はいつも、ミミズを使《つか》っていました。スキノトコが好《す》きなエサはわかりませんから、この間《あいだ》、出《で》くわしたスキノトコが、辰吉《たつきち》さんの泥《どろ》だらけの長靴《ながぐつ》に体《からだ》をすりつけて気持《きも》ちよさそうにしていたので、やはりエサは使《つか》い古《ふる》した泥《どろ》だらけの長靴《ながぐつ》がよい、と考《かんが》えました。

「さァ、くってくれ、くってくれ、お前《まえ》の好《す》きな長靴《ながぐつ》エサや」

辰吉《たつきち》さんは息《いき》をひそめて、釣《つ》り糸《いと》が引《ひ》かれるのを待《ま》ちました。風《かぜ》が吹《ふ》いてきて草《くさ》がザワザワゆれるたびに、「もしかしてスキノトコかいな！」と期待《きたい》をしましたが、風《かぜ》がやむと雑草《ざっそう》は、ション、と元《もと》どおりに立《た》ちました。

今度《こんど》は風《かぜ》がないのに草《くさ》がゆれだしました。もしかしてスキノトコやろか！　と思《おも》ったら、ドス黒《ぐろ》いイボガエルが出《で》てきて、辰吉《たつきち》さんの長靴《ながぐつ》の間《あいだ》を、ピョン、ピョン、と飛《と》び跳《は》ねて行《い》きました。

「くっそー、スキノトコとちがうのかい」

辰吉《たつきち》さんは、くやしがりました。

夕暮《ゆうぐ》れになりました。

田《た》んぼや畑《はたけ》で仕事《しごと》をしていた村《むら》の人《ひと》たちも仕事《しごと》を切《き》り上《あ》げ、高屋川《たかやがわ》の土手《どて》を通《とお》って家《いえ》に帰《かえ》る時間《じかん》です。土手《どて》を通《とお》るたびに、

「辰吉《たつきち》さん、ケッタイな（おかしな）釣《つ》りをしとらんと、もう、しまいや！」

と、声《こえ》をかけて行《い》きます。

でも、辰吉《たつきち》さんは釣《つ》り竿《ざお》の先《さき》を見《み》たまま、知《し》らんぷりです。

辺《あた》りがうす暗《ぐら》くなってきました。

土手《どて》を通《とお》る村《むら》の人《ひと》たちはもう、誰《だれ》もいません。しかたなく辰吉《たつきち》さんも、一回目《いっかいめ》のスキノトコ釣《つ》りをあきらめることにしました。

「今日《きょう》は初《はじ》めてやし、失敗《しっぱい》の巻《まき》でもしゃーないな。まぁ、骨《ほね》おり損《ぞん》のくたびれもうけや」

と、ボヤきながら家《いえ》へ帰《かえ》りました。

辰吉《たつきち》さんがスキノトコ釣《つ》りを始《はじ》めて一週間《いっしゅうかん》が経《た》ちました。

ヘン骨《こつ》おっさんの治療室《ちりょうしつ》では、治療《ちりょう》にやって来《き》た村《むら》の人《ひと》たちが顔《かお》を会《あ》わすたびに、辰《たつ》吉《きち》さんのケッタイな釣《つ》りのウワサをするようになっていました。

「高屋川《たかやがわ》に背《せ》を向《む》けて草《くさ》むらに釣《つ》り糸《いと》をたれて、くっそー、くっそーと言《い》うとってやわ」

「何《なに》をしとってんやいな？　とたんねても（たずねても）、返事《へんじ》もせん」

「あれはな、田植《たう》えをするのがイヤで、こうしとったら誰《だれ》かが手伝《てつだ》ってくれると思《おも》とってんとちがうか」

あまりよいウワサではありません。

ヘン骨《こつ》おっさんも治療《ちりょう》を進《すす》めながら、そのウワサに耳《みみ》を傾《かたむ》けていましたが、ひょっとして、と思《おも》い当《あ》たることがありました。午前中《ごぜんちゅう》の治療《ちりょう》を終《お》えると、

「ちょっと出《で》かけてくる」

寛一兄《かんいちにい》ちゃんに告《つ》げ、ヘン骨《こつ》おっさんは高屋川《たかやがわ》に向《む》かいました。川《かわ》の土手《どて》をしばらく歩《ある》

いていると、村《むら》の人《ひと》たちがウワサをしている通《とお》り、辰吉《たつきち》さんが河原《かわら》に立《た》って、草《くさ》むらに向《む》かって釣《つ》り糸《いと》をたれていました。

ヘン骨《こつ》おっさんは辰吉《たつきち》さんに気《き》づかれないように、土手《どて》の背《せ》の高《たか》い草《くさ》の陰《かげ》にしゃがみ込《こ》んでようすをうかがいました。

「これは、えらいことになったぞ！　ワシがいらんことを言《い》うてしもうたさかい、辰吉《たつきち》さんは、スキノトコ釣《つ》りに取《と》りつかれてしもたんやろ。そんなモンはおらへんさかい、やめときと言《い》うても、簡単《かんたん》にはやめへんにちがいない。こら、ワシがひと芝居《しばい》打《う》たな、どもならん（どうにもならない）」

ヘン骨《こつ》おっさんはそう思《おも》いました。そして、辰吉《たつきち》さんに気《き》づかれないように、そーっと家《いえ》に帰《かえ》りました。

次《つぎ》の日《ひ》の朝《あさ》。寛一兄《かんいちにい》ちゃんが寝床《ねどこ》から起《お》きてくるのを待《ま》って、ヘン骨《こつ》おっさんはこう言《い》いました。

「昼間《ひるま》の治療《ちりょう》はやめにするさかい、どうしても診《み》てほしい人《ひと》は夜《よる》に来《き》てもろてくれ。これからは、しばらく、夜《よる》だけの治療《ちりょう》になる」

寛一兄《かんいちにい》ちゃんはびっくりしたのでしょう、「何《なん》でや？」と、たずねましたが、

「ちょっと、わけがあってな」

とだけ言《い》うと、ヘン骨《こつ》おっさんは急《いそ》いで裏《うら》の小屋《こや》へ行《い》きました。そして、釣《つ》りの道具《どうぐ》とバケツとサツマイモを取《と》り出《だ》しました。それから寛一兄《かんいちにい》ちゃんに、

「この間《あいだ》、靴下《くつした》が破《やぶ》れたと言《い》うとったやろ。そいつを貸《か》してくれ」

寛一兄《かんいちにい》ちゃんはよけいに目《め》を丸《まる》くしました。

「ボクの穴《あな》のあいた靴下《くつした》で、いったい何《なに》をするつもりやな？」

「ええから、早《はよ》う持《も》って来《こ》い」

ヘン骨《こつ》おっさんに急《せ》かされ、寛一兄《かんいちにい》ちゃんはあわてて靴下《くつした》を取《と》りに行《い》きました。

「ウン、それそれ」

ヘン骨《こつ》おっさんは穴《あな》のあいた靴下《くつした》を受《う》け取《と》ると、手《て》をつっこみ、破《やぶ》れたかかとの穴《あな》から指《ゆび》を出《だ》しました。今度《こんど》はサツマイモに、その靴下《くつした》をはかせました。穴《あな》から赤紫《あかむらさき》のサツマイモが、「こんにちは！」と顔《かお》を出《だ》しました。

「イモが風邪《かぜ》をひいたら、かわいそうやからのう。ワッハハー」

ヘン骨《こつ》おっさんは大《おお》きな声《こえ》で笑《わら》いながら、その靴下《くつした》イモをバケツに入れ、釣《つ》り竿《ざお》をかついで高屋川《たかやがわ》へ急《いそ》ぎました。

辰吉《たつきち》さんを見《み》つけると、「おっ、釣《つ》っとるな！」とつぶやき、足早《あしばや》に河原《かわら》へ下《お》りて行《い》きました。そして、だまって辰吉《たつきち》さんの横《よこ》に並《なら》んで立《た》ちました。

何《なに》しに来《き》たんや。じゃま者《もの》が！　と言《い》わんばかりに、辰吉《たつきち》さんは横目《よこめ》で、ジロッ、とにらみつけてきます。でも、ヘン骨《こつ》おっさんは平気《へいき》のヘイ。何《なに》くわぬ顔《かお》で、バケツから靴下《くつした》イモを取《と》り出《だ》し、釣《つ》り針《ばり》につけました。その重《おも》みで釣《つ》り竿《ざお》が、ビューン、としなりました。

「ヨイショ！」と釣《つ》り竿《ざお》に反動《はんどう》をつけて、靴下《くつした》イモを遠《とお》くへ放《ほう》り投《な》げます。ドスン！　と草《くさ》むらに落《お》ちました。それからは辺《あた》りかまわず、草《くさ》むらめがけて投《な》げ続《つづ》けました。

ニガ虫《むし》をかみつぶしたような顔《かお》で釣《つ》り糸《いと》の先《さき》をにらみつけていた辰吉《たつきち》さんが、もう辛抱《しんぼう》できん！　ヘン骨《こつ》おっさんにくってかかりました。

「何《なん》やあんたはッ。何《なん》でワシのじゃまをするんや。ワシが毎日何《まいにちなに》をしとるのか目《め》に入《はい》らんのかッ！」

ところが、ヘン骨《こつ》おっさんは落《お》ちつきはらって、「ああー、うぉほん」、せき払《はら》いをし、大《おお》きな声《こえ》で言《い》いました。

「ワシの目《め》は今《いま》でも、視力《しりょく》はピカイチや。あんたが何《なに》をしとるかぐらいはわかっとる。そやさかいに、ワシもあんたと同《おな》じことをしたくなったんや」

草《くさ》むらから靴下《くつした》イモを引《ひ》き上《あ》げると、辰吉《たつきち》さんの足《あし》もとへわざと、ドスン、と落《お》としました。

「な、なんや、このエサは……！」

辰吉《たつきち》さんは目《め》を白黒《しろくろ》させました。

ヘン骨《こつ》おっさんにじゃまをされ、その日《ひ》もスキノトコ釣《つ》りは失敗《しっぱい》の巻《まき》です。家《いえ》に帰《かえ》った辰吉《たつきち》さんは何《なに》が何《なん》でも、ヘン骨《こつ》おっさんより早《はや》く、スキノトコを釣《つ》らねばメンツ（体面《たいめん》・面目《めんぼく》）が立《た》たん、と思《おも》っていました。

「うーん、ヘン骨《こつ》おっさんはサツマイモを穴《あな》のあいたボロ靴下《くつした》に入れて、エサにしとったけど、何《なん》でやろうか？」

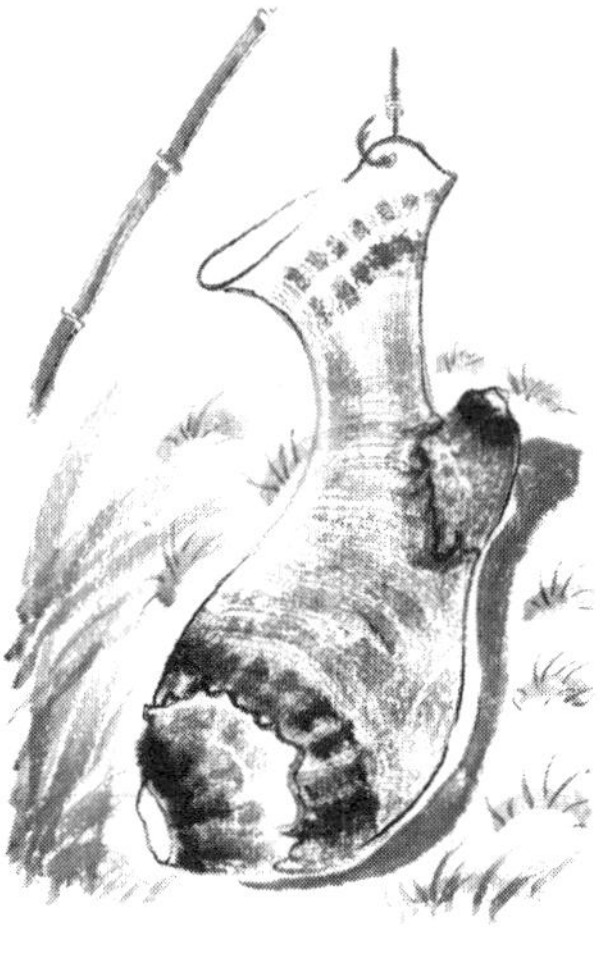

晩《ばん》ご飯《はん》も食《た》べずに考《かんが》えていました。そして、あることに気《き》づきました。

「そうか！　ワシの長靴《ながぐつ》をスキノトコが、クネクネと上《のぼ》ってきたということはきっと、長《なが》靴《ぐつ》の中《なか》でむれとった、足《あし》のくっさい（臭《くさ》い）においが大好物《だいこうぶつ》やったにちがいない。それやったら、くっさい長靴《ながぐつ》をこさえて（こしらえて）、エサにして釣《つ》ったらよいんや」

辰吉《たつきち》さんは、くっさいボロ長靴《ながぐつ》をこしらえようと、夜寝《よるね》る時《とき》も長靴《ながぐつ》をはいて寝床《ねどこ》に入《はい》ることにしました。そして、七月《がつ》だというのに布団《ふとん》の中《なか》に湯《ゆ》たんぽを入れ、長靴《ながぐつ》をはき、足《あし》もとを毛布《もうふ》でぐるぐる巻《ま》きにしました。

暑《あつ》くて汗《あせ》が体中《からだじゅう》にふき出《だ》し、寝《ね》つかれません。それでも「スキノトコ釣《つ》りのためや」とがまんして、とうとうくっさいボロ長靴《ながぐつ》を完成《かんせい》させました。そのエサを持《も》って、高屋川《たかやがわ》に向《む》かいました。いつもの釣《つ》り場所《ばしょ》にくると、もうヘン骨《こつ》おっさんが来《き》ていました。靴下《くつした》イモを草《くさ》むらに放《ほう》り込《こ》んだまま、にぎり飯《めし》をほおばっています。

「おはようさん、目《め》が開《あ》いたかい？」

ヘン骨《こつ》おっさんがあいさつをしました。でも、辰吉《たつきち》さんはブスッとして、ヘン骨《こつ》おっさんの後《うし》ろを通《とお》り抜《ぬ》けました。

「来《く》るのが遅《おそ》うなってしもたけど、スキノトコ釣《つ》りは負《ま》けへんわい」

辰吉《たつきち》さんはす早《ばや》く、釣《つ》りの準備《じゅんび》をしました。くっさいボロ長靴《ながぐつ》のエサを針《はり》につけ、わざとヘン骨《こつ》おっさんのエサ、靴下《くつした》イモがある草《くさ》むらの近《ちか》くに放《はな》ちました。

またまた村《むら》の人《ひと》が、面白《おもしろ》おかしく、ウワサをしました。

「ヘン骨《こつ》おっさんが辰吉《たつきち》さんの真似《まね》をして、スキノトコ釣《つ》りを始《はじ》めたらしいで。せやさかい骨《ほね》の治療《ちりょう》は夜《よる》しか診《み》てもらえへんのやて、カナンなァ」

「どっちが勝《か》つか、お楽《たの》しみやな！」

「ワシは、釣《つ》り名人《めいじん》の辰吉《たつきち》さんやと思《おも》うけどな」

「いやいやワシはヘン骨《こつ》おっさんや。あのおっさんの根性《こんじょう》の曲《ま》がり具合《ぐあい》からみて、ひょっとするでぇー」

村《むら》の人《ひと》たちはウワサをするだけでは物足《ものた》りなくなり、一人《ひとり》、二人《ふたり》と高屋川《たかやがわ》の土手《どて》へ見物《けんぶつ》に出《で》かけました。その中《なか》に、なみ江《え》と寛一兄《かんいちにい》ちゃんもいました。寛一兄《かんいちにい》ちゃんが、なみ江《え》にこんなことを言《い》いました。

「あのな、お父《とう》ちゃんが言《い》うとったんやけど、スキノトコはおるかもしれへんし、おらへんかもしれへんのやて。せやけど、お父《とう》ちゃんは毎日《まいにち》、にぎり飯《めし》を持《も》ってスキノトコ釣《つ》りに行《い》ってんやで。何《なん》でやろ？」

「ふーん、ヘンやな」

と、なみ江《え》は返事《へんじ》をしました。

辰吉《たつきち》さんがスキノトコ釣《つ》りを始《はじ》めた時《とき》、村《むら》は田植《たう》えが終《お》わったところでしたが、今《いま》は、どこの田《た》んぼも青田《あおた》になり、夏《なつ》の太陽《たいよう》がガンガン照《て》っています。

辰吉《たつきち》さんとヘン骨《こつ》おっさんの顔《かお》からも汗《あせ》がポトポトとしたたり落《お》ち、足《あし》もとからは草《くさ》いきれのムンムンした熱《あつ》い空気《くうき》が、鼻《はな》を通《とお》ってきます。あまりの暑《あつ》さに二人《ふたり》は「ハァハァ」と口《くち》で息《いき》をして、今《いま》にも気絶《きぜつ》しそうです。それでも「負《ま》けたら、アカン」と、お互《たが》いに意《い》地《じ》の張《は》り合《あ》いをしていました。

その時《とき》です――

ヘン骨《こつ》おっさんが最後《さいご》の力《ちから》をふりしぼって、大《おお》きな声《こえ》で、

「やーめた。おりもしいひん（いるはずがない）スキノトコ釣《つ》りなんか、アホらしいてやっとれんわい。やめじゃ、やめじゃ」

叫《さけ》んだかと思《おも》うと、釣《つ》り竿《ざお》を引《ひ》き上《あ》げ、釣《つ》り糸《いと》から靴下《くつした》イモを、プチッ、と引《ひ》きちぎって、ポイ、と高屋川《たかやがわ》に放《ほう》り投《な》げてしまいました。

辰吉《たつきち》さんもスキノトコ釣《つ》りにヘキエキしていたのでしょう、

「ヘン骨《こつ》おっさんより、ワシの方《ほう》が、あとでやめたんやからなー」

と叫《さけ》び、ヘナヘナとその場《ば》にしゃがみ込《こ》んでしまいました。

そのようすを見《み》ていた村《むら》の人《ひと》たちは、「こら、勝負《しょうぶ》は引《ひ》き分《わ》けやなァ」と言《い》いながら、帰《かえ》りだしました。

「スキノトコにはとうとう、お目《め》にかかれなんだけど、よくもまあ、何《なに》もかも忘《わす》れて意地《いじ》の張《は》り合《あ》いをしたもんや。もう、ワシはくたくたや。村《むら》の人《ひと》らの骨《ほね》を治《なお》しとる方《ほう》が、よっぽど楽《らく》やわい」

と、ヘン骨《こつ》おっさんが言《い》いました。すると辰吉《たつきち》さんも、「ほんまやなー」と返事《へんじ》をして、こう言《い》ったのです。

「もう魚釣《さかなつ》りもスキノトコ釣《つ》りもいっぱいしたさかい、もうよい。今度《こんど》は、土《つち》いじりでもしてみとうなったわ。せやけど、今年《ことし》の田植《たう》えには間《ま》に合《あ》わんさかい、黒豆《くろまめ》でも作《つく》ろうかな。そして来年《らいねん》からは村一番《むらいちばん》に田植《たう》えをすますようにがんばるわ。あッ、今《いま》、魚釣《さかなつ》りはせんと言《い》うたけど、プッツリ止《や》めてしもたら腕《うで》が落《お》ちるさかい、時々《ときどき》はするけどな」

それから辰吉《たつきち》さんは川《かわ》の方《ほう》を向《む》き、川《かわ》の流《なが》れをじーっと見《み》ていました。しばらくして、辰吉《たつきち》さんがもう一度《ど》、

「ワシにも田《た》や畑《はたけ》の仕事《しごと》に精《せい》を出《だ》すという気持《きも》ちがまだ、眠《ねむ》っとったんやな。ヘン骨《こつ》おっさんとの意地《いじ》くらべが、ワシの心《こころ》をゆり覚《さ》ましてくれたんや。ヘン骨《こつ》おっさん、おおきに」

「ほう、ワシの靴下《くつした》イモのエサも、あんたの役《やく》にたったということか」

ヘン骨《こつ》おっさんは、あごをなでながら照《て》れ笑《わら》いをしました。そして、「これで辰吉《たつきち》さんも働《はたら》き者《もの》になることやろ、アッパレ！」と目《め》を細《ほそ》めました。

ただ、その時《とき》に、高屋川《たかやがわ》の雑草《ざっそう》がゆれ、ズズズーッ、と黒《くろ》いモノがその中《なか》を進《すす》んで行《い》ったのは、辰吉《たつきち》さんもヘン骨《こつ》おっさんも知《し》らないことでした。

九　衛生掃除《えいせいそうじ》のどっきり発見《はっけん》

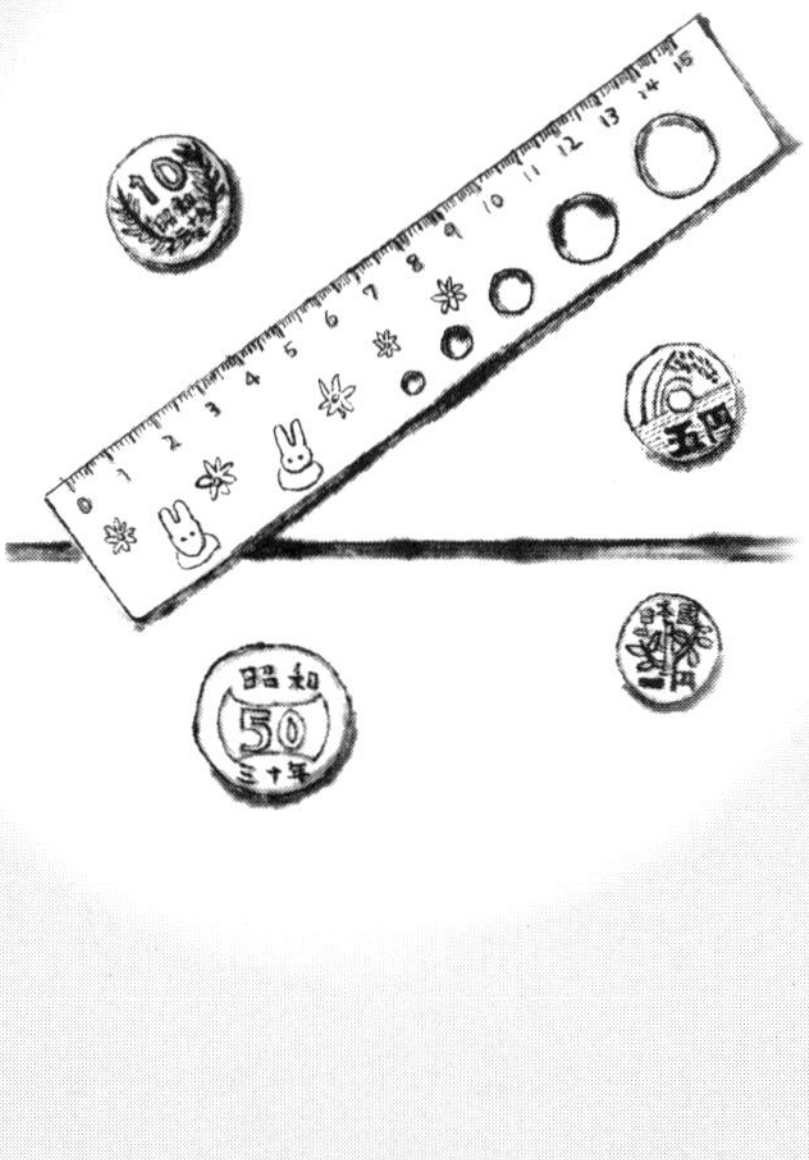

ガタガタ、シューッ、となみ江《え》ン家《ち》の表戸《おもてど》が開《あ》きました。

「早《はよ》う来《こ》なアカン、と思《おも》とったんやけど、今《いま》になってしもたわな」

北久保《きたくぼ》のおばあちゃんが手伝《てつだ》いに来《き》てくれたのです。北久保《きたくぼ》は、富田《とみた》から国道《こくどう》二十七号《ごう》線《せん》を北《きた》（下山方面《しもやまほうめん》）へ四キロメートルほど行《い》ったところで、なみ江《え》のお母《かあ》ちゃんのお母《かあ》ちゃんが住《す》んでいます。なみ江《え》が三歳《さい》の時《とき》に、お父《とう》ちゃんが病気《びょうき》で亡《な》くなったので、夏の衛生掃除《えいせいそうじ》（注①）や祝《いわ》いの餅《もち》つき、稲刈《いねか》りなどの時《とき》は必《かなら》ず、おばあちゃんが手伝《てつだ》いに来《き》てくれます。おばあちゃんの家《いえ》の衛生掃除《えいせいそうじ》も同《おな》じ日《ひ》ですが、家族《かぞく》が多《おお》いので、なみ江《え》の家《いえ》の方《ほう》を手伝《てつだ》ってくれるのです。

そして、今日《きょう》は、その衛生掃除《えいせいそうじ》の日《ひ》です。

「掃除《そうじ》に取《と》りかからなアカンのに、なみ江《え》がぐずぐずして、ちゃっちゃと朝《あさ》ご飯《はん》を食《た》べてしまわへんさかい、まだ何《なん》もできてへんのやわ」

うわッ、お母《かあ》ちゃんが私《わたし》のせいにした！　なみ江《え》は腹《はら》がたちました。

「朝《あさ》ご飯《はん》を作《つく》るのが遅《おそ》かったからやろ。私《わたし》はちゃっちゃと食《た》べとるわ」

お母《かあ》ちゃんの背中《せなか》に向《む》かって、「べーッ」と舌《した》を出《だ》しました。

おばあちゃんが、プッ、と吹《ふ》き出《だ》しました。

「ゆっくり食《た》べたらよいで。今日《きょう》は暑《あつ》い中《なか》をイヤというほど動《うご》かんならんさかい、お腹《なか》がすくしな」

なみ江《え》は北久保《きたくぼ》のおばあちゃんが大好《だいす》きです。お母《かあ》ちゃんとちがって、とってもやさしいのです。だから、サッサと食《た》べることにしました。

お母《かあ》ちゃんとおばあちゃんは、掃除《そうじ》ができるように身《み》ごしらえを始《はじ》めました。頭《あたま》に手《て》ぬぐいをかぶり、モンペをはき、白《しろ》い割烹着《かっぽうぎ》を着《き》ました。マスクの代《か》わりに手《て》ぬぐいで口《くち》をふさぎ、キュッ、と頭《あたま》の後《うし》ろで結《むす》びます。

ガラガラガラ、ガタガタガタ――

音《おと》をたてて雨戸《あまど》をはずし、庭《にわ》の隅《すみ》にある小屋《こや》の壁《かべ》に立《た》てかけていきました。いつもは米《こめ》を脱穀《だっこく》したり、モミをすったり、農機具《のうきぐ》をしまっておく小屋《こや》ですが、今日《きょう》は、衛生掃除《えいせいそうじ》の物置《ものおき》になっていました。なみ江《え》も、帽子《ぼうし》とマスクをつけて手伝《てつだ》っています。

雨戸《あまど》の次《つぎ》は障子《しょうじ》です。

「障子《しょうじ》は細《ほそ》いサンで作《つく》ってあるさかい、手荒《てあら》くせんと、そーっと運《はこ》んでや」

お母《かあ》ちゃんがまず先《さき》に、はずした障子《しょうじ》を運《はこ》ぶ手本《てほん》を見《み》せてくれました。なみ江《え》がその通《とお》りに運《はこ》んでいると、今度《こんど》は、

「なみ江《え》、ちょっと来《き》てぇー」

仏間《ぶつま》から、お母《かあ》ちゃんが大《おお》きな声《こえ》で呼《よ》びました。行《い》ってみると、お母《かあ》ちゃんは障子《しょうじ》を右《みぎ》や左《ひだり》に動《うご》かして敷居《しきい》からはずそうとしています、が、なかなかはずれません。動作《どうさ》がだんだん手荒《てあら》くなっていきます。障子《しょうじ》の下《した》の角《かど》を左足《ひだりあし》の裏《うら》で、ドン、ドン、と蹴《け》りだしました。

「アカン、外《はず》れへんわ！　なみ江《え》、この敷居《しきい》のここを、力《ちから》を入《い》れて踏《ふ》んどってんか」

そしてすぐに、おばあちゃんを呼《よ》びました。

「上《うえ》の敷居《しきい》を持《も》ち上《あ》げといて」

おばあちゃんが上《うえ》の敷居《しきい》を持《も》ち上《あ》げ、下《した》の敷居《しきい》をなみ江《え》がおもいっきり力《ちから》を入《い》れて踏《ふ》むと、お母《かあ》ちゃんはまた、障子《しょうじ》をガタガタ動《うご》かしました。両手《りょうて》で障子《しょうじ》を持《も》ち上《あ》げ、障《しょう》子《じ》の下《した》を、ドン、ドン、と左足《ひだりあし》の裏《うら》で蹴《け》りました。

ガターン、やっと障子《しょうじ》がはずれました。

「家《いえ》が古《ふる》うなって、ちょっとずつゆがんできたさかい、敷居《しきい》もキシンどるんやろな」

お母《かあ》ちゃんは柱《はしら》や敷居《しきい》をながめながら一息《ひといき》入《い》れましたが、ゆがんできたと聞《き》き、家《いえ》が倒《たお》れへんやろか！　と、なみ江《え》は心配《しんぱい》になりました。

「どこの家《いえ》かて、建《た》てた時《とき》みたいなことはないわな」

おばあちゃんがそう言《い》ってくれたので、なみ江《え》は、そうなんや！　と少《すこ》し安心《あんしん》しました。

雨戸《あまど》をはずし、障子《しょうじ》を取《と》ると、四《よっ》つに区切《くぎ》られていた部屋《へや》が、ガラーン、と一《ひと》つの部《へ》屋《や》になりました。柱《はしら》だけが何《なん》だか、さびしそうに立《た》っています。

「次《つぎ》は、ここらの物《もの》を小屋《こや》に運《はこ》び出《だ》してんか。小屋《こや》の中《なか》にムシロを敷《し》いといたさかい、その上《うえ》に置《お》いたらよいし」

お母《かあ》ちゃんがテキパキと指示《しじ》を出《だ》します。

なみ江《え》は大《おお》きくて重《おも》たそうな物《もの》をさけ、自分《じぶん》のカバンや机《つくえ》の上《うえ》に置《お》いている小《ちい》さい本《ほん》箱《ばこ》を運《はこ》び出《だ》していました。ところが、

「なみ江《え》、それはあとにして、おばあちゃんと二人《ふたり》で、このタンスからかたづけてんか」

今日《きょう》のお母《かあ》ちゃんはほんまに人使《ひとづか》いが荒《あら》いわ、と、なみ江《え》は思《おも》いました。

「こんなおっけな（大《おお》きな）タンス、私《わたし》とおばあちゃんだけでは運《はこ》べへんわ。お母《かあ》ちゃんも手伝《てつど》うてくれたらよいやろ」

なみ江《え》は文句《もんく》を言《い》いましたが、お母《かあ》ちゃんは顔《かお》をしかめて歯《は》をくいしばって、居間《いま》からミシンを運《はこ》び出《だ》そうとしています。「おばあちゃんに運《はこ》ぶコツを教《おし》えてもらい」と返事《へんじ》をしただけで、運《はこ》び出《だ》すのに必死《ひっし》です。

すぐに、おばあちゃんがよいことを教《おし》えてくれました。

「タンスの引《ひ》き出《だ》しを下《した》から一段《だん》ずつはずして、おばあちゃんと一緒《いっしょ》に運《はこ》んだらよいだけやで」

なみ江《え》は教《おし》えてもらった通《とお》りに一番下《ばんした》の小引《こひ》き出《だ》しからはずしました。タビや靴下《くつした》が入《はい》っています。二段目《だんめ》からは、なみ江《え》の服《ふく》が入《はい》っていて、三段《だん》、四段《だん》となるにつれて、よそ行《い》きの晴着《はれぎ》が入《はい》っていました。一番上《ばんうえ》の段《だん》は、お母《かあ》ちゃんの着物《きもの》がタトウ紙《し》に包《つつ》まれて入《はい》っていました。この着物《きもの》は、お母《かあ》ちゃんが参観日《さんかんび》に学校《がっこう》へ来《く》る時《とき》によく着《き》ています。最後《さいご》は空《から》っぽになったタンスの枠組《わくぐ》みです。おばあちゃんと二人《ふたり》で運《はこ》ぶと軽《かる》いので楽《らく》です。

お母《かあ》ちゃんはミシンを運《はこ》び終《お》えたあと、鏡台《きょうだい》やあま台《だい》（針箱《はりばこ》）、下駄箱《げたばこ》や食器《しょっき》を運《はこ》び出《だ》しました。雨戸《あまど》、障子《しょうじ》、家財道具《かざいどうぐ》が運《はこ》び出《だ》されると家《いえ》はますます、ガラーン、と空《から》っぽになりました。

「さァ、これからが大変《たいへん》や。タタミを上《あ》げるさかいな。サッサとしいひんだら（しなかったら）、お昼《ひる》までにタタミが外《そと》に出《だ》せへんで」

お母《かあ》ちゃんが気合《きあ》いを入《い》れます。

おばあちゃんと二人《ふたり》でタタミを順番《じゅんばん》に上《あ》げて運《はこ》び出《だ》すので、なみ江《え》は庭《にわ》に出《で》ました。そして、地面《じめん》に二本《ほん》の薪《まき》を平行《へいこう》に置《お》き、タタミをのせる場所《ばしょ》を作《つく》りました。タタミが地面《じめん》につかないようにするためです。タタミは二枚一組《まいひとくみ》で干《ほ》します。両方《りょうほう》のタタミの下《した》は広《ひろ》く、上《うえ》はせまくして、ピラミッドのような形《かたち》にし、上《うえ》のところには、かまぼこ板《いた》をはさみます。タタミとタタミの間《あいだ》にすき間《ま》ができ、そこに陽《ひ》が当《あ》たり、日光消毒《にっこうしょうどく》ができるからです。庭《にわ》じゅうにタタミのピラミッドができました。

家《いえ》の中《なか》は床板《ゆかいた》だけになり、ますます、ガラーン、と空《から》っぽになりました。

「まァ、こんなモンが落《お》ちとるわ！」

お母《かあ》ちゃんが床板《ゆかいた》の上《うえ》に落《お》ちている物《もの》をひろい集《あつ》めだしました。一円玉《えんだま》に五円玉《えんだま》、ピン留《ど》めにマチ針《ばり》、鉛筆《えんぴつ》などがあっちこっちに落《お》ちています。なみ江《え》も毎年《まいとし》、このひろい集《あつ》めを楽《たの》しみにしています。

急《きゅう》にお母《かあ》ちゃんが、大声《おおごえ》を上《あ》げました。

「あらッ、タタミのすき間《ま》から落《お》ちたんやわ。古新聞《ふるしんぶん》をはさんであるのになー」

と言《い》ったかと思《おも》うと、

「ほらッ、なみ江《え》。こんなところにあったわ！」

細長《ほそなが》いものをひろい、これからひろい集《あつ》めをしようと部屋《へや》の床板《ゆかいた》へ上《あ》がりかけた、なみ江《え》の方《ほう》へ向《む》けました。

セルロイドの定規《じょうぎ》です。

あっ！　と、なみ江《え》は声《こえ》を上《あ》げました。それはなみ江《え》が、わざとタタミのすき間《ま》に押《お》し込《こ》んでかくした定規《じょうぎ》でした。あとで取《と》り出《だ》すのをすっかり忘《わす》れていたのです。

去年《きょねん》の九月《くがつ》のことです。

クラスでよく勉強《べんきょう》のできる子《こ》が、ピンク色《いろ》の定規《じょうぎ》を持《も》ってきました。

「きれいやろ。私《わたし》、ピンク色《いろ》が一番《ばん》好《す》きなんや」

みんなの前《まえ》で、その定規《じょうぎ》を使《つか》ってノートに、シャーッ、と線《せん》を引《ひ》き、すぐに筆箱《ふでばこ》の中《なか》へ、サッ、としまったのです。ピンクの定規《じょうぎ》が入《はい》ると、友《とも》だちの筆箱《ふでばこ》が、パッ、とはなやぎました。

なみ江《え》はうらやましくてしかたがありません。友《とも》だちの筆箱《ふでばこ》と自分《じぶん》の筆箱《ふでばこ》を何度《なんど》も見《み》くらべました。なみ江《え》のには黒《くろ》っぽい消《け》しゴムに鉛筆《えんぴつ》、小刀《こがたな》が入《はい》っていますが、ちっとも見《み》ばえがしません。いっぺんに勉強《べんきょう》をしようという気持《きも》ちがなくなりました。

私《わたし》かてピンクの定規《じょうぎ》を買《こ》うてもろたらうれしいて、すぐに勉強《べんきょう》するのやけどな……。そうや！　ピンクの定規《じょうぎ》を買《こ》うてもらおう――

なみ江《え》は急《いそ》いで家《いえ》に帰《かえ》りました。

お母《かあ》ちゃんは押《お》し入《い》れの掃除《そうじ》をしていました。雑巾《ぞうきん》がけをしている背中《せなか》を、トントンと指先《ゆびさき》でたたいて、なみ江《え》は早口《はやくち》で言《い》いました。

「ピンクの定規《じょうぎ》を買《こ》うてえな。学校《がっこう》の購買部《こうばいぶ》に売《う》っとるさかい」

お母《かあ》ちゃんが横目《よこめ》で、なみ江《え》を見《み》ました。

「この間《あいだ》、透明《とうめい》の定規《じょうぎ》を買《こ》うてあげたやろ」

「あれは、かっこ悪《わる》いんや。ピンク色《いろ》の定規《じょうぎ》はきれいやし、私《わたし》かて、きばって（がんばって）勉強《べんきょう》できる。みんな持《も》っとってやし、買《こ》うてぇーな」

なみ江《え》がねだると、雑巾《ぞうきん》がけをしているお母《かあ》ちゃんの手《て》が、ぴたっ、と止《と》まりました。

そして、なみ江《え》に向《む》き直《なお》ったかと思《おも》うと、

「みんな持《も》っとってやて、誰《だれ》と誰《だれ》やッ」

うわッ、お母《かあ》ちゃんが怒《おこ》った！

だけど、ここで腰《こし》が退《ひ》けたら、ぜったいに買《か》ってもらえませんから、

「みんな言《い》うたら、みんなや」

なみ江《え》は目《め》をギュッとつぶって、口《くち》をおもいっきり開《あ》けて、きばって言《い》いました。

「あんたは、一人《ひとり》が持《も》っとっちゃったら、みんな持《も》っとってや、と言《い》うさかい、カナンわ。ウチは次《つぎ》から次《つぎ》に買《か》うことはできひん、と、いつも言《い》い聞《き》かせとるやろ」

お母《かあ》ちゃんは、買《こ》うてもよい、と言《い》ってくれません。お母《かあ》ちゃんがバケツの水《みず》をくみ替《か》えに井戸端《いどばた》に行《い》くと、そこについて行《い》き、押《お》し入《い》れに戻《もど》ってくると、また、押《お》し入《い》れに行《い》き、「定規買《じょうぎこ》うて」「なァ、定規買《じょうぎこ》うて」と、なみ江《え》はお母《かあ》ちゃんのお尻《しり》にくっついてばかりいました。

とうとうお母《かあ》ちゃんは、「ほんまにしつこい子《こ》やな、尻《しり》つきばっかりして。買《か》わへん言《い》うたら買《か》わへんのやッ！」と、目《め》をとんがらして怒《おこ》りだしました。

うわっ、これはアカン！

なみ江《え》はこうなった時《とき》のお母《かあ》ちゃんが、どんなに恐《こわ》くてガンコかということをよく知《し》っています。下唇《したくちびる》を突《つ》き出《だ》し、ほっぺたをおもいっきりふくらませて、ふくれっ面《つら》を作《つく》りましたが、明日《あした》、学校《がっこう》から帰《かえ》って来《き》たら、お母《かあ》ちゃんの機嫌《きげん》のよい時《とき》にもういっぺん言《い》うてみようと思《おも》い、サッサと隣《となり》の部屋《へや》に行《い》きました。

次《つぎ》の日《ひ》から、なみ江《え》はどうしたらお母《かあ》ちゃんにピンク色《いろ》の定規《じょうぎ》を買《か》ってもらえるか、そのことばかり考《かんが》えていました。そして、家《いえ》に帰《かえ》ったなみ江《え》は、とうとうこんなことを思《おも》いついたのです。

「そうや！　この透明《とうめい》の定規《じょうぎ》があるさかい買《こ》うてもらえへんのや。この定規《じょうぎ》さえなかったらよいんや」

筆箱《ふでばこ》から透明《とうめい》の定規《じょうぎ》を取《と》り出《だ》し、タタミの縁《へり》のすき間《ま》に押《お》し込《こ》みました。見《み》えなくなるように、ギューッ、と何度《なんど》も押《お》し込《こ》むと、透明《とうめい》の定規《じょうぎ》はすっかりタタミの縁《へり》のすき間《ま》にかくれてしまいました。そして、居間《いま》で裁縫《さいほう》をしている、お母《かあ》ちゃんのところへ急《いそ》いで行《い》きました。

「お母《かあ》ちゃん。私《わたし》の定規《じょうぎ》、知《し》らんか？　筆箱《ふでばこ》に入《い》れといたのにあらへんのや」

なみ江《え》は知《し》らんぷりをしました。

「よう探《さが》してみいな」

と、お母《かあ》ちゃんは言《い》いましたが、

「探《さが》しても、あらへんのや」

なみ江《え》が答《こた》えると、

「それやったら勉強《べんきょう》ができひんわな。しかたがない、明日《あした》、購買部《こうばいぶ》で買《こ》うておいで」

お母《かあ》ちゃんは隣《とな》りの部屋《へや》へ行《い》き、戸棚《とだな》から財布《さいふ》を取《と》り出《だ》しました。

やったー、ピンクの定規《じょうぎ》が買《こ》うてもらえる！

なみ江《え》は、うれしくて胸《むね》がはずみました。

そしてあくる日《ひ》、ほしくてしかたがなかったピンクの定規《じょうぎ》を学校《がっこう》の購買部《こうばいぶ》で買《か》ったのでした。メチャクチャうれしかったので、家《いえ》に持《も》って帰《かえ》ってすぐに、

「お母《かあ》ちゃん。ほれ、このピンクの定規《じょうぎ》、きれいやろ！」

筆箱《ふでばこ》に入《い》れてあるのを見《み》せました。

「ほんまやな」

お母《かあ》ちゃんは返事《へんじ》をしましたが、なんだか声《こえ》が小《ちい》さくて、さみしそうです。

なみ江《え》は、ドキッ、としました。うわっ、透明《とうめい》の定規《じょうぎ》をかくして、お母《かあ》ちゃんにウソを言《い》うてピンク色《いろ》の定規《じょうぎ》を買《こ》うてもろたんが、バレたんとちがうやろか――

そう思《おも》うと、なんだかソワソワして落《お》ち着《つ》きません。そーっと居間《いま》を抜《ぬ》け出《だ》して自分《じぶん》の勉強部屋《べんきょうべや》へ入《はい》り、透明《とうめい》の定規《じょうぎ》をかくしたタタミのすき間《ま》をのぞき込《こ》みました。すき間《ま》の奥《おく》に透明《とうめい》の定規《じょうぎ》の端《はし》っこが見《み》えました。

なみ江《え》は、ホッ、としましたが、こんな気持《きも》ちになるのはもう、二度《ど》とイヤだと思《おも》い、心《こころ》が痛《いた》くなりました。

ところが、日《ひ》が過《す》ぎていくうちに、なみ江《え》はそのことをすっかり忘《わす》れてしまいました。ですから、お母《かあ》ちゃんが今《いま》、そのセルロイドの定規《じょうぎ》を見《み》つけて、なみ江《え》に見《み》せた時《とき》は、うわっ、あの時《とき》のウソに気《き》づいたのとちがうやろか、ひどいこと叱《しか》られる、と緊張《きんちょう》しました。でも、お母《かあ》ちゃんは今《いま》、そんなことに頭《あたま》を使《つか》っているヒマはないのでしょう、

「筆箱《ふでばこ》に直《なお》しとき（しまっておき）」

と言《い》っただけで、その定規《じょうぎ》を、なみ江《え》に手渡《てわた》しました。

「さあ、床板《ゆかいた》をめくるでー。これが終《お》わったら掃除《そうじ》は半分終《はんぶんお》わったようなもんや」

またまた、お母《かあ》ちゃんの気合《きあ》いのこもった声《こえ》が部屋《へや》に響《ひび》きました。

お母《かあ》ちゃんが床板《ゆかいた》に一、二、三、四、五……とチョークで数字《すうじ》を書《か》いていきます。そして、一の床板《ゆかいた》から順番《じゅんばん》にめくって、エンゲ（縁側《えんがわ》の廊下《ろうか》）に置《お》いていきました。そうしないと、床下《ゆかした》の掃除《そうじ》を終《お》えて、床板《ゆかいた》をはめ直《なお》す時《とき》にうまくはまらず、困《こま》るからです。

ところが、五枚目《まいめ》の板《いた》をめくった時《とき》です。

「あれ！　何《なん》やこれ？」

お母《かあ》ちゃんが大《おお》きな声《こえ》を出《だ》して、床下《ゆかした》をのぞき込《こ》みました。すぐに、「なみ江《え》、おばあちゃん、ちょっと来《き》てみい！」と叫《さけ》びました。

なみ江《え》とおばあちゃんは急《いそ》いでその床《ゆか》のところへ行《い》きました。お母《かあ》ちゃんの横《よこ》から床下《ゆかした》をのぞき込《こ》むと、黄緑色《きみどりいろ》の植物《しょくぶつ》の皮《かわ》がこんもりと積《つ》み重《かさ》なって、小山《こやま》ができています。

「まァ、これはナンバの皮《かわ》やないの！」

おばあちゃんのびっくりした声《こえ》が床下《ゆかした》にひびきました。ナンバとは、とうもろこしのことです。

「何《なん》でこんなところに、こんな皮《かわ》があるんやろうか？　けったいやな！」

お母《かあ》ちゃんがナンバの皮《かわ》の山《やま》に手《て》を伸《の》ばそうとした、その時《とき》です。

ガサガサ、バアッ！

茶色《ちゃいろ》い動物《どうぶつ》が、飛《と》び出《だ》したのです。

「キャーッ！」

お母《かあ》ちゃんは床板《ゆかいた》の上《うえ》で尻《しり》モチをつきました。なみ江《え》とおばあちゃんもびっくりして息《いき》もできません。その動物《どうぶつ》は、ピョイ！　と一回逆立《いっかいさかだ》ちをして、ビューッ、とすごい勢《いきお》いで走《はし》り去《さ》りました。

「見《み》たか！　キツネやったー」

なみ江《え》は興奮《こうふん》して、早口《はやくち》で言《い》いました。

「ほんまや！　キツネにまちがいない」

おばあちゃんも目《め》をまん丸《まる》に見開《みひら》いたまま、やっぱり興奮《こうふん》しています。

「ほんでも（それでも）、何《なん》でこんなところにキツネがおったんやろな？」

飛《と》び出《だ》してきたのがキツネだとわかり、お母《かあ》ちゃんは少《すこ》し安心《あんしん》して元気《げんき》が出《で》たのか、なみ江《え》とおばあちゃんの顔《かお》を代《か》わる代《が》わる見《み》ました。

「うーん、たぶんよそのナンバを取《と》ってきて、ここに運《はこ》んで食《た》べとったんやろ。それに、あれがキツネやったら、きっとランバキツネやわ」

おばあちゃんが言《い》いました。

でも、そんなキツネは聞《き》いたことがありませんから、「ランバキツネって、何《なに》？」と、なみ江《え》は聞《き》き返《かえ》しました。

すると今度《こんど》は、お母《かあ》ちゃんがこんな話《はなし》をしてくれたのです。

「寺井《てらい》さんとこの畑《はたけ》と畑中《はたなか》さんとこの田《た》んぼの間《あいだ》に、あぜ道《みち》があるやろ。そこの地《ち》

名《めい》をランバと言《い》うんや。昔《むかし》からキツネがぎょうさん（たくさん）棲《す》んどると言《い》うて、村《むら》の人《ひと》は夜《よる》になったら通《とお》らんかったんや。キツネに化《ば》かされたらかなわんさかいな。やっぱりランバキツネが棲《す》んどったんやな。それにな、もう一《ひと》つ、昔《むかし》から言《い》われとったことがある。夜《よる》のキツネは人《ひと》をだますけど、昼間《ひるま》に見《み》ると何《なん》かよいことがあるそうや。せやさかい（そやから）今《いま》、キツネを見《み》たこの三人《にん》には、きっとよいことがあるのとちがうか！ きっと今年《ことし》は豊作《ほうさく》で、お米《こめ》の供出《きょうしゅつ》は一等米《いっとうまい》ばっかりやわ」

おばあちゃんは、今《いま》まで床下《ゆかした》に巣《す》を作《つく》ったキツネなど見《み》たことがないのに見《み》られたので、「百歳《ひゃくさい》まで生《い》きられるわ」と、背筋《せすじ》を伸《の》ばしました。なみ江《え》も、「今年《ことし》こそ、鉄棒《てつぼう》の逆上《さかあ》がりができるかもしれへん」と、三人《にん》はそれぞれに幸《しあわ》せの種《たね》を心《こころ》の中《なか》にまきました。

とうもろこしの皮《かわ》を取《と》り除《のぞ》いたあとで、お母《かあ》ちゃんは土間《どま》の隅《すみ》からＤＤＴ（ディーディーティー）の入《はい》った茶色《ちゃいろ》の紙袋《かみぶくろ》を持《も》ってきました。ＤＤＴは殺虫剤《さっちゅうざい》です。害虫《がいちゅう》が発生《はっせい》しないように床下《ゆかした》にまくのです。

お母《かあ》ちゃんが床下《ゆかした》の地面《じめん》に向《む》かって、パッ、パッとまいていると、

「そんなやさしいまき方《かた》では、アカンわなー」

表戸口《おもてどぐち》の土間《どま》から声《こえ》がしました。ふり返《かえ》ると、ヘン骨《こつ》おっさんと寛一兄《かんいちにい》ちゃんが立《た》っています。

「ワシとこの掃除《そうじ》がすんださかい、手伝《てつだ》いに来《き》たんやけど、もう最後《さいご》のＤＤＴまきかいな。せやけどな、そんな少《すく》ないまき方《かた》では虫《むし》には効《き》かへんで。こうやってまくんやわな」

ヘン骨《こつ》おっさんは、お母《かあ》ちゃんからＤＤＴの入《はい》った袋《ふくろ》を受《う》け取《と》ると、白《しろ》い粉《こな》が舞《ま》い上《あ》がるほど勢《いきお》いよくまき始《はじ》めました。

バサッ、バサッ！　とまくのはいいのですが、勢《いきお》いがよすぎてたちまち、ヘン骨《こつ》おっさんの体《からだ》はＤＤＴの白《しろ》い粉煙《こなけむり》にまかれました。「ウエッ、ホン。ゲッホン。フェー、クション」、ひどくむせかえっています。とうとう寛一兄《かんいちにい》ちゃんが見《み》かねて、

「お父《とう》ちゃん、もうやめときいな」

と言《い》いましたが、

「いや、これでも少《すく》ないくらいや」

みんなの方《ほう》をふり返《かえ》ったヘン骨《こつ》おっさんの顔《かお》は真《ま》っ白《しろ》です。まつ毛《げ》に白《しろ》い粉《こな》が積《つ》もり、目《め》の玉《たま》だけがキョロキョロと動《うご》いています。

「いやー、仮装行列《かそうぎょうれつ》のお化粧《けしょう》みたいやわー、アハハー」

お母《かあ》ちゃんとおばあちゃんは、お腹《なか》をかかえて笑《わら》いだしました。でも、なみ江《え》は笑《わら》えません。そんなにたくさんＤＤＴをまいたら、もうあのランバキツネが来《こ》られなくなるのとちがうやろか。それに、家《いえ》によいこともなくなるのとちがうか、と心配《しんぱい》です。だから、

「ＤＤＴはいっぱいまいたけど、キツネさんは来《き》てもかまへんしな！」

と、床下《ゆかした》に向《む》かって大《おお》きな声《こえ》で言《い》いました。


〈注釈《ちゅうしゃく》〉

注① 夏《なつ》の衛生掃除《えいせいそうじ》＝なみ江《え》が子《こ》どもの頃《ころ》、富田《とみた》では毎年《まいとし》、七月《がつ》の第《だい》一日曜日《にちようび》が衛生掃除《えいせいそうじ》の日《ひ》でした（雨《あめ》の場合《ばあい》は順延《じゅんえん》）。村《むら》の人《ひと》たちは各家《かくいえ》でこの話《はなし》のような大掃除《おおそうじ》をしました。害虫《がいちゅう》（南京虫《なんきんむし》、ダニ、ノミなど）の発生《はっせい》を防《ふせ》ぎ、伝染病《でんせんびょう》などにかからないようにするのと、気持《きも》ちよく夏《なつ》が越《こ》せるようにするためでした。

十　村《むら》にテレビがやってきた！

学校《がっこう》からの帰《かえ》り道《みち》、寛一兄《かんいちにい》ちゃんが、こんなことを言《い》いました。

「消防団詰《しょうぼうだんつ》め所《しょ》の東隣《ひがしどなり》に岡田《おかだ》さんという家《いえ》があるやろ。そこな、テレビを買《こ》うちゃったんやてぇ。富田《とみた》で一番《ばん》のりや。知《し》っとったか？」

なみ江《え》も、そのウワサは聞《き》いていました。

「お母《かあ》ちゃんがな、テレビは学校《がっこう》だけにしか入《はい》ってへんのに、すごいなー、と、びっくりしとっちゃった」

「ほんなら金曜日《きんようび》の夜《よる》に、岡田《おかだ》さんとこがテレビを見《み》せてくれてんも（見《み》せてくれるのも）知《し》っとるんか？」

「えーえ、ほんまか！」

なみ江《え》は目《め》を見開《みひら》いて、寛一兄《かんいちにい》ちゃんを見《み》ました。

「うそやないて。せやさかい（それだから）今晩《こんばん》六時《じ》になったらな、見《み》せてもらいに行《い》くんや。なみ江《え》ちゃんも行《い》かへんか？」

「いく、行《い》く！　妙《たえ》ちゃんと道子《みちこ》ちゃんも誘《さそ》うわ」

二人《ふたり》ともまだ、そのことを知《し》らないはずです。それにテレビは今《いま》まで、学校《がっこう》でしか見《み》たことがありません。なみ江《え》は興奮《こうふん》して胸《むね》が高鳴《たかな》りました。家《いえ》に帰《かえ》るとすぐに、そのことをお母《かあ》ちゃんに話《はな》しました。

「気《き》の毒《どく》やな。せやけど、せっかく見《み》せたげよと言《い》うとってんやったら（言《い》ってくれているのだったら）、見《み》せてもろといで。行儀《ぎょうぎ》ようして、静《しず》かに見《み》せてもらわなアカンで」

お母《かあ》ちゃんから注意《ちゅうい》され、なみ江《え》は「うん」と返事《へんじ》をしました。夕方《ゆうがた》になるのを待《ま》って、妙《たえ》ちゃんと道子《みちこ》ちゃんを誘《さそ》い、岡田《おかだ》さんの家《いえ》に走《はし》って行《い》きました。お目当《めあ》てのテレビは居間《いま》に置《お》かれていました。見《み》せてもらうのは居間《いま》の隣《となり》の部屋《へや》ですが、入《はい》りきれずに、子《こ》どもたちがエンゲ（縁側《えんがわ》の廊下《ろうか》）にまではみ出《だ》して座《すわ》っていました。

なみ江《え》がどこに座《すわ》ろうか、キョロキョロ見渡《みわた》していると、

「こっちや、ここにおいで」

寛一兄《かんいちにい》ちゃんの声《こえ》がしました。最前列《さいぜんれつ》のまん中《なか》でふり返《かえ》り、右手《みぎて》をふってこっちにおいでをしています。きっとテレビは、その前《まえ》に置《お》かれるはずですから、特等席《とくとうせき》です。

「妙《たえ》ちゃん、道子《みちこ》ちゃん、一番見《ばんみ》やすいとこやわ」

「ほんまや！　早《はよ》う、行《い》こう」

妙《たえ》ちゃんが急《せ》かします。でも、そこへ行《い》くのが大変《たいへん》です。子《こ》どもたちのすき間《ま》をかき分《わ》けて進《すす》もうとしますが、肩《かた》にぶつかったり、足《あし》にけつまずいたり、ふらついてなかなか進《すす》めません。

「もう、痛《いた》いやんかッ」

「こんなとこを通《とお》らんでもよいやろッ。あとから来《き》といて一番前《ばんまえ》の席《せき》に座《すわ》ろうなんて、すこい（ずるい）わ」

先《さき》に座《すわ》っている子《こ》どもたちが目《め》を三角《かく》にし、にらみつけます。列《れつ》の中《なか》ほどまで進《すす》むと、とうとう男《おとこ》の子《こ》二人《ふたり》が互《たが》いの肩《かた》をひっつけて通《とお》せんぼをしました。なみ江《え》と同学年《どうがくねん》で『い』組《ぐみ》の男《おとこ》の子《こ》たちです。

「ここは通《とお》らせへん。おまえはあとから来《き》たんやさかい、一番後《ばんうし》ろに座《すわ》っとけ。早《はよ》う、後《うし》ろへ行《い》けッ」

下唇《したくちびる》を突《つ》き出《だ》してにらみました。

なみ江《え》は腹《はら》がたちました。すると、後《うし》ろからついて来《き》ていた妙《たえ》ちゃんが、ひょいと、なみ江《え》の背中《せなか》の右側《みぎがわ》から顔《かお》を出《だ》しました。

「なんや、『い』組《ぐみ》のアカンタレ（根性《こんじょう》なし）とシミッタレ（けちんぼ）やないか！　ウチら（私《わたし》たち）が通《とお》るのに、何《なん》でイケズするんや」

ギロリと二人《ふたり》を見下《みお》ろしました。たちまち二人《ふたり》は、ギョッ、となって、

「うわッ、『ろ』組《ぐみ》の妙子《たえこ》が一緒《いっしょ》や！」

すぐにうなだれて通《とお》せんぼをやめました。

妙《たえ》ちゃんはガキ大将《だいしょう》より強《つよ》い、三年生《ねんせい》の女王様《じょおうさま》です。

「へへえー、私《わたし》らに意地悪《いじわる》したら、妙《たえ》ちゃんに怒《おこ》ってもらうしな」

なみ江《え》は得意《とくい》になって子《こ》どもたちの間《あいだ》を進《すす》みました。光市《こういち》ちゃんを先頭《せんとう》に三年《ねん》『ろ』組《ぐみ》の友《とも》だちもやって来《き》ました。そして、寛一兄《かんいちにい》ちゃんが先《さき》に来《き》て場所取《ばしょと》りをしておいてくれた特等席《とくとうせき》にみんなで座《すわ》りました。


六時《じ》になったようです。

岡田《おかだ》さんのおじさんが居間《いま》に置《お》かれていたテレビを持《も》ち上《あ》げ、おばちゃんがテレビ台《だい》とコードを持《も》って、子《こ》どもたちが待《ま》ちかねている部屋《へや》に入《はい》って来《き》ました。ところが、部屋《へや》の敷居《しきい》をまたごうとした時《とき》でした。

「おっ、とっとー！」

何《なに》かに足《あし》をとられて、おじさんがテレビを持《も》ったまま後《あと》ずさりをしだしました。ヨロヨロとふらついています。

「わッ、危《あぶ》ない！」

子《こ》どもたちが叫《さけ》びました。

「アカン。ボクらで支《ささ》えよ」

すぐに、寛一兄《かんいちにい》ちゃんが立《た》ち上《あ》がり、なみ江《え》たちも立《た》ち上《あ》がり、おじさんの腰《こし》にしがみつきました。

「ひゃー、助《たす》かった！　もうちょっとで腰《こし》がくだけてしまうとこやった」

おじさんは顔《かお》をまっ赤《か》にし、ふーっ、と大《おお》きく息《いき》をつきました。

「ドンクサイお父《とう》ちゃんやなー。しっかり運《はこ》ばな、子《こ》どもらに笑《わら》われるで」

おばちゃんはあきれながら、テレビ台《だい》をセットしました。その上《うえ》に、みんなでテレビを置《お》きました。

「あー、重《おも》たかった！」

おじさんは背《せ》を伸《の》ばし、腰《こし》をトントンたたいています。そして、なみ江《え》が思《おも》った通《とお》り、テレビは目《め》の前《まえ》です。

子《こ》どもたちは、テレビの画面《がめん》をくい入《い》るように見《み》つめました。

四角《しかく》い画面《がめん》ですが、角《かど》は丸《まる》くなっています。それにすごくぶ厚《あつ》いです。スイッチはボタン式《しき》で指《ゆび》でポンと押《お》すと、スイッチの上《うえ》に赤《あか》い明《あ》かりがつきました。スイッチが入《はい》ったことを知《し》らせてくれているのです。画面《がめん》の下《した》に丸《まる》い手動回転式《しゅどうかいてんしき》チャンネルがついていて、1から12までの数字《すうじ》が書《か》かれています。カチカチと回《まわ》して番組《ばんぐみ》を提供《ていきょう》する放送局《ほうそうきょく》のチャンネルに合《あ》わせるのです。映像《えいぞう》は白黒《しろくろ》の二色《しょく》です。そして、学校《がっこう》のテレビは和裁室《わさいしつ》の天井《てんじょう》に近《ちか》い壁《かべ》に棚《たな》をこしらえて置《お》かれていますが、岡田《おかだ》さんの家《いえ》は四本《ほん》の足《あし》つき台《だい》なので、座《すわ》って見《み》るのに、ちょうどよい高《たか》さでした。

「ほんなら、子《こ》どもが見《み》る番組《ばんぐみ》にしとくわな」

おばちゃんは隣《となり》の部屋《へや》から持《も》ってきた今日《きょう》の新聞《しんぶん》をペシ、ペシと開《ひら》きました。ラジオとテレビ番組欄《ばんぐみらん》をのぞき込《こ》み、「これがよい！」と言《い》って、カチ、カチとチャンネルを回《まわ》しました。

「よう見《み》えるように、映画館《えいがかん》みたいに部屋《へや》を暗《くろ》うしとこ」

子《こ》どもたちをかき分《わ》けて、天井《てんじょう》からつり下《さ》げてある裸電球《はだかでんきゅう》のスイッチを、プチッ、と切《き》りました。部屋《へや》が暗《くら》くなりました。

いよいよテレビが映《うつ》ると思《おも》うと、なみ江《え》はドキドキしました。寛一兄《かんいちにい》ちゃんや妙《たえ》ちゃんたちも身《み》をのり出《だ》して画面《がめん》を見《み》ています。

テレビはザーザーと音《おと》をたて、画面《がめん》が砂嵐《すなあらし》のようになっています。その中《なか》で一度《ど》、薄《うす》い映像《えいぞう》がボーッと映《うつ》りましたが、すぐに砂嵐《すなあらし》に呑《の》み込《こ》まれてしまいました。

なみ江《え》は心《こころ》の中《なか》で一、二、三、四……と数《かぞ》えました。すると、十まで数《かぞ》えた時《とき》です。テレビがボーッと映《うつ》り始《はじ》めました。だんだん白黒《しろくろ》の映像《えいぞう》がはっきりしてきて、画面《がめん》に『チロリン村《むら》とくるみの木《き》』の字幕《じまく》が浮《う》かび上《あ》がったのです。

「あっ、この番組《ばんぐみ》、大阪《おおさか》の従兄《いとこ》に教《おし》えてもろたわ！　人形《にんぎょう》の芝居《しばい》やで。大阪《おおさか》の小学校《しょうがっこう》でな、流行《はや》ってるんやて」

男《おとこ》の子《こ》が早口《はやくち》で言《い》いました。

物語《ものがたり》は、ピーナッツのピー子《こ》、タマネギのトン平《ぺい》、クルミのガンコじいさんなどの果物《くだもの》や野菜《やさい》たちと一緒《いっしょ》に、もぐらのモグモグや、ねずみのタコチューなどの動物《どうぶつ》が暮《く》らしている、チロリン村《むら》の日常《にちじょう》の出来事《できごと》です。放送時間《ほうそうじかん》は三十分《じゅっぷん》でした。人形《にんぎょう》たちがとてもユーモラスに演《えん》じていきます。

なみ江《え》はすぐに、ピーナッツのピー子《こ》が好《す》きになりました。ハキハキしているし、クルミのガンコじいさんにも、ちゃんと自分《じぶん》の意見《いけん》が言《い》えます。なんだか隣《となり》に座《すわ》っている妙《たえ》ちゃんに似《に》ています。

なみ江《え》は妙《たえ》ちゃんの太《ふと》ももを右手《みぎて》の人《ひと》さし指《ゆび》でつつき、小《ちい》さい声《こえ》で、

「このピー子《こ》は、あんたみたいやなー」

と言《い》いました。ところが、妙《たえ》ちゃんはテレビをまっすぐ見《み》たまま、

「ウチはこんなに頭《あたま》が大《おお》

きいないし、とんがっててへんわ。それに何《なん》か、生意気《なまいき》やし、ウチに似《に》てへん」

プー、とほっぺたをふくらませました。

なみ江《え》は、「へェー」とびっくりしました。妙《たえ》ちゃんは自分《じぶん》とよく似《に》ている性格《せいかく》の子《こ》を「生意気《なまいき》や」と思《おも》っているとは知《し》りませんでした。よく似《に》ているのにな、と思《おも》いながら、なみ江《え》はまた、テレビに釘《くぎ》づけになりました。

『チロリン村《むら》とくるみの木《き》』を見始《みはじ》めて十五分《ふん》ぐらいが経《た》ったでしょうか、周《まわ》りからモゾモゾ、ゴソゴソと夕タミをこするズボンや足《あし》の音《おと》が聞《き》こえてきました。岡田《おかだ》さんの家《いえ》でテレビを見《み》せてもらっているので、子《こ》どもたちは行儀《ぎょうぎ》よく正座《せいざ》をしていましたが、そろそろ足《あし》がしびれてきたようです。なみ江《え》も先《さき》ほどから足《あし》の裏《うら》が痛《いた》かゆくなり、ビリビリとしびれが走《はし》りだしていました。

寛一兄《かんいちにい》ちゃんがあぐらをかきました。妙《たえ》ちゃんもひょいと両脚《りょうあし》を前《まえ》に伸《の》ばし、両手《りょうて》を背中《せなか》の後《うし》ろへ回《まわ》して体《からだ》を支《ささ》えました。なみ江《え》と道子《みちこ》ちゃんもそうしました。メチャクチャ楽《らく》です。すると、妙《たえ》ちゃんが後《うし》ろへふり返《かえ》って、

「ちょっと行儀《ぎょうぎ》が悪《わる》いけど、みんなも足《あし》を伸《の》ばさしてもらい。前《まえ》の人《ひと》の両腕《りょううで》のすき間《ま》に

両脚《りょうあし》を入《い》れたらよいわ。せまくて入《い》れられん人《ひと》はヒザを立《た》てて三角座《かくずわ》りをし。あとでおばちゃんにお行儀《ぎょうぎ》が悪《わる》い子《こ》らやなって注意《ちゅうい》されたら、ウチがちゃんと謝《あやま》ったげるさかい」

と言《い》いました。たちまちゴソゴソと両脚《りょうあし》を伸《の》ばす音《おと》がしだしました。やっぱり妙《たえ》ちゃんは、今《いま》テレビで大人《おとな》の人形《にんぎょう》に自分《じぶん》の意見《いけん》をハキハキ言《い》っている、ピーナッツのピー子《こ》にそっくりや、となみ江《え》は思《おも》いました。妙《たえ》ちゃんが、なぜこのピー子《こ》を生意気《なまいき》やと思《おも》うのか、不思議《ふしぎ》でなりません。

テレビを見《み》せてもらえるのは、この人形劇《にんぎょうげき》が終《お》わるまでの三十分間《じゅっぷんかん》です。

それは、あっという間《ま》に過《す》ぎました。

『チロリン村《むら》とくるみの木《き》』が終《お》わり、次《つぎ》の番組《ばんぐみ》を見ていると、おばちゃんが部屋《へや》に入《はい》って来《き》ました。

「今日《きょう》はこれで、おしまいやで」

テレビのスイッチを、プチッ、と切《き》りました。

「えー、もっと見《み》たいなあ」

子《こ》どもたちは映《うつ》らないテレビ画面《がめん》をまだ見続《みつづ》けています。いくら待《ま》っても映《うつ》らないとわかると、しぶしぶ立《た》って家《いえ》に帰《かえ》りだしました。

帰《かえ》り道《みち》のことです。なみ江《え》と寛一兄《かんいちにい》ちゃん、妙《たえ》ちゃんと道子《みちこ》ちゃんは興奮《こうふん》して、テレビで初《はじ》めて見《み》た『チロリン村《むら》とくるみの木《き》』の話《はなし》をしていました。でも、だんだんしょんぼりしだしました。

「岡田《おかだ》さんとこはいつでも、好《す》きな番組《ばんぐみ》が見《み》られて、よいなー」

寛一兄《かんいちにい》ちゃんが、ボソッ、とつぶやきました。なみ江《え》もそう思《おも》います。

妙《たえ》ちゃんが大《おお》きなため息《いき》をついて、

「ウチもこの間《あいだ》、お父《とう》ちゃんにテレビがほしいて言《い》うたら、『あれは子《こ》どもの教育《きょういく》のじゃまになる。それに見《み》すぎたら目《め》も体《からだ》も悪《わる》うなるらしいさかい、アカン』って、初《はじ》めてひどう（ひどく）反対《はんたい》されたわ。そやから、いっぺんにお父《とう》ちゃんが嫌《きら》いになった」

と、肩《かた》を落《お》としたのには驚《おどろ》きました。妙《たえ》ちゃんは高原小学校全児童《たかはらしょうがっこうぜんじどう》の中《なか》でも三本《ぼん》の指《ゆび》に入《はい》る裕福《ゆうふく》な家《いえ》の一人娘《ひとりむすめ》です。村《むら》の人《ひと》たちも「妙子《たえこ》お嬢《じょう》ちゃん」と呼《よ》んでいるぐらいです。流行《はや》りの遊《あそ》び道具《どうぐ》や少年少女雑誌《しょうねんしょうじょざっし》にマンガ、洋服《ようふく》や着物《きもの》に靴《くつ》と、妙《たえ》ちゃんがほしいと言《い》えば、たいていのモノはすぐに買《か》ってもらえます。なみ江《え》の同級生《どうきゅうせい》や村《むら》の子《こ》どもたちはいつも、流行《はや》りの遊《あそ》び道具《どうぐ》や雑誌《ざっし》を妙《たえ》ちゃんから借《か》りて遊《あそ》びますから、三年生《ねんせい》のガキ大将《だいしょう》たちでも妙《たえ》ちゃんには頭《あたま》が上《あ》がりません。妙《たえ》ちゃんは三年生《ねんせい》の女王様《じょおうさま》なのです。

その妙《たえ》ちゃんが「テレビがほしい」と、お父《とう》ちゃんにたのんで、そんなふうにひどく反《はん》対《たい》されたのですから、テレビって、そんなに悪《わる》いモノで危《あぶ》ないモノやろか？　となみ江《え》は思《おも》いました。

「ボクとこも、一緒《いっしょ》や」

寛一兄《かんいちにい》ちゃんは、プイ、と唇《くちびる》を突《つ》き出《だ》しました。そして、

「お父《とう》ちゃんが、あんなもんは、人《ひと》をなまくらにするだけや。きばって（一生懸命《いっしょうけんめい》）見《み》とったら仕事《しごと》なんかできひんさかい、ウチはいらん。ラジオがある。ラジオを聞《き》きながら仕事《しごと》をすると能率《のうりつ》が上《あ》がる、って言《い》うてんや。ボクは家《いえ》にテレビがほしいんやけどなー」

ポン、とズック靴《ぐつ》の先《さき》で道《みち》の小石《こいし》を蹴《け》りました。テレビが出始《ではじ》めたこの頃《ころ》は、どこの家《か》庭《てい》でもテレビをそんなふうに思《おも》っていました。

ふーん、そやけどテレビが家《いえ》にあったら毎日映画《まいにちえいが》を見《み》ているみたいやし、さっき岡田《おかだ》さ

んとこで見《み》せてもろうた『チロリン村《むら》とくるみの木《き》』も遠慮《えんりょ》せんと見《み》られるし、私《わたし》もテレビがほしいなぁ。お母《かあ》ちゃんにたのんでみようかな……、帰《かえ》り道《みち》、なみ江《え》と道子《みちこ》ちゃんはテレビを買《か》ってもらうための説得方法《せっとくほうほう》ばかり相談《そうだん》し合《あ》っていました。

家《いえ》に帰《かえ》るとすぐに、お母《かあ》ちゃんが「テレビはどうやった？」と聞《き》きました。

なみ江《え》は夕《ゆう》ご飯《はん》を食《た》べながら、村《むら》の子《こ》どもたちがみんな、岡田《おかだ》さんの家《いえ》に集《あつ》まっていたことや、見《み》せてもらった『チロリン村《むら》とくるみの木《き》』の話《はなし》をいっぱいしました。

フンフンとお母《かあ》ちゃんは聞《き》いていましたが、聞《き》き終《お》えると、笑《わら》いながら皮肉《ひにく》を言《い》いました。

「学校《がっこう》でも今《いま》みたいに、先生《せんせい》の話《はなし》を真剣《しんけん》に聞《き》いたら、もっと勉強《べんきょう》ができるやろにな」

何《なん》でこんな時《とき》に勉強《べんきょう》の話《はなし》をするんや、なみ江《え》は、ムッ、としました。でも、お母《かあ》ちゃんの機嫌《きげん》はメチャクチャよいのです。こういう時《とき》のお母《かあ》ちゃんはたまにですが、なみ江《え》のお願《ねが》いを聞《き》いてくれることがあります。

よっしゃ、今《いま》や！　なみ江《え》はおもいきって、

「ウチもテレビを買《こ》うてぇーな」

小鼻《こばな》をふくらませて言《い》いました。

ところがいっぺんに、お母《かあ》ちゃんの顔《かお》から笑顔《えがお》が消《き》えてしまいました。

「アカン。あんな高《たか》いモン（物《もの》）、買《か》えるかいな。テレビはあんたが大《おお》きくなって働《はたら》いてから買《こ》うて、お母《かあ》ちゃんに親孝行《おやこうこう》してくれたらそれでよいんや。それにな、テレビは大人《おとな》をなまくらにするし、子《こ》どもをアホにしてしまうらしいで。勉強《べんきょう》をせんようになるんやて、目《め》も悪《わる》うなるんやて」

お母《かあ》ちゃんは三輪《りん》トラックの警笛《けいてき》みたいに声《こえ》をとんがらせ、ご飯《はん》を喉《のど》につまらせながら早口《はやくち》で、アカンを告《つ》げました。

なみ江《え》は、やっぱりなー、と思《おも》いました。

次《つぎ》の日《ひ》、クラスではやはり、岡田《おかだ》さんのところで見《み》せてもらったテレビ番組《ばんぐみ》『チロリン村《むら》とくるみの木《き》』の話題《わだい》でものすごく盛《も》り上《あ》がっていました。テレビが見《み》せてもらえることを知《し》らなくて行《い》けなかった児童《じどう》たちも、その話題《わだい》に興奮《こうふん》していました。ところが、テレビを購入《こうにゅう》する話《はなし》になると、みんなはシュンとうなだれてしまいました。

「妙《たえ》ちゃんが買《こ》うてもらえへんのやさかい、オレらの（たちの）とこが買《こ》うてもらえへんのは当《あ》たり前《まえ》やけどな。岡田《おかだ》さんとこから帰《かえ》ってすぐに、お父《とう》ちゃんとお母《かあ》ちゃんに、オレな、いっぱい勉強《べんきょう》するさかいにテレビを買《こ》うてえなと言《い》うたんや。弟《おとうと》らもほしがっとるしな」

光市《こういち》ちゃんが目《め》を見開《みひら》いて早口《はやくち》で話《はな》しました。そして、こう続《つづ》けました。

「勉強《べんきょう》をダシにテレビをねだる根性《こんじょう》が気《き》にくわん。そんな高《たか》いモンが買《か》えるかいッ、言《い》うてな、お父《とう》ちゃんにゲンコツを三発《ぱつ》もくらわされたんや。せやさかい、今日《きょう》のホームルームでな、テレビについて、泣《な》きんぼ先生《せんせい》に質問《しつもん》するんや」

光市《こういち》ちゃんは顔《かお》をしかめて頭《あたま》の右横《みぎよこ》をなでながら、すぐに席《せき》を立《た》ちました。廊下《ろうか》に出《で》て、しばらく先生《せんせい》が来《く》るのを待《ま》っていました。

先生《せんせい》の姿《すがた》がまだ見《み》えないのでしょう、「泣《な》きんぼ、何《なに》をしとるんやろ、遅《おそ》いなー」と言《い》いながら席《せき》に戻《もど》ってきて、またすぐに、廊下《ろうか》へ見《み》に出《で》ようとしたので、妙《たえ》ちゃんが、

「そないソワソワしてもしょうがないやろ。先生《せんせい》はもうすぐ来《き》やはる」

と注意《ちゅうい》しました。

ペタン、パタン――泣《な》きんぼ先生《せんせい》のスリッパの音《おと》が近《ちか》づいてきました。教室《きょうしつ》の戸《と》が開《あ》き、先生《せんせい》が入《はい》ってきて教壇《きょうだん》の前《まえ》に立《た》ちました。「起立《きりつ》、礼《れい》」をすませ、いつものように先生《せんせい》

が児童《じどう》の出欠《しゅっけつ》をとろうとした、その時《とき》です。光市《こういち》ちゃんが、パッ、と右手《みぎて》を上《あ》げました。

「先生《せんせい》に質問《しつもん》があります」

先生《せんせい》は光市《こういち》ちゃんの迫力《はくりょく》のある声《こえ》と態度《たいど》に驚《おどろ》いたのでしょう、出欠《しゅっけつ》をとるのをあと回《まわ》しにしてメガネを指先《ゆびさき》で押《お》し上《あ》げながら、「何《なに》かな？」と、たずねました。

「テレビのことです。昨日《きのう》、岡田《おかだ》さんとこでテレビを見《み》せてもろたんや。それでウチにも買《こ》うてほしいと言《い》うたら、お父《とう》ちゃんもお母《かあ》ちゃんも買《か》えへん、と言《い》うて、ゲンコツを三発《ぱつ》もくらわされて、えろう（ひどく）怒《おこ》られたんや。テレビは高《たか》いし、教育《きょういく》に悪《わる》い、と言《い》うてんやけど、先生《せんせい》はどう思《おも》いますか？」

「うん！　今《いま》、話題《わだい》になっているテレビについての質問《しつもん》やな。こらむつかしいなー」

泣《な》きんぼ先生《せんせい》は天井《てんじょう》を見《み》て、しばらく考《かんが》えていました。そして、こう答《こた》えました。

「たしかに、テレビは高《たか》い商品《しょうひん》で、なかなか買《か》うことができません。でも家《いえ》にあったらよい、と思《おも》うのはみんなだけでなく、先生《せんせい》も同《おな》じです。でも、先生《せんせい》は安月給《やすげっきゅう》です。テレビを購入《こうにゅう》するには先生《せんせい》のお給料《きゅうりょう》の半年分《はんとしぶん》（約《やく》七万円《まんえん》。現在《げんざい》の貨幣価値《かへいかち》にすると約百万《やくひゃくまん》円《えん》）が必要《ひつよう》だそうです。だから手《て》が出《で》ません。いつも新聞《しんぶん》のテレビ番組欄《ばんぐみらん》をながめては、テレビが買《か》えたら大好《だいす》きな野球《やきゅう》やプロレスを見《み》よう、と心《こころ》に決《き》めています。大《おお》きな声《こえ》では言《い》えませんが、去年《きょねん》の夏《なつ》から少《すこ》しずつ貯金《ちょきん》をしています。頭金《あたまきん》といって代金《だいきん》の一部《いちぶ》を支払《しはら》うための貯金《ちょきん》です。頭金《あたまきん》を電気屋《でんきや》さんに払《はら》えばテレビを自宅《じたく》に持《も》ってきてもらえます。あとはテレビを見《み》ながら残《のこ》りの代金《だいきん》を毎月少《まいつきすこ》しずつ支払《しはら》っていく、月賦《げっぷ》という方法《ほうほう》で買《か》うつもりです」

そんな方法《ほうほう》があるとは知《し》りませんから、

「えっ！　テレビを買《か》うお金《かね》をぜんぶ払《はら》わんでもテレビが買《か》えるんか！　テレビを見《み》ながらちょっとずつお金《かね》を払《はろ》うたらよいんか！」

クラスのみんなは顔《かお》を見合《みあ》わせました。

「それやったら学校《がっこう》に払《はら》う学級費《がっきゅうひ》みたいや！　それをお父《とう》ちゃんに教《おし》えたら、テレビを買《こ》うてもらえるわ！」

光市《こういち》ちゃんが両目《りょうめ》をおもいっきり見開《みひら》き、興奮《こうふん》して言《い》いました。

すると、隣《となり》の席《せき》で妙《たえ》ちゃんが、

「ふーん、頭金《あたまきん》と月賦《げっぷ》てか！　そんな買《か》い方《かた》があったんや。貯金《ちょきん》をするみたいに、ちょっとずつ支払《しはら》いをしたらテレビが買《か》えるんやな」

そうつぶやいて、なみ江《え》を見《み》ました。聞《き》いたことがありません。なみ江《え》はそんな買《か》い方《かた》は今《いま》まで、そんな買《か》い方《かた》があるみたいやな」

「先生《せんせい》が言《い》うとってやし、そんな買《か》い方《かた》があるみたいやな」

と返事《へんじ》をしましたが、妙《たえ》ちゃんはテレビを買《か》ってもらう、よいアイデアを思《おも》いついたのでしょうか、

「へへぇー、ウチな、お父《とう》ちゃんにもういっぺん言《い》うてな、なみ江《え》ちゃんとこもな、テレビを買《こ》うてもらえるようにうまいことしたげるし。まかしとき」

ニィーと笑《え》みをふくらませました。

今度《こんど》は、守君《まもるくん》が質問《しつもん》をしました。

「テレビは、子《こ》どもをアホにするんか？」

「そんなことはありません。でもテレビはおもしろい番組《ばんぐみ》が次《つぎ》から次《つぎ》に出《で》てくるので、ついつい見過《みす》ぎてしまうのです。だから宿題《しゅくだい》をする時間《じかん》がなくなり、子《こ》どもが勉強《べんきょう》をしなくなって、お父《とう》さんやお母《かあ》さんが心配《しんぱい》して、『アホになる』と注意《ちゅうい》をされるのです。でも、

ニュースは全国《ぜんこく》で起《お》こったその日《ひ》の出来事《できごと》を伝《つた》えるので、とても勉強《べんきょう》になります。ですから先生《せんせい》は、テレビの見方《みかた》が大切《たいせつ》だと思《おも》います」

と、先生《せんせい》が答《こた》えました。今度《こんど》は道子《みちこ》ちゃんが質問《しつもん》しました。

「ほんなら、目《め》が悪《わる》うなったり、体《からだ》が悪《わる》うなるのも、ほんまですか？」

「目《め》が悪《わる》くなるというのは、テレビの映像《えいぞう》は電波《でんぱ》で送《おく》られてきますから、長《なが》いこと見続《みつづ》けると目《め》が疲《つか》れてくるのです。また、体《からだ》も長《なが》い時間《じかん》、座《すわ》って見《み》ていると運動不足《うんどうぶそく》になり、体《からだ》に悪《わる》いと言《い》われるのでしょう。これもテレビの見方《みかた》を工夫《くふう》することが大事《だいじ》です。一日《にち》中《じゅう》テレビばかり見《み》ているのはよくないでしょう」

先生《せんせい》が答《こた》えると、「ふーん」と、クラスのみんながうなずきました。

そして、泣《な》きんぼ先生《せんせい》は最後《さいご》に、こう言《い》いました。

「今《いま》、テレビは生産《せいさん》が少《すく》ないので値段《ねだん》が高《たか》いですが、あと五年《ねん》もすると大量生産《たいりょうせいさん》されるようになると思《おも》います。そうなると、どこのメーカーも販売競争《はんばいきょうそう》が激《はげ》しくなりますから、テレビの価格《かかく》は今《いま》より安《やす》くなって、買《か》いやすくなると思《おも》いますし、君《きみ》たちが大人《おとな》になる頃《ころ》にはきっと、どこの家庭《かてい》にもテレビが一台《だい》あるという、生活《せいかつ》になるでしょう」

クラスのみんなはいっせいに、「へーぇ、すごいなー。テレビのある家《いえ》に住《す》めるんや！早《はよ》う、大人《おとな》になりたいなー」と歓声《かんせい》を上《あ》げました。ただ、光市《こういち》ちゃんだけが顔《かお》をしかめ、

「やっぱり大人《おとな》になるまで待《ま》てへん。オレは今《いま》ほしいんや」

机《つくえ》の上《うえ》を消《け》しゴムでなで回《まわ》しました。本当《ほんとう》はなみ江《え》もそう思《おも》っています。妙《たえ》ちゃんも

「光市《こういち》ちゃんの言《い》う通《とお》りやわ。大人《おとな》になるまで待《ま》ってられへんわ、なー、なみ江《え》ちゃん」

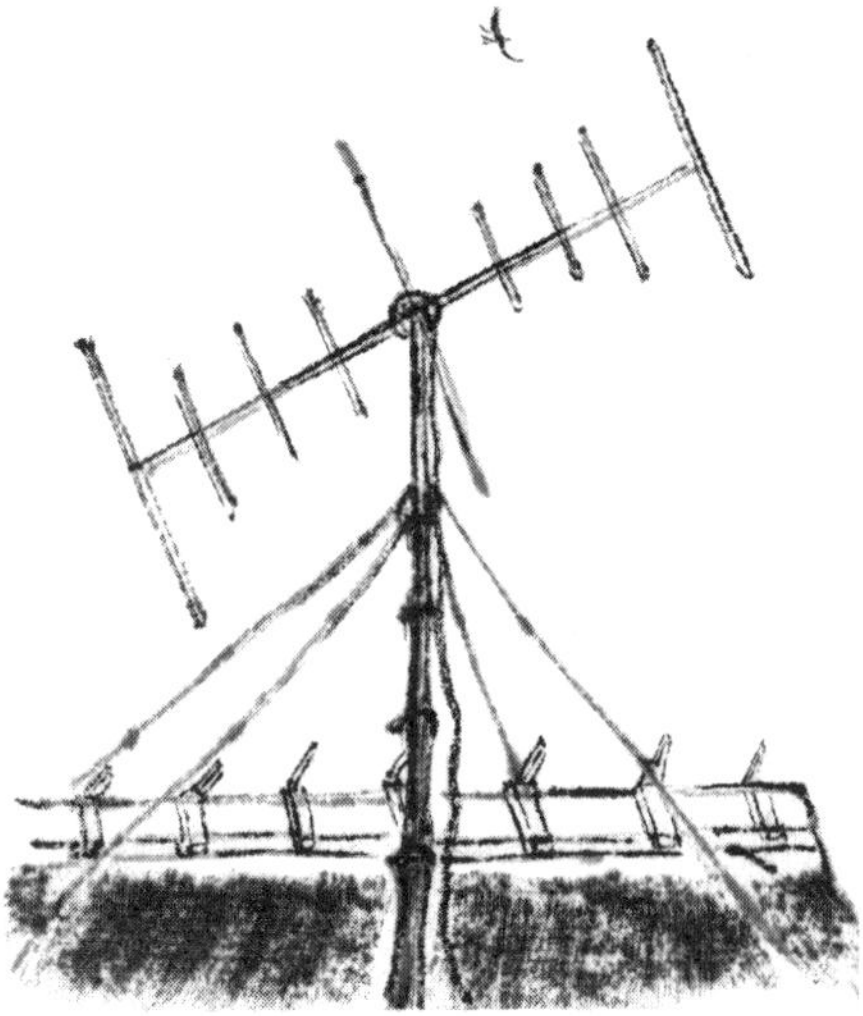

と小《ちい》さい声《こえ》で言《い》って、

「ウチな、よい考《かんが》えが浮《う》かんだんや。お父《とう》ちゃんにもういっぺんかけおうて（話《はなし》をして）な、ウチら仲《なか》よし六人《にん》だけでも先《さき》にテレビが買《か》えるようにしたげる。そしたらクラスのみんなも友《とも》だちの家《いえ》にテレビがあるんやし、遠慮《えんりょ》せんと見《み》に来《こ》れるわ。月《げっ》賦《ぷ》やで、なみ江《え》ちゃん。げっぷ、げっぷ」

へへぇー、と舌《した》を出《だ》しました。

なみ江《え》ン家《ち》にテレビがやって来《き》たのは、その日《ひ》から一《いっ》ヵ月《かげつ》が経《た》った、金曜日《きんようび》のことでした。なみ江《え》が学校《がっこう》から帰《かえ》ると、庭先《にわさき》に須知《しゅうち》の電気屋《でんきや》さんの三輪軽《りんけい》トラックが停《と》めてありました。そして、男《おとこ》の人《ひと》たちが母屋《おもや》の屋根《やね》に上《のぼ》って、けったいな（奇妙《きみょう》な）モノを取《と》りつけていました。

「ただいまー」

なみ江《え》の声《こえ》に、お母《かあ》ちゃんが居間《いま》から小走《こばし》りに出《で》て来《き》ました。なんだか鼻息《はないき》が荒《あら》いです。

「早《はよ》う、上《あ》がって、居間《いま》に据《す》えつけてもろたのを見《み》てみ、びっくりするでぇ」

なみ江《え》は、何《なん》やろか？　と思《おも》いながらズック靴《ぐつ》を脱《ぬ》ぎ、アガリトから居間《いま》へ急《いそ》ぎました。

「あっ、テレビや！」

なみ江《え》は目《め》を見張《みは》りました。

「今日《きょう》のお母《かあ》ちゃんは太《ふと》っ腹《ぱら》やで！　ウチもテレビを買《こ》うたんや」

お母《かあ》ちゃんは、なみ江《え》の頭《あたま》をクシャクシャとなで回《まわ》し、エプロンの上《うえ》から、ポン、とお腹《なか》をたたきました。メチャクチャうれしいのですが、でも、あれだけ「テレビはアカン」と反対《はんたい》していたのに、どうしてテレビを買《か》う気《き》になったのか不思議《ふしぎ》なので、「何《なん》でテレビを買《こ》うたん？」と、お母《かあ》ちゃんにたずねました。

お母《かあ》ちゃんは目《め》を輝《かがや》かせ、「あのなー」と内緒《ないしょ》ごとのように、

「妙《たえ》ちゃんのお父《とう》ちゃんがな、みんなでカタメて（一括《いっかつ》で）買《こ》うたら安《やす》くしてもらえるかどうか、電気屋《でんきや》さんと交渉《こうしょう》をしようと思《おも》てるのやけど、もし交渉《こうしょう》がうまくいったら、あんたとこも一緒《いっしょ》に買《こ》うとかへんか？　と誘《さそ》ってくれちゃったんや。それにな、ウチでもむりなく払《はら》えるような金額《きんがく》で月賦《げっぷ》も組《く》んでもらえたさかい、おもいきって買《か》うことにしたんや。ヘン骨《こつ》おっさんとこも買《こ》うちゃったし、光市《こういち》ちゃん、守君《まもるくん》、明君《あきらくん》とこに道子《みちこ》ちゃんとこも一緒《いっしょ》に買《こ》うたんやで。ウチだけテレビがなかったら、なみ江《え》がかわいそうやし、お母《かあ》ちゃんもほんまは、ちょっと見《み》たかったんや。歌番組《うたばんぐみ》やろ、ドラマやろ、料理番組《りょうりばんぐみ》に毎日《まいにち》のニュースやろ、ほんでな、プロレスがおもしろいんやて」

と説明《せつめい》しましたが、なみ江《え》が見《み》たい番組《ばんぐみ》は一《ひと》つも入《はい》っていませんでした。

それにしても、妙《たえ》ちゃんはすごいなー、と、なみ江《え》は思《おも》いました。一《いっ》カ月前《かげつまえ》にクラスのホームルームで約束《やくそく》した通《とお》りに、なみ江《え》たちの家《いえ》でもテレビが買《か》ってもらえるようにしてくれたのです。

翌日《よくじつ》、三年《ねん》『ろ』組《ぐみ》は、その話題《わだい》でもちきりでした。

妙《たえ》ちゃんはすました顔《かお》で、

「お父《とう》ちゃんを説得《せっとく》するのにものすごう時間《じかん》がかかったわ。それにな、喜《よろこ》んでばっかりではアカンのやで。テレビばっかり見《み》て宿題《しゅくだい》を忘《わす》れたり、成績《せいせき》がちょっとでも下《さ》がったらな、テレビを買《か》うようにすすめたお父《とう》ちゃんの責任《せきにん》やさかいに、その時《とき》は、ウチのお父《とう》ちゃんが子《こ》どもからテレビを取《と》り上《あ》げる、と言《い》うとってんや。せやさかい、みんな宿題《しゅくだい》だけは絶対《ぜったい》に忘《わす》れたらアカンのやで」

クラスのみんなに告《つ》げました。

その日《ひ》から、三年《ねん》『ろ』組《ぐみ》のみんなは宿題《しゅくだい》を忘《わす》れるということがなくなりました。泣《な》きんぼ先生《せんせい》はとても驚《おどろ》いています。なみ江《え》と妙《たえ》ちゃんがいちばん心配《しんぱい》していたガキ大将《だいしょう》の光市《こういち》ちゃんも、「ほれ、宿題《しゅくだい》をやってきたで」と、先頭《せんとう》に立《た》って宿題《しゅくだい》を提出《ていしゅつ》するようになりました。

いつまで続《つづ》くかわかりませんが、テレビのおかげで、クラスのみんなが勉強《べんきょう》にやる気《き》を出《だ》しているのはたしかです。

十一　フラフープとヘリコプターごっこ

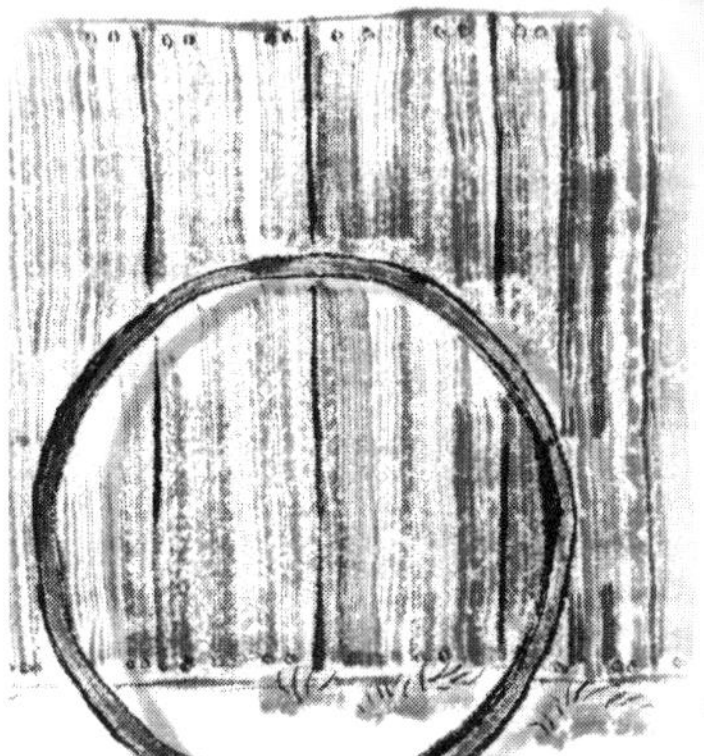

「あれ！　お母《かあ》ちゃんは、どこへ行《い》っちゃったんやろか？」

学校《がっこう》から帰《かえ》ると、茶《ちゃ》ぶ台《だい》の上《うえ》に鉛筆《えんぴつ》で書《か》かれた、お母《かあ》ちゃんからの手紙《てがみ》がありました。

おかえり。北久保《きたくぼ》のおばあちゃんが病気《びょうき》らしいので、おみまいに行《い》ってきます。夕方《ゆうがた》には帰《かえ》ります。こまやんの店《みせ》でおやつを買《か》って、るすばんをおねがいします――

そして、手紙《てがみ》の横《よこ》にお小遣《こづか》いの十円玉《えんだま》（注①）が置《お》いてありました。

なみ江《え》はそれを持《も》って、こまやんの店《みせ》へ急《いそ》ぎました。

入《い》り口《ぐち》のガラス戸《ど》を開《あ》けてこまやんの店《みせ》に入《はい》ると、右側《みぎがわ》にタバコやマッチ、お酒《さけ》、電球《でんきゅう》にローソク、軍手《ぐんて》に麦《むぎ》わら帽子《ぼうし》、はな紙《かみ》、セッケンなど、毎日《まいにち》の生活用品《せいかつようひん》や大人用《おとなよう》の物《もの》が売《う》られています。そして、左側《ひだりがわ》に子《こ》ども用《よう》の駄菓子《だがし》や当《あ》て物《もの》、遊《あそ》び道具《どうぐ》や玩具《おもちゃ》などが並《なら》べてあります。十円玉《えんだま》で買《か》えるのはアメ玉《だま》にチューインガム、風船《ふうせん》の当《あ》て物《もの》やなわとび（ゴムとび）、ビー玉《だま》やメンコなど、子《こ》どものおやつやちょっとした遊《あそ》び道具《どうぐ》です。

「おばちゃん、おやつを買《か》いに来《き》たで」、なみ江《え》が大《おお》きな声《こえ》で呼《よ》ぶと、奥《おく》からおばちゃんが出《で》て来《き》ました。

「なみ江《え》ちゃん、学校《がっこう》から帰《かえ》ってきたんか？」

おばちゃんがたずねました。

なみ江《え》は「うん」と返事《へんじ》をし、十円玉《えんだま》をギューと握《にぎ》りしめて、いろいろ並《なら》べてある駄菓《だが》子《し》や当《あ》て物《もの》を見回《みまわ》しました。すると、今《いま》までに見《み》たことのないお菓子《かし》がビンに入《い》れられて、陳列台《ちんれつだい》の端《はし》に置《お》かれていました。大《おお》きなせんべいです。いつも食《た》べているせんべいの三倍《ばい》くらいあって、なみ江《え》の顔《かお》がすっぽりかくれてしまいます。

「おばちゃん、これ、十円《えん》で買《か》えるか？」

なみ江《え》が指《ゆび》さすと、

「昨日《きのう》入《はい》ったばっかり

で、一枚《まい》二円《えん》やわ」

おばちゃんが言《い》いました。こんな大《おお》きなせんべいが五枚《まい》も買《か》えるので、なみ江《え》はすぐに、

「これにするわ」と決《き》めました。

おばちゃんは陳列台《ちんれつだい》の横《よこ》に糸《いと》で通《とお》してつってある茶色《ちゃいろ》の紙袋《かみぶくろ》を、ピッ、と一枚《まい》ちぎり取《と》りました。紙袋《かみぶくろ》の中《なか》に手《て》を入《い》れパタパタとはたき、袋《ふくろ》の口《くち》を広《ひろ》げてから、ビンの中《なか》のせんべいを一枚《まい》、二枚《まい》と数《かぞ》えて紙袋《かみぶくろ》に五枚《まい》入《い》れてくれました。

「せんべいを割《わ》らんように持《も》って帰《かえ》ってや」

なみ江《え》は、「うん」と返事《へんじ》をし、せんべいを受《う》け取《と》りました。そして、急《いそ》いで帰《かえ》ろうとした時《とき》です。お菓子《かし》が並《なら》べてある棚《たな》の横《よこ》に直径《ちょっけい》一メートルくらいの細《ほそ》い『輪投《わな》げの輪《わ》』みたいなものが三本《ぼん》、つるし釘《くぎ》に引《ひ》っかけられているのが目《め》につきました。色《いろ》は赤《あか》、青《あお》、黄《き》の三色《しょく》です。

それにしても、ずいぶん大《おお》きい輪《わ》です。なみ江《え》は、畑《はたけ》か田《た》んぼの仕事《しごと》で使《つか》うものやろか？　と気《き》になったので、

「あの輪《わ》は、何《なん》に使《つか》うもんなんや？」

おばちゃんに聞《き》いてみました。

「あれはフラフープや。今《いま》な、ものすごく流行《はや》っとるんやで。子《こ》どもだけとちごうて（ちがって）、大人《おとな》も夢《む》中《ちゅう》になって遊《あそ》んどってや（遊《あそ》んでいる）そうやわ。もう須《しゅう》知《ち》の子《こ》やら下山《しもやま》の子《こ》は、あれで遊《あそ》んどってやけど、富田《とみた》の子《こ》はまだ、誰《だれ》も持《も》っとってやないさかい、仕入《しい》れといたんや」

「ふーん、フラフープてか！　ヘンな名前《なまえ》の遊《あそ》び道具《どうぐ》やな」

なみ江《え》は初《はじ》めて見《み》る遊《あそ》び道具《どうぐ》でした。「フラフープ、フラフープ」とくり返《かえ》し、名前《なまえ》を覚《おぼ》えようとしましたが、あの大《おお》きな輪《わ》で、どうやって遊《あそ》ぶんやろか？　不思議《ふしぎ》でなりません。

なみ江《え》の後《うし》ろで、ドタドタタッと足音《あしおと》がしました。すぐに三人《にん》の男《おとこ》の子《こ》が、ハアハアと息《いき》を切《き》らせながら店《みせ》に入《はい》ってきました。遠《とお》くから走《はし》って来《き》たようです。それに見《み》たことのない男《おとこ》の子《こ》たちでした。

「あー、しんどかった」

男《おとこ》の子《こ》たちは息《いき》が整《ととの》うまで、両《りょう》ヒザに手《て》をつき腰《こし》を屈《かが》めていましたが、だいぶ息《いき》が楽《らく》になってきたのでしょう、

「フラフープ、売《う》ってんか！」

と、声《こえ》をそろえて言《い》いました。

おばちゃんも初《はじ》めて見《み》る男《おとこ》の子《こ》たちのようです。目《め》を白黒《しろくろ》させて「あんたら、どこの子《こ》どもさんらや？」と、たずねました。

「須知《しゅうち》から来《き》たんや。須知《しゅうち》の店《みせ》はフラフープが売《う》り切《き》れてあらへんのや。早《はや》う、売《う》ってえな」

ところがすぐに、おばちゃんは困《こま》った顔《かお》をしだしました。

「これは、富田《とみた》の子《こ》どもらに買《こ》うてもらおうと思《おも》うて、昨日《きのう》、四《よっ》つ仕《し》入《い》れたんやわな。すぐに村《むら》の女《おんな》の子《こ》が一《ひと》つ買《こ》うてくれちゃっただけで、まだ、この村《むら》の子《こ》らはフラフープが流行《はや》っているのを知《し》ってやない（知《し》らない）のやわな。もうちょっとしたら、きっと、買《か》いにきてん（来《く》るに）に決《き》まっとるし、流行《はや》っている時《とき》は仕《し》入《い》れても製造《せいぞう》が追《お》いつかんので、田舎《いなか》の店《みせ》にはなかなか品物《しなもの》が回《まわ》ってきいひんし（来《こ》ない）、こら、困《こま》ったことやなー」

「そんなん、オレらに関係《かんけい》あらへん。誰《だれ》が買《こ》うてもよいやんか」

須知《しゅうち》の子《こ》どもたちは口《くち》をとがらせました。

「そら、そうやけど。富田《とみた》の子《こ》どもらも（たちも）、流行《はや》りの遊《あそ》びはしたいやろし、他《ほか》の村《むら》の子《こ》どもさんと同《おな》じようにな、あのフラフープで遊《あそ》んでほしいのやわな」

おばちゃんが売《う》るのを迷《まよ》っているところへ、寛一兄《かんいちにい》ちゃんと同級生《どうきゅうせい》の男《おとこ》の子《こ》がフラフープを買《か》いにやってきました。おばちゃんはますます困《こま》った顔《かお》になりました。

須知《しゅうち》の子《こ》どもたちはあわてて、フラフープがつってある棚《たな》の前《まえ》に行《い》き、

「この三《みっ》つは、オレらが買《か》うのや」

寛一兄《かんいちにい》ちゃんたちをにらみつけました。

「ボクらも買《か》いに来《き》たんや。そない三《みっ》つも買《か》わんと一《ひと》つ分《わ》けてえな」

寛一兄《かんいちにい》ちゃんと同級生《どうきゅうせい》はたのみました。

「アカン、早《はや》い者勝《もんが》ちや。オレらは須知《しゅうち》からムチャクチャ走《はし》って買《か》いに来《き》たんや。富田《とみた》のこまやんの店《みせ》やったらまだ、あるって聞《き》いたしな。三《みっ》つとも買《こ》うて、須知《しゅうち》の子《こ》どもらで、フラフープ遊《あそ》びをするんや」

須知《しゅうち》の子《こ》どもたちは何《なに》がなんでも買《か》うと必死《ひっし》です。とうとうフラフープがつってある棚《たな》の前《まえ》で両手《りょうて》を広《ひろ》げ、

「お前《まえ》らは、あっちへ行《い》けッ。出《で》て行《い》けッ！」

と叫《さけ》び、寛一兄《かんいちにい》ちゃんたちを足《あし》で蹴《け》るしぐさをしだしました。

いつもは、ドンクサくてアカンたれの寛一兄《かんいちにい》ちゃんがこの時《とき》ばかりは、なみ江《え》がびっくりするほど怒《おこ》りだしました。

「なんや、やるのか！　あっちへ行《い》けって、どういうつもりや。ここは富田《とみた》の店《みせ》やぞ。出《で》て行《い》けって誰《だれ》に言《い》うとるんや。もういっぺん言《い》うてみぃッ！」

寛一兄《かんいちにい》ちゃんの同級生《どうきゅうせい》も目《め》をむいて、にらみつけています。

ケンカが始《はじ》まると、おばちゃんはオロオロしています。

と、そこへ――

「えろう（大変《たいへん》）元気《げんき》な声《こえ》がしよると思《おも》うたら、これからケンカが始《はじ》まりそうやな。こら、よいとこへ来《き》たわい。男《おとこ》の子《こ》はケンカをして大《おお》きゅう（大《おお》きく）なるもんやさかい、いっぺん、どんなケンカをするのか見《み》せてもらおう。おおー、ウチの子《こ》もおるんかい！　こらよけい楽《たの》しみやわい」

ヘン骨《こつ》おっさんがあの恐《こわ》いギョロ目《め》をもっと見開《みひら》いて、ニタニタしながら店《みせ》に入《はい》って来《き》ました。たちまち店《みせ》の険悪《けんあく》な空気《くうき》がいっぺんに変《か》わりました。

須知《しゅうち》の子《こ》どもたちは、仁王《におう》さんみたいなおっさんが目《め》をぎょろつかせて入《はい》って来《き》たのと、寛一兄《かんいちにい》ちゃんがその怪物《かいぶつ》おっさんの子《こ》どもだと知《し》って、びっくりしたのでしょう、

「オ、オレらは悪《わる》うないで。おっちゃんの子《こ》どもさんらが、ム、ムチャを言《い》うのや」

ヘンなところに「さん」をつけて言《い》うと、三人《にん》は棚《たな》まであとずさってカチン、コチンにかたまってしまいました。

寛一兄《かんいちにい》ちゃんたちも、まさか、ヘン骨《こつ》おっさんが店《みせ》に来《く》るとは思《おも》っていなかったのでしょう、二人《ふたり》とも口先《くちさき》を突《つ》き出《だ》して、顔《かお》を見合《みあ》っています。

「うん！　なんや急《きゅう》に元気《げんき》がのうなって（なくなって）しもたがな。そんなことではりっぱな大人《おとな》になれん。さぁ、表《おもて》に出《で》てケンカのやり直《なお》しや」

グローブみたいな両手《りょうて》で、男《おとこ》の子《こ》たち五人《にん》のえり首《くび》をグイッとつかみ、表《おもて》に連《つ》れ出《だ》しました。

「男《おとこ》の子《こ》のケンカちゅうもん（というもの）は、途中《とちゅう》でやめたらいつまでも尾《お》をひいて、ヘンなうらみだけが残《のこ》るもんや。今《いま》ここでスッキリさせとかなアカン。さぁ、お互《たが》い向《む》きおうて、よっしゃ、始《はじ》めー」

ヘン骨《こつ》おっさんは相撲大会《すもうたいかい》の行司《ぎょうじ》でもしているように、お互《たが》いをけしかけます。でも、須知《しゅうち》の子《こ》どもたちも寛一兄《かんいちにい》ちゃんたちもモジモジして、友《とも》だち同士《どうし》で顔《かお》を見合《みあ》っているだけです。しばらくそうしていましたが、須知《しゅうち》の子《こ》どもたちが頭《あたま》を寄《よ》せて、何《なに》か相談《そうだん》をし始《はじ》めました。そして、一番背《ばんせ》の高《たか》い男《おとこ》の子《こ》が早口《はやくち》でこんなことを言《い》い出《だ》しました。

「お前《まえ》らはフラフープがほしいと言《い》うけど、これで、どうやって遊《あそ》ぶのか知《し》っとるのか？　知《し》っとるんやったら、これで勝負《しょうぶ》しようや」

「なーるほど、さすがに須知《しゅうち》の子《こ》や！　エエ勝負《しょうぶ》のしかたを知《し》っとるわい。よっしゃ、それでいこ。ワッハハー」

ヘン骨《こつ》おっさんは大笑《おおわら》いして、「さー、やれ」と、いっそうけしかけました。

さあ、大変《たいへん》です。他《ほか》の学校《がっこう》でフラフープが流行《はや》りだしたと聞《き》いているだけで、どのようにして遊《あそ》ぶのか、富田《とみた》の子《こ》どもたちはまだ、はっきり知《し》りません。寛一兄《かんいちにい》ちゃんと同級生《どうきゅうせい》の男《おとこ》の子《こ》は先《さき》ほどよりも、もっと唇《くちびる》を突《つ》き出《だ》し、目《め》を三角《かく》にして見合《みあ》いました。

やがて、寛一兄《かんいちにい》ちゃんがしょんぼりしてこう返事《へんじ》をしました。

「まだ、どないして遊《あそ》ぶのか……知《し》らんのや」

須知《しゅうち》の子《こ》どもたちは目《め》を輝《かがや》かせました。

「やっぱり知《し》らんのや！　ほんならこの勝負《しょうぶ》はオレらの勝《か》ちや。なー、おっちゃん。おばちゃんも聞《き》いとったやろ」

こまやんの店《みせ》のおばちゃんは、どう返事《へんじ》をしたらよいのかわからないのでしょう、目《め》をしょぼしょぼさせていっそう困《こま》った顔《かお》をしました。

ヘン骨《こつ》おっさんはというと、「あちゃ、アカンがなー」と、ギョロ目《め》をたれさせて情《なさ》けない顔《かお》をしましたが、すぐに大《おお》きな声《こえ》で、

「勝負《しょうぶ》あった！　須知《しゅうち》の子《こ》の勝《か》ちや。あの三《みっ》つのフラフープは須知《しゅうち》の子《こ》らが買《こ》うてもよい」

と、審判《しんぱん》を下《くだ》しました。

須知《しゅうち》の子《こ》どもたちは「やったー」と叫《さけ》び、おばちゃんを急《せ》かせてフラフープを三《みっ》つ取《と》ってもらいました。ところが、お金《かね》を払《はら》い終《お》えると、先《さき》ほどの背《せ》の高《たか》い男《おとこ》の子《こ》が寛一兄《かんいちにい》ちゃんたちをふり返《かえ》り、ジィーと見《み》て、ヘンなことを言《い》い出《だ》しました。

「そやけど、フラフープの遊《あそ》び方《かた》を知《し》らんヤツらに勝《か》つのは当《あ》たり前《まえ》やし、こんな勝負《しょうぶ》で勝《か》っても……あんまりうれしいないなー」

あとの二人《ふたり》も、「うん、そやなー」とうなずいています。うらやましそうにしている寛《かん》一兄《いちにい》ちゃんたちを見《み》て、また、三人《にん》は何《なに》やら相談《そうだん》をしだしました。意見《いけん》が一致《いっち》したのでしょう、寛一兄《かんいちにい》ちゃんたちにこう告《つ》げました。

「ほんなら、このフラフープで遊《あそ》ぶ手本《てほん》を見《み》せちゃるわ。よう見《み》とけよ！」

須知《しゅうち》の男《おとこ》の子《こ》たちは買《か》ったばかりのフラフープをビニールの包《つつ》みから取《と》り出《だ》し、輪《わ》の中《なか》に入《はい》って、自分《じぶん》の腰《こし》の辺《あた》りまで持《も》ち上《あ》げました。両手《りょうて》でフラフープに回転《かいてん》のはずみをつけると、すぐに腰《こし》をクネクネ回《まわ》し始《はじ》めました。もっと早《はや》く腰《こし》を動《うご》かすと、フラフープもすごい勢《いきお》いで回転《かいてん》しました。

寛一兄《かんいちにい》ちゃんも同級生《どうきゅうせい》も、なみ江《え》もおばちゃんもヘン骨《こつ》おっさんも、初《はじ》めて見《み》るフラフープの遊《あそ》び方《かた》に目《め》を丸《まる》くしました。

「ほー、なんと器用《きよう》なもんや！　腹《はら》だけとちごうて、太《ふと》ももでも、胸《むね》でも回《まわ》せるんかい」

須知《しゅうち》の子《こ》どもたちを真似《まね》て、ヘン骨《こつ》おっさんも腰《こし》を回《まわ》しています。こまやんの店《みせ》のおばちゃんはというと、

「そやけど、あんなに腰《こし》を回《まわ》したら、腸《ちょう》ねんてん（腸捻転《ちょうねんてん》と書《か》きます。腸《ちょう》がねじれる

病気《びょうき》）を起《お》こさへんやろか」

心配《しんぱい》しながら、やっぱり腰《こし》をくねらせています。

須知《しゅうち》の子《こ》どもたちはフラフープの遊《あそ》び方《かた》や技《わざ》を五《いつ》つ見《み》せてくれたあと、ハァハァと息《いき》を切《き》らせて、フラフープの回転《かいてん》を止《と》めました。

「はぁー、えらかった（しんどかった）。こんだけ（これだけ）技《わざ》を見《み》せたら、もうエエやろ。ちゃんと覚《おぼ》えたか」

サッ、と、フラフープから両足《りょうあし》を抜《ぬ》きました。「気持《きも》ちがスーとしたし、ほんなら、帰《かえ》るわ」と言《い》って、須知《しゅうち》に帰《かえ》って行《い》きました。

ヘン骨《こつ》おっさんが、「あのフラフープは今《いま》、注文《ちゅうもん》したら、いつ頃《ごろ》に入《はい》ってくるんや？」と、おばちゃんにたずねました。

「今《いま》、全国《ぜんこく》でえらい流行《りゅうこう》しとるさかい、製造《せいぞう》が追《お》いつかへんらしいわ。ウチらのような田舎《いなか》の店《みせ》に入《はい》ってくるには、一月《ひとつき》ほどかかるやろな」

おばちゃんは残念《ざんねん》そうです。

「そない（そんなに）かかるンか！　うーん、待《ま》てよ」

ヘン骨《こつ》おっさんが空《そら》を見上《みあ》げて考《かんが》えだしました。しばらくすると、ニヤッとしたのです。

「あれやったら竹《たけ》でこしらえられる。本物《ほんもの》のフラフープが入《はい》ってくるまで、ワシが作《つく》ったフラフープで富田《とみた》の子《こ》らは遊《あそ》んだらよい。こら、ぼさっとしとれんなー、ほな帰《かえ》るわ」

ドタドタと家《いえ》の方《ほう》へ走《はし》って行《い》きました。

「おもしろそうやな！　お父《とう》ちゃんがどないしてフラフープを作《つく》るか、見《み》に行《い》こうやないか。なみ江《え》ちゃんも行《い》かへんか」

寛一兄《かんいちにい》ちゃんに誘《さそ》われましたが、「今日《きょう》は、おるすばんをしんならんし、行《い》かへんわ」

と、なみ江《え》は家《いえ》に帰《かえ》ることにしました。

次《つぎ》の日《ひ》、なみ江《え》は学校《がっこう》から帰《かえ》ると、急《いそ》いで村《むら》のまん中《なか》にある子守神社《こもりじんじゃ》の広場《ひろば》（注②）に行《い》きました。この神社《じんじゃ》の広場《ひろば》は富田《とみた》の子《こ》どもたちの遊《あそ》び場《ば》です。境内《けいだい》では紅葉《こうよう》していた木々《きぎ》の葉《は》もすっかり落《お》ちて、木枯《こが》らしに、落《お》ち葉《ば》がカサコソと転《ころ》がっていました。

もう友《とも》だちが広場《ひろば》へ来《き》ていました。まだ来《き》ていないのは妙《たえ》ちゃんだけです。

こまやんの店《みせ》のおばちゃんが昨日《きのう》、「さっき富田《とみた》の女《おんな》の子《こ》がフラフープを一《ひと》つ買《こ》うてくれちゃった」と言《い》っていたのは、これから来《く》る妙《たえ》ちゃんのことでした。学校《がっこう》の昼休《ひるやす》みに妙《たえ》ちゃんが「昨日《きのう》な、フラフープを買《こ》うたんや」と言《い》ったので、なみ江《え》はすぐにわかりました。

妙《たえ》ちゃんはほしいものがあると、すぐに買《か》ってもらえるので、みんなにうらやましがられています。それに性格《せいかく》が明《あか》るくて、新《あたら》しい遊《あそ》び道具《どうぐ》を買《か》ってもらったりすると、クラスのみんなに貸《か》してくれます。だから、妙《たえ》ちゃんはいつも遊《あそ》びのリーダーでした。

「ごめんなー、遅《おそ》うなったわ」

妙《たえ》ちゃんが大《おお》きな声《こえ》で言《い》いながら、ハァハァ息《いき》を切《き》らせて走《はし》って来《き》ました。

みんなは「来《き》た！」と叫《さけ》んで、迎《むか》えに走《はし》りました。もちろんお目当《めあ》ては、妙《たえ》ちゃんが右《みぎ》肩《かた》にタスキのようにかけているフラフープです。広場《ひろば》のまん中《なか》で、妙《たえ》ちゃんはフラフープを肩《かた》からはずしました。

「昨日《きのう》、いっぱい練習《れんしゅう》したさかいな、だいぶ回《まわ》せるようになったんやで。見《み》せたげるし、よう見《み》ときや」

そして、もう一度《ど》、輪《わ》の中《なか》に両腕《りょううで》を通《とお》しました。おへその辺《へん》で一度《ど》フラフープを静止《せいし》させると、勢《いきお》いをつけてクルッと回転《かいてん》させ、腰《こし》を激《はげ》しく回《まわ》し始《はじ》めました。

なみ江《え》は、たしかに回《まわ》っとるけど、昨日《きのう》見《み》た須知《しゅうち》の男《おとこ》の子《こ》たちよりは勢《いきお》いがないなー、と思《おも》いました。でも、そんなことを言《い》って妙《たえ》ちゃんの機嫌《きげん》をそこねたら大変《たいへん》なので、

「妙《たえ》ちゃん、スゴイな！」と手《て》をたたいて、みんなとはやし立《た》てました。

妙《たえ》ちゃんは「へへー」と得意《とくい》そうに笑《わら》って、ご機嫌《きげん》です。

「みんなにも貸《か》してあげるさかい、練習《れんしゅう》してみ。最初《さいしょ》は、なみ江《え》ちゃんから」

フラフープを、なみ江《え》に渡《わた》しました。

なみ江《え》は、ドキッ、としました。

「えっ、わたしが一番《ばん》か！」

学校《がっこう》の授業《じゅぎょう》でも体育《たいいく》は苦手《にがて》です。運動神経《うんどうしんけい》がにぶいと自分《じぶん》でも思《おも》っています。それに、妙《たえ》ちゃんがフラフープ遊《あそ》びの見本《みほん》を披露《ひろう》したので、広場《ひろば》で遊《あそ》んでいた他《ほか》の子《こ》どもたちも周《まわ》りにいっぱい集《あつ》まっていました。

なみ江《え》より年少《ねんしょう》の子《こ》たちは、「大《おお》きい学年《がくねん》の人《ひと》から順番《じゅんばん》に貸《か》してもらえるんやな」と言《い》い合《あ》いながら、瞬《まばた》き一《ひと》つせず、ジーッ、となみ江《え》を見《み》ました。

「さぁ、なみ江《え》ちゃん、回《まわ》しや」

妙《たえ》ちゃんが号令《ごうれい》をかけました。

カナンな（イヤやな）ー、と思《おも》いながらなみ江《え》は、妙《たえ》ちゃんのやり方《かた》を真似《まね》て、おへそと腰《こし》のまん中《なか》あたりにフラフープを当《あ》て両手《りょうて》でグルッと回《まわ》しました。ところが、腰《こし》を回《まわ》すタイミングがうまく合《あ》いません。すぐにフラフープが、ドスン！　と地面《じめん》に落《お》ちてしまいました。

「いやー、ヘタクソやなー」

みんなが笑《わら》いました。

なみ江《え》は恥《は》ずかしいのと、「ヘタクソやなー」と言《い》われたのとで、よけいに緊張《きんちょう》しました。それに腹《はら》がたちました。

「あんたら、笑《わら》うけど、これは簡単《かんたん》には回《まわ》せへんで。みんなもやってみたらわかるわッ」

それからはもう、メチャクチャです。何回《なんかい》やっても、ドスン！　とフラフープが地面《じめん》に落《お》ちて、ちっとも回《まわ》りません。

とうとう妙《たえ》ちゃんが、

「なみ江《え》ちゃん、ヘタクソ。もっともっとがんばりましょう」

学校《がっこう》の先生《せんせい》みたいな言《い》い方《かた》をして、なみ江《え》に交代《こうたい》を指示《しじ》しました。

なみ江《え》は腹《はら》がたってしかたがありませんから、「あーあ、疲《つか》れた！」とふてくされて、横《よこ》で順番《じゅんばん》を待《ま》っている友《とも》だちに、

「次《つぎ》は、あんたやで。回《まわ》してみッ！」

とんがった言《い》い方《かた》をして、フラフープを渡《わた》しました。

さっきは笑《わら》って見《み》とったけど、あんたも回《まわ》らへんわ、と、なみ江《え》は思《おも》っていました。ところが、なみ江《え》より年少《ねんしょう》の友《とも》だちなのに、その女《おんな》の子《こ》はフラフープを落《お》とさずにちゃんと回《まわ》しました。

なみ江《え》は、ショックです。

「じょうず、じょうずや。その調子《ちょうし》！」

妙《たえ》ちゃんはベタほめです。その子《こ》は、妙《たえ》ちゃんにほめられたので何度《なんど》も回《まわ》してみせ、ますますうまくなりました。

毎日《まいにち》、広場《ひろば》での遊《あそ》びがフラフープばかりになりました。

妙《たえ》ちゃんがみんなにフラフープを貸《か》してくれるので、富田《とみた》の子《こ》どもたちもたくさん回《まわ》せ

るようになっていました。逆《ぎゃく》に、なみ江《え》はいくら練習《れんしゅう》をしても回《まわ》らないので、フラフープ遊《あそ》びが大嫌《だいきら》いになっていました。みんなから離《はな》れて一人《ひとり》で椿《つばき》の葉《は》を巻《ま》いて笛《ふえ》を作《つく》り、口《くち》にくわえて「ビー、ビーッ」と鳴《な》らして遊《あそ》んでいました。

「なみ江《え》ちゃん、こっちにおいで！」

妙《たえ》ちゃんが呼《よ》びました。

なみ江《え》は、「うわッ、やっぱりや！」と、顔《かお》をしかめました。というのも、学校《がっこう》から帰《かえ》る時《とき》に妙《たえ》ちゃんが、「今日《きょう》は、なみ江《え》ちゃんを中心《ちゅうしん》にフラフープの特訓《とっくん》をしたげるさかいな」と言《い》っていたからです。

「イヤやな、フラフープなんかしとうないわ」

なみ江《え》はぶつくさ言《い》いながら、みんなのところへ行《い》きました。妙《たえ》ちゃんがフラフープを手《て》にして待《ま》っています。

「さあ、特訓《とっくん》や。なみ江《え》ちゃんより小《ちい》さい子《こ》が回《まわ》せとるんやで。早《はよ》う回《まわ》せるようにならな、カッコ悪《わる》いで」

なみ江《え》の胸《むね》にその言葉《ことば》が、グサッ、とささりました。フラフープだけでなく、妙《たえ》ちゃんも嫌《きら》いになりそうです。いやいや練習《れんしゅう》を始《はじ》めました。フラフープを腰《こし》に当《あ》て、勢《いきお》いをつけて回《まわ》しましたが、どうしても腰《こし》を回《まわ》すタイミングがうまくいきません。何回《なんかい》やってもやっぱり、ドスン！　とフラフープが地面《じめん》に落《お》ちました。

妙《たえ》ちゃんの目《め》がだんだんきつくなって、

「腰《こし》ばっかりクネクネしとってもアカンて言《い》うたやろッ。足《あし》をもっと広《ひろ》げてしっかり立《た》って、体全体《からだぜんたい》をゆさぶるんやッ」

ものすごくとんがった声《こえ》でコツを教《おし》えてくれましたが、

「わたしかて、そのようにしとるわッ」

なみ江《え》はくやしくて泣《な》きそうになりながら、フラフープを回《まわ》そうと力《ちから》いっぱい腰《こし》をくねらせました。それなのにフラフープは回《まわ》ってくれません。ドスン！　と地面《じめん》に落《お》ちるばかりです。とうとう妙《たえ》ちゃんが、

「なみ江《え》ちゃんは本気《ほんき》でフラフープを回《まわ》そうとしとらへん。どうでもよいように見《み》えるわッ」

先《さき》ほどよりもっと、とんがった声《こえ》で叱《しか》りました。周《まわ》りを取《と》り囲《かこ》んでいる村《むら》の子《こ》どもたちが、妙《たえ》ちゃんにボロクソに叱《しか》られているなみ江《え》を、おもしろそうにニヤニヤしながら見《み》ています。

なみ江《え》はもう、恥《は》ずかしくて、情《なさ》けなくて、カッコがつきません。

「なんやッ、こんなもん。もう私《わたし》はフラフープなんか、せえへん」

フラフープを、ポイ、と地面《じめん》に放《ほう》り投《な》げました。さぁ、大変《たいへん》です。妙《たえ》ちゃんが目《め》をつり上《あ》げて怒《おこ》りだしました。

「ウチがフラフープを貸《か》して教《おし》えたげとるのに、ありがとうも言《い》わんと、ウチの大切《たいせつ》な遊《あそ》び道具《どうぐ》をほかす（捨《す》てる）やなんて、許《ゆる》さへんわ」

周《まわ》りの子《こ》どもたちも、ウンウンとうなずいています。

なみ江《え》はくやしくて、ダーッ、と本殿《ほんでん》に向《む》かってかけ出《だ》しました。石段《いしだん》に腰《こし》をかけ、フラフープが回《まわ》らないくやしさと、なみ江《え》の悪《わる》いところを妙《たえ》ちゃんに、ズバッ、と言《い》われてしまったのとで、心《こころ》がズタズタに傷《きず》つきました。

みんながフラフープで楽《たの》しそうに遊《あそ》んでいるのを見《み》ていると、なみ江《え》のほほを涙《なみだ》がつたいました。手《て》の甲《こう》で拭《ふ》いても、拭《ふ》いても、涙《なみだ》は止《と》まりません。

しかし、こんなことも思《おも》いました。

もし私《わたし》がフラフープを買《か》ってもらっていたら、妙《たえ》ちゃんみたいに、みんなに貸《か》してあげるやろか。私《わたし》がフラフープを回《まわ》せたら、できない人《ひと》に教《おし》えたげるやろか。私《わたし》やったら、そんな友《とも》だちはほったらかして、じょうずな友《とも》だちとだけで、フラフープ遊《あそ》びをするやろな……。妙《たえ》ちゃんはえらいな……。

そう思《おも》うと、もっと自分《じぶん》が情《なさ》けなくなり、また、涙《なみだ》があふれました。

「おーい、なみ江《え》ちゃん、こっちに来《き》てみ！」

ヘン骨《こつ》おっさんの声《こえ》がしました。

なみ江《え》は顔《かお》を上《あ》げ、ヘン骨《こつ》おっさんを見《み》ました。たくさん泣《な》いたので、まぶたがはれぼったくなっています。そばに寛一兄《かんいちにい》ちゃんもいるようです。それにしても、何《なん》でヘン骨《こつ》おっさんが広場《ひろば》に来《き》たんやろか？

ヘン骨《こつ》おっさんは右手《みぎて》をふり、なみ江《え》に早《はや》く来《く》るように言《い》っています。あまり行《い》きたくないのですが、しかたなく、みんながいるところへ戻《もど》りました。

ヘン骨《こつ》おっさんは包帯《ほうたい》のような布《ぬの》で巻《ま》いた大小《だいしょう》の輪《わ》を左肩《ひだりかた》にかけていました。輪《わ》はぜんぶで七本《ほん》です。それにメチャクチャ機嫌《きげん》がよいようです。仁王《におう》さんみたいな顔《かお》をフニャとたれさせ、顔中《かおじゅう》に笑《え》みがふくらんでいます。

「よっしゃ、なみ江《え》ちゃんも仲間《なかま》のところへ帰《かえ》ってきたし、ほんなら、おっちゃんがこしらえたフラフープを渡《わた》そう」

ヘン骨《こつ》おっさんは、フラフープができずにふてくされて泣《な》いていたなみ江《え》のことは何《なに》も言《い》いません。左肩《ひだりかた》にかけている輪《わ》をおろし、一本《いっぽん》ずつ子《こ》どもたちに手渡《てわた》しました。なみ江《え》は一番小《ばんちい》さい輪《わ》をもらいました。

「この自家製《じかせい》『おっちゃんフラフープ』が完成《かんせい》した時《とき》にな、回《まわ》してみようと練習《れんしゅう》しとったんやけど、おっちゃんはへたくそで、あんじょう（上手《じょうず》に）回《まわ》らへんのや。ワッハハー」

ヘン骨《こつ》おっさんは大《おお》きな声《こえ》で笑《わら》いました。

妙《たえ》ちゃんが目《め》を丸《まる》くして、

「これがフラフープてか？　大《おお》きさがバラバラやし、ぶさいくやなー」

と言《い》いました。

「形《かたち》はぶさいくやけどな、竹《たけ》でこさえた（こしらえた）フラフープや！」

ヘン骨《こつ》おっさんは胸《むね》を張《は》って答《こた》えました。

「ふーん、まぁ、よいわ。ほんならもういっぺん、みんなで練習《れんしゅう》しよう。なみ江《え》ちゃんもきばって練習《れんしゅう》しなさい」

妙《たえ》ちゃんはまたまた、学校《がっこう》の先生《せんせい》のような言《い》い方《かた》をしました。妙《たえ》ちゃんの前《まえ》に整列《せいれつ》して、さぁ、これから練習開始《れんしゅうかいし》という時《とき》でした。

「おった（いた）、おった。やっぱり富田《とみた》のモンも、フラフープの練習《れんしゅう》をしとるわ！　あの恐《こわ》そうなおっちゃんもおるなー」

ドタドタと広場《ひろば》にやってきたのは、この間《あいだ》、こまやんの店《みせ》で手本《てほん》を見《み》せてくれた須知《しゅうち》の子《こ》どもたちでした。すぐに目《め》を丸《まる》くして、これから練習《れんしゅう》をしようとしているヘン骨《こつ》おっさんの輪《わ》を指《ゆび》さし、「これ、おっちゃんのフラフープか？」とたずねました。

ヘン骨《こつ》おっさんはギョロ目《め》とタラコ唇《くちびる》をおもいっきり横《よこ》に伸《の》ばして照《て》れくさそうに、ニーッ、と笑《え》みを作《つく》り、胸《むね》を張《は》って、

「そうや、ワシがこしらえた自家製《じかせい》フラフープや。竹製《たけせい》やぞ」

と言《い》いました、が、すぐに、「なんぼ練習《れんしゅう》しても、ちょっとも回《まわ》らへんのや」と頭《あたま》をかきました。

「オレに貸《か》してみ。オレは須知《しゅうち》ではフラフープの天才《てんさい》と言《い》われとるさかい」

一番背《ばんせ》の高《たか》い須知《しゅうち》の子《こ》がヘン骨《こつ》おっさんから竹製《たけせい》のを受《う》け取《と》り、フラフープと同《おな》じように回《まわ》しましたが、ちょっと回《まわ》っただけで、ドスン！　と地面《じめん》に落《お》ちました。

「これはアカンわ！　おっちゃんのは重《おも》たすぎるし、おっき（大《おお》きい）すぎるわ。やっぱり買《こ》うたフラフープが一番《ばん》やで」

須知《しゅうち》の子《こ》は自分《じぶん》が持《も》ってきたフラフープを地面《じめん》に置《お》き、その上《うえ》にヘン骨《こつ》おっさんの竹《たけ》製《せい》フラフープを重《かさ》ねました。すると、竹製《たけせい》フラフープの方《ほう》が二回《ふたまわ》りほど輪《わ》が広《ひろ》くて、その分《ぶん》だけ重《おも》いのでした。

「なみ江《え》ちゃんが貸《か》してもろた竹製《たけせい》フラフープを、ウチに貸《か》してみ」

妙《たえ》ちゃんが言《い》いました。なみ江《え》から受《う》け取《と》ると、自分《じぶん》のフラフープを地面《じめん》に置《お》き、竹製《たけせい》フラフープとくらべました。今度《こんど》は、二回《ふたまわ》りほど小《ちい》さいです。

「これは小《ちい》さすぎて、回《まわ》らへんわな」

妙《たえ》ちゃんと須知《しゅうち》の子《こ》どもたちが口《くち》をそろえて言《い》いました。ヘン骨《こつ》おっさんは肩《かた》を落《お》とし首《くび》をうなだれて、しょんぼりしています。

なみ江《え》は自分《じぶん》のことよりも、ヘン骨《こつ》おっさんがかわいそうになりました。

すると、先《さき》ほどの一番背《ばんせ》の高《たか》い須知《しゅうち》の男《おとこ》の子《こ》が、

「そうや！　これでおもろい（おもしろい）遊《あそ》びができるでー」

と大《おお》きな声《こえ》で言《い》いだしました。そして、

「ボクな、フラフープ遊《あそ》びに飽《あ》きたヤツらが、フラフープ投《な》げをしとったんを見《み》たんや。『ヘリコプターごっこ（遊《あそ》び）』と言《い》うとったわ。おっちゃん、その一番《ばん》おっきな輪《わ》のヤツを貸《か》してんか」

ヘン骨《こつ》おっさんから竹製《たけせい》フラフープを受《う》け取《と》ると、その男《おとこ》の子《こ》は、「みんな、見《み》とれよ」と言《い》いました。両手《りょうて》で輪《わ》をにぎり左右《さゆう》にゆすって反動《はんどう》をつけると、その場《ば》で体《からだ》を一回転《かいてん》させて、誰《だれ》もいない方《ほう》へ向《む》かって竹製《たけせい》フラフープを放《ほう》り投《な》げました。

すると、竹製《たけせい》フラフープは、プヨン、プヨン、プヨンとおもしろい音《おと》をたてながら輪《わ》をゆすぶって、ヘリコプターみたいに飛《と》んで行《い》きました。飛《と》んだ距離《きょり》は二十五メートルぐらいです。

「へー、こいつはあないして（あのように）飛《と》ぶんか！　すごいなー」

みんなはびっくりしました。

遊《あそ》びは飛《と》ばすだけではありませんでした。みんながそれぞれ好《す》きな竹製《たけせい》フラフープをヘン骨《こつ》おっさんから借《か》り、今飛《いまと》ばした大《おお》きな輪《わ》に向《む》かって順番《じゅんばん》に投《な》げるのです。一番《ばん》近《ちか》いところに着地《ちゃくち》させた者《もの》から一等《とう》、二等《とう》が決《き》まるのでした。須知《しゅうち》の子《こ》が、

「おっちゃん、ボクが投《な》げた輪《わ》に向《む》かって投《な》げてみ。ボクの輪《わ》の中《なか》に入《はい》ったら百点《ひゃくてん》やで」

ヘン骨《こつ》おっさんをあおります。

「おっ、まかしとけ！　子《こ》どもには負《ま》けられん。勉強《べんきょう》の百点《ひゃくてん》は取《と》れんでも、この百点《ひゃくてん》はお手《て》のもんやわい」

「ほんなら早《はよ》う、やってみいな」

須知《しゅうち》の子《こ》どもに急《せ》か

されて、

「よっしゃ、しっかり見《み》とけよ」

ヘン骨《こつ》おっさんは両手《りょうて》で輪《わ》を持《も》ち、体《からだ》をくねらせ反動《はんどう》をつけて投《な》げました。子《こ》どもたちは、プヨン、プヨン、と音《おと》をたてながら飛《と》んでいく輪《わ》を息《いき》をころして見《み》つめました。ドスン！　と地面《じめん》に輪《わ》が落《お》ちました。残念《ざんねん》です。須知《しゅうち》の子《こ》どもの輪《わ》より五メートルほど手前《てまえ》に落《お》ちたのでした。

「アウト、アウト。アカンなー、おっちゃん」

子《こ》どもたちは口々《くちぐち》にはやし立《た》てました。

「次《つぎ》は、ウチが投《な》げるし」

妙《たえ》ちゃんが挑戦《ちょうせん》しました。輪《わ》はヘン骨《こつ》おっさんよりもちょっとだけ最初《さいしょ》の輪《わ》の近《ちか》くに落《お》ちました。

「残念《ざんねん》でした。またどうぞ」

寛一兄《かんいちにい》ちゃんが大《おお》きな声《こえ》で審判《しんぱん》を下《くだ》しました。いつの間《ま》にか、最上級生《さいじょうきゅうせい》の寛一兄《かんいちにい》ちゃんがヘリコプターごっこの審査員《しんさいん》になっています。

「次《つぎ》はなみ江《え》ちゃん、投《な》げてください」

寛一兄《かんいちにい》ちゃんが指名《しめい》しました。輪《わ》投《な》げだったら、なみ江《え》も得意《とくい》です。

「私《わたし》に、一番小《ばんこ》まい（小《ち》さい）のを貸《か》して」

ヘン骨《こつ》おっさんから一番小《ばんち》さい竹製《たけせい》フラフープを受《う》け取《と》ると、須知《しゅうち》の男《おとこ》の子《こ》を真似《まね》て、クルクル、パッ、と目標《もくひょう》めがけて放《ほう》り投《な》げました。

輪《わ》は、プヨン、プヨン、と音《おと》をたてて飛《と》んで行《い》きます。そして、「ウワッ、すごいなー。さっきのおっきな輪《わ》の中《なか》に入《はい》りよったで、百点《ひゃくてん》や！」

みんなは目《め》を丸《まる》くして、「すごいなー」を連発《れんぱつ》しました。なみ江《え》が投《な》げた輪《わ》は、大《おお》きな輪《わ》の手前《てまえ》で一度《ど》地面《じめん》に着地《ちゃくち》すると、ポン、と跳《は》ねて、その輪《わ》の中《なか》に入《はい》ったのでした。

なみ江《え》の輪《わ》が入《はい》ったので、妙《たえ》ちゃんが「もう一回《いっかい》やるわ」と再挑戦《さいちょうせん》しましたが、今度《こんど》もハズレでした。こうなると、フラフープはそっちのけで、富田《とみた》の子《こ》も須知《しゅうち》の子《こ》も一緒《いっしょ》になってヘリコプターごっこに、もう夢中《むちゅう》です。

なみ江《え》もこの遊《あそ》びが大好《だいす》きになりました。

ヘン骨《こつ》おっさんは自分《じぶん》が作《つく》ったフラフープで、子《こ》どもたちがこんな遊《あそ》びをあみ出《だ》すとは

思《おも》ってもいなかったのでしょう、

「子《こ》どもは遊《あそ》びの天才《てんさい》じゃ！　まいった、まいった」

と、感心《かんしん》していました。

こまやんの店《みせ》にようやく二回目《かいめ》のフラフープが入《はい》って来《き》ました。今度《こんど》は取《と》り合《あ》いをすることもなく、なみ江《え》もフラフープを買《か》うことができました。ただ、ヘン骨《こつ》おっさんだけは、富田《とみた》の子《こ》はもちろん、あっちこっちの村《むら》の子《こ》どもたちからヘリコプターごっこ用《よう》の竹製《たけせい》フラフープを作《つく》ってほしいとせがまれて、大弱《おおよわ》りしていました。

〈注釈《ちゅうしゃく》〉

注①　お小遣《こづか》いの十円玉《えんだま》＝なみ江《え》が子《こ》どもの頃《ころ》（昭和《しょうわ》三十三年《ねん》（一九五八））、子どもの一日《にち》のお小《こ》遣《づか》いは十円《えん》でした。現在《げんざい》のお金《かね》の価値《かち》に換算《かんさん》すると、百《ひゃく》二十円《えん》ぐらいです。

注②　子守神社《こもりじんじゃ》の広場《ひろば》＝富田《とみた》のほぼまん中《なか》にある神社《じんじゃ》で、創建《そうけん》の年月《ねんげつ》は定《さだ》かではありません。祭神《さいしん》は大水分神（あめのみくまり）、国水分神（くにのみくまり）の二神《しん》です。例祭《れいさい》には、氏子《うじこ》たちの供奉《ぐぶ》で大神輿《おおみこし》の渡御《とぎょ》が行《おこな》われ、近年《きんねん》は子《こ》ども神輿《みこし》も出《で》て村《むら》を練《ね》り歩《ある》きます。室町時代《むろまちじだい》の有名《ゆうめい》な画家《がか》、狩野元信《かのうもとのぶ》の絵馬《えま》があります（現在《げんざい》は、京都国立博物館《きょうとこくりつはくぶつかん》に保管《ほかん》されています）。

十二　なみ江《え》ン家《ち》のお餅《もち》つき

「ひゃー、寒《さむ》いやんか！」

なみ江《え》は敷《し》き布団《ぶとん》の上《うえ》をゴロンところがって、めくり上《あ》げられた上布団《うわぶとん》に手《て》をかけました。ところが、お母《かあ》ちゃんが先《さき》に布団《ふとん》の口《くち》を両手《りょうて》で押《お》さえていてかぶることができません。

「もうちょっとだけ、寝《ね》かしてくれてもよいやろ。昨日《きのう》、大掃除《おおそうじ》でいっぱいお手伝《てつだ》いしたさかい、疲《つか》れたんや」

なみ江《え》は顔《かお》をしかめて上布団《うわぶとん》の先《さき》をおもいっきり引《ひ》っ張《ぱ》りました。

お母《かあ》ちゃんも負《ま》けてはいません。

「何《なに》を言《い》うとるんやな。昨日《きのう》から雪《ゆき》んぼ（雪《ゆき》がふる前《まえ》に飛《と》ぶ虫《むし》）が飛《と》んどるさかいに、雪《ゆき》が降《ふ》るかもしれんし、早《はよ》う餅《もち》つきの準《じゅん》備《び》をすませなアカンのや。さ、起《お》きた、起《お》きた。体《からだ》に根《ね》が生《は》えるで」

むりやり、なみ江《え》から上布団《うわぶとん》を取《と》り上《あ》げました。

なみ江《え》はすっかり眠気《ねむけ》がふっとんでしまいました。

今日《きょう》は十二月《がつ》三十日《にち》、なみ江《え》ン家《ち》でも晦日《みそか》のお餅《もち》つきが始《はじ》まったのです。

なみ江《え》は着替《きが》えて居間《いま》に行《い》きました。おくどさんで蒸《む》されているセイロ（注①）からは白《しろ》い湯気《ゆげ》が上《あ》がっていました。おくどさんの火《ひ》かげんを見《み》ていたお母《かあ》ちゃんがすぐに、用事《ようじ》を言《い》いつけます。

「北久保《きたくぼ》のおばあちゃんが来《き》ちゃったらな、一緒《いっしょ》に臼《うす》とキネを表戸口《おもてどぐち》の土間《どま》まで運《はこ》んどいて。臼《うす》は小屋《こや》から出《だ》して軒《のき》の下《した》に置《お》いといたし、キネは井戸端《いどばた》の大《おお》きい方《ほう》の金《かな》ダライに水《みず》を張《は》って一晩《ひとばん》つけてあるさかいにな」

なみ江《え》はしぶしぶ「うん」と返事《へんじ》をして土間《どま》に降《お》りました。ズック靴《ぐつ》をはいて顔《かお》を洗《あら》いに井《い》戸端《どばた》へ急《いそ》ぎました。顔《かお》を洗《あら》ったら、水《みず》に浸《ひた》してあるキネのようすを見《み》なければなりません。

キネは樫《かし》の木《き》で作《つく》られていますから、長《なが》い間《あいだ》使《つか》わないと乾燥《かんそう》してしまいます。乾燥《かんそう》すると、キネの頭《あたま》にさし込《こ》まれている柄《え》との間《あいだ》にすき間《ま》ができ、そのまま餅《もち》をつけばキネの先《さき》が抜《ぬ》け飛《と》んでしまうこともあり、とても危険《きけん》なのです。

お母《かあ》ちゃんに聞《き》いた話《はなし》ですが、村《むら》の人《ひと》が水《みず》につけないで餅《もち》をつき、キネの先《さき》が飛《と》んで、そばにいた人《ひと》の頭《あたま》に当《あ》たり大《おお》ケガをした事故《じこ》があったそうです。キネを一晩《ひとばん》水《みず》に浸《ひた》しておくと木《き》がふくらみ、キネの頭《あたま》と柄《え》のさし込《こ》み部分《ぶぶん》のすき間《ま》がなくなりますから、力《ちから》を入れて餅《もち》をついてもよほどのことがない限《かぎ》り、キネの先《さき》が柄《え》から抜《ぬ》け飛《と》ぶことはありません。

北久保《きたくぼ》のおばあちゃんが手伝《てつだ》いに来《き》てくれました。

「なみ江《え》ちゃん、おばあちゃんと一緒《いっしょ》に小屋《こや》の軒《のき》に置《お》いてある臼《うす》を土間《どま》まで運《はこ》ぼか。持《も》ち上《あ》げて運《はこ》ぶのは重《おも》たいさかい、いつものようにゴロゴロと臼《うす》を回《まわ》しながら動《うご》かすで」

なみ江《え》とおばあちゃんは臼《うす》の周《まわ》りを両手《りょうて》でしっかり持《も》って、右《みぎ》や左《ひだり》に動《うご》かしながら土間《どま》をめざしました。表戸《おもてど》の敷居《しきい》のところに来《く》ると、

「持《も》ち上《あ》げるで。そうせんと敷居《しきい》が傷《いた》むさかいな。毎年《まいとし》のことやけど、この臼運《うすはこ》びが難儀《なんぎ》(たいへん)やな」

おばあちゃんは「ヨイショ」とかけ声《こえ》をかけて臼《うす》を持《も》ち上《あ》げました。もちろん、なみ江《え》もお母《かあ》ちゃんも手伝《てつだ》います。

土間《どま》に臼《うす》を置《お》けたのですぐに、なみ江《え》は井戸端《いどばた》の金《かな》ダライにつけてあるキネを取《と》りに行《い》きました。ちょっとだけキネのそばで休憩《きゅうけい》していると、

「なみ江《え》、ボーッとしているヒマはないで、すぐにな、コウジュウブタとハンボウに取《と》り粉《こ》を入《い》れといて」

お母《かあ》ちゃんのガミガミ声《こえ》が飛《と》んで来《き》ました。コウジュウブタは漢字《かんじ》で『麹重蓋《こうじゅうぶた》』と書《か》

くそうです。木製《もくせい》の浅《あさ》い箱《はこ》でつき上《あ》がった餅《もち》を丸《まる》めて置《お》き並《なら》べていく箱《はこ》のことです。ハンボウは『飯盆《はんぼう》』と書《か》いて「ハンボ」「ハンボン」とも言《い》います。木製《もくせい》の桶《おけ》のことで地域《ちいき》によっては、飯切と書《か》いて「ハンギ」「ハンギリ」とも呼《よ》ぶそうです。取《と》り粉《こ》は、つき上《あ》げたお餅《もち》を扱《あつか》いやすくするためにコウジュウブタやハンボウの底《そこ》にまき、お餅《もち》にふりかけて粘《ねば》りつくのを防《ふせ》ぐ、米《こめ》の粉《こな》のことです。

それにしても、どうして毎年《まいとし》、夏《なつ》の衛生掃除《えいせいそうじ》の時《とき》と晦日《みそか》の三日間《みっかかん》になると、お母《かあ》ちゃんはイライラ虫《むし》が出《で》て怒《おこ》りんぼババに変身《へんしん》するのでしょうか。

北久保《きたくぼ》のおばあちゃんにコソッと教《おし》えてもらったのですが、

「今日《きょう》と明日《あした》はな、お母《かあ》ちゃんに逆《さか》らったらアカンで。なにしろお母《かあ》ちゃんのオニ晦日《みそか》やさかい」

なんだそうです。なみ江《え》は眉根《まゆね》を寄《よ》せて下唇《したくちびる》を突《つ》き出《だ》し、お腹《なか》の中《なか》で「鬼《おに》ババ、アカン、ベェー」をしましたが、黙《だま》って取《と》り粉《こ》を入《い》れました。

おばあちゃんは手返《てがえ》し用《よう》のお湯《ゆ》を金《かね》のボールに入れて、臼《うす》の横《よこ》に設《もう》けた台《だい》の上《うえ》に置《お》きました。手返《てがえ》しは、つき手《て》の調子《ちょうし》を見計《みはか》らって、手《て》に水《みず》や湯《ゆ》をつけて餅《もち》の上《うえ》をポンとたたき、キネがひっつかないようにしたり、まんべんなくつけるようにお餅《もち》を臼《うす》のまん中《なか》に寄《よ》せたりする、作業《さぎょう》のことです。

「さあー、つくでぇ！」

お母《かあ》ちゃんの気合《きあ》いの入《はい》った声《こえ》が、土間《どま》にひびきました。

お餅《もち》つきの開始《かいし》です。

お母《かあ》ちゃんはセイロから蒸《む》し上《あ》がった餅米《もちごめ》を取《と》り出《だ》し、「熱《あち》チチ、チー」と言《い》いながら運《はこ》んで来《き》て、臼《うす》の中《なか》にひっくり返《かえ》して入れました。玄関口《げんかんぐち》の土間《どま》にまっ白《しろ》な湯気《ゆげ》が立《た》ち込《こ》めます。

お母《かあ》ちゃんがつき役《やく》、おばあちゃんが手返《てがえ》し役《やく》、なみ江《え》がコウジュウブタやハンボウの運《はこ》び役《やく》です。この役割分担《やくわりぶんたん》は、なみ江《え》が小学校《しょうがっこう》に入学《にゅうがく》した年《とし》から毎年《まいとし》、同《おな》じです。

「早《はよ》う、なみ江《え》が大《おお》きくなって、お餅《もち》がつけるようになったら、ほんまにうれしいのやけど」

お母《かあ》ちゃんはそう言《い》いながらキネを持《も》って、臼《うす》の中《なか》の餅米《もちごめ》をトントンと軽《かる》く押《お》さえてつき始《はじ》めました。これはコツキというつき方《かた》です。コツキをせずに最初《さいしょ》から力《ちから》まかせにつくと、蒸《む》し上《あ》がった餅米《もちごめ》が爆《は》ぜて、そこら中《じゅう》に飛《と》び散《ち》ってしまいます。

それを防《ふせ》ぐために、コツキで粘《ねば》り気《け》を出《だ》してから力《ちから》を入《い》れてつくのですが、粘《ねば》り気《け》が出《で》るほどにキネが重《おも》たくなって上《あ》がらなくなりますので、おばあちゃんが手《て》に水《みず》や湯《ゆ》をつけて餅《もち》の表面《ひょうめん》を、ポン、とたたいたり、餅《もち》の端《はし》をまん中《なか》に寄《よ》せて、手返《てがえ》しを行《おこな》います。つき役《やく》と手返《てがえ》し役《やく》の息《いき》（間合《まあ》い）がうまく合《あ》わないと、もうたいへんです。餅《もち》をつかずに手《て》の上《うえ》にキネを落《お》としてしまうので、メチャクチャ危険《きけん》なのです。

お母《かあ》ちゃんとおばあちゃんは毎年《まいとし》やっているので、つき手《て》と手返《てがえ》しの息《いき》がぴったりです。お母《かあ》ちゃんがペタン、おばあちゃんがポン。ペタン、ポンとリズムよくついているうちに、餅米《もちごめ》の粒《つぶ》がなくなり、よい具合《ぐあい》につけたお餅《もち》になっていきます。

「このぐらいにしとこ」

お母《かあ》ちゃんがつくのを終《お》えました。

さあー、なみ江《え》の出番《でばん》です。取《と》り粉《こ》の入《はい》ったハンボウを臼《うす》のところに持《も》って行《い》きました。つき上《あ》がったお餅《もち》は粘《ねば》り気《け》があって、臼《うす》の底《そこ》にひっついています。おばあちゃんがもう一度《ど》、金《かな》ダライに満《み》たしておいた手返《てがえ》し用《よう》の湯《ゆ》に両手《りょうて》を浸《ひた》して、つき上《あ》がったお餅《もち》を臼《うす》の周《まわ》りからはがすように取《と》り出《だ》しました。半径《はんけい》が約《やく》四十《じゅっ》センチメートル、重《おも》さが二・五キログラムほどのお餅《もち》のかたまりです。ドスン！　とハンボウに移《うつ》しました。

なみ江《え》は大急《おおいそ》ぎでお餅《もち》の入《はい》ったハンボウを居間《いま》にこしらえた丸《まる》める場所《ばしょ》へ運《はこ》びました。タタミの上《うえ》にゴザが敷《し》かれています。ゴザの上《うえ》にハンボウを置《お》き、つきたてのお餅《もち》にまんべんなく、取《と》り粉《こ》をまぶしました。これはす早《ばや》くやらないと、お餅《もち》はすぐに冷《さ》めて固《かた》くなってしまいます。そうなると形《かたち》のよいツルツルとした小餅《こもち》に丸《まる》められません。

「きれいにつけとるわ」

お母《かあ》ちゃんとおばあちゃんは満足《まんぞく》そうに取《と》り粉《こ》をまぶしたばかりのお餅《もち》をなでました。

「初《はじ》めについた餅《もち》やさかい、これは神《かみ》さんに供《そな》える鏡餅《かがみもち》にしようか。おばあちゃんが上手《じょうず》に半分《はんぶん》に切《き》ったげよ」

おばあちゃんはハンボウに入《い》れたお餅《もち》を見《み》ました。半分《はんぶん》ずつに分《わ》けられるところを見《み》きわめると、お餅《もち》の底《そこ》に両手《りょうて》を入《い》れ、両手《りょうて》の指《ゆび》で器用《きよう》にお餅《もち》の横腹《よこっぱら》をたぐり寄《よ》せて、キューと指先《ゆびさき》で絞《しぼ》りました。すると、お餅《もち》のかたまりが、ブチン、と半分《はんぶん》に切《き》れました。

半分《はんぶん》になったお餅《もち》のかたまりをお母《かあ》ちゃん用《よう》にハンボウに残《のこ》し、すぐに、残《のこ》りの半分《はんぶん》をおばあちゃんが丸《まる》めます。おばあちゃんは、なみ江《え》が取《と》り粉《こ》をたっぷりふったコウジュウブタの中《なか》で、お母《かあ》ちゃんはハンボウの中《なか》で、両手《りょうて》を使《つか》ってお餅《もち》をサーサー、クルクルと手早《てばや》く回《まわ》しだしました。

「なみ江《え》ちゃんが取《と》り粉《こ》をふってくれとるさかい、餅《もち》がひっつかんとうまく回《まわ》って、よう丸《まる》められるわ」

おばあちゃんがほめてくれました。二人《ふたり》のお餅《もち》は、あっという間《ま》に直径《ちょっけい》二十《じゅっ》センチメートルぐらいの丸餅《まるもち》になりました。でも、それなのにヘンです。二人《ふたり》とも回《まわ》すのをやめません。回《まわ》しながらお餅《もち》に何《なに》かしています。毎年《まいとし》その作業《さぎょう》を見《み》ていて不思議《ふしぎ》でなりませんでしたから、

「丸餅《まるもち》になったのに、何《なん》で回《まわ》すのをやめへんの？」

と、おばあちゃんに聞《き》いてみました。

「丸《まる》くはなったけど、大《おお》きな餅《もち》を丸《まる》める時《とき》はな、ここで、もむ（お餅《もち》を回《まわ》しながら丸《まる》めること）のをやめたら餅《もち》がな、ダランとたれてきて、せっかく丸《まる》めたのにベターとセンベイみたいに広《ひろ》がってしもてな、姿《すがた》のよい鏡餅《かがみもち》にならへんのやで。せやさかい（そやから）、たれてきた餅《もち》をこうやって回《まわ》しながら中《なか》に入《い》れこんで、もみながら形《かたち》を整《ととの》えとるんやで。

こうしとったら餅《もち》が冷《ひ》えてきてな、よい形《かたち》に整《ととの》った辺《あた》りで固《かた》まってきよるさかい、もうたれることはのうなる（なくなる）のや。回《まわ》すのもコツがいるんやで。力《ちから》を入《い》れ過《す》ぎて回《まわ》したらシワができてツルツルの餅《もち》にならへんさかい、赤《あか》ちゃんのほっぺたをなでるみたいに回《まわ》して、もまなアカンのやで」

おばあちゃんが大《おお》きなお餅《もち》を丸《まる》めるコツを教《おし》えてくれました。お母《かあ》ちゃんも、うなずきながら回《まわ》し続《つづ》けています。

こうして二個《こ》の鏡餅《かがみもち》が完成《かんせい》しました。このお餅《もち》は二個《こ》重《かさ》ねて明日《あした》の大晦日《おおみそか》に、歳徳《としとく》さんの前《まえ》に供《そな》えます。

歳徳《としとく》さんは、上《うえ》（天《てん》）の板《いた》と下《した》（地《ち》）の板《いた》を四本《ほん》の棒《ぼう》（柱《はしら》）で支《ささ》えて作《つく》られた神様《かみさま》の社《やしろ》のことです。大《おお》きさは縦《たて》三十《じゅっ》センチメートル、横《よこ》八十《じゅっ》センチメートル、高《たか》さが四十《じゅっ》センチメートルくらいです。いつもは蔵《くら》の中《なか》にしまってあるのですが、大晦日《おおみそか》に出《だ》してきて、床《とこ》の間《ま》に祀《まつ》ります。

お母《かあ》ちゃんがなでた（はやすとも言《い》います。編《あ》むこと）ワラのしめ縄《なわ》をつけ、ウラジロや松《まつ》、ユズリハを飾《かざ》り、半紙《はんし》で御幣《ごへい》（注②）を作《つく》って棒《ぼう》にさし込《こ》み、歳徳《としとく》さんの正面《しょうめん》の柱《はしら》棒《ぼう》二本《ほん》に水引《みずひき》（紅白《こうはく》の紙《かみ》でよった、こより）でくくりつけます。この御幣《ごへい》は人《ひと》の形《かたち》になっていて、頭《あたま》、体《からだ》、手《て》と足《あし》があります。そして大晦日《おおみそか》には、歳徳《としとく》さんの前《まえ》へお米《こめ》を少《すこ》し入《い》れた一斗桶《いっとおけ》を置《お》き、その上《うえ》に橙《だいだい》を頭《あたま》にのせた鏡餅《かがみもち》を供《そな》えるのです。

そうするとすっかり、家中《いえじゅう》がお正月《しょうがつ》らしい雰囲気《ふんいき》になります。もちろんよくもまれて形《かたち》よく丸《まる》められた鏡餅《かがみもち》は一日《にち》置《お》かれてほどよく固《かた》まっていますから、形《かたち》が崩《くず》れることはありません。

「次《つぎ》のは、小餅《こもち》にするわ」

お母《かあ》ちゃんがセイロで蒸《む》している二臼目《ふたうすめ》の餅米《もちごめ》を取《と》りに土間《どま》へ降《お》りようとした、その時《とき》でした——

「いやー、すまんこっちゃ。ウチの分《ぶん》もたのんどいて、もっと早《はよ》う来《こ》なアカンのに、遅《おそ》うなってしもたわな。もう餅《もち》つきが始《はじ》まっとるようやな！」

ヘン骨《こつ》おっさんが目《め》をたれ、イガグリ頭《あたま》をかきながら表戸《おもてど》から入《はい》って来《き》ました。寛一《かんいち》兄《にい》ちゃんも一緒《いっしょ》です。

あっ、そうやった！　昨日《きのう》、お母《かあ》ちゃんが言《い》うちゃったわ（言《い》っていたわ）。今年《ことし》はへ

ン骨《こつ》おっさんとこと一緒《いっしょ》にお餅《もち》つきをするんや。ほんで餅米《もちごめ》を三升分《しょうぶん》あずかってるのやと、なみ江《え》は思《おも》い出《だ》しました。
　今年《ことし》のお餅《もち》つきは、ヘン骨《こつ》おっさんところの家族《かぞく》も加《くわ》わり、にぎやかになりました。でも、ヘン骨《こつ》おっさんの格好《かっこう》がヘンです。
「何《なん》やな、その格好《かっこう》は！　クタクタになった（使《つか》い古《ふる》された）ツギハギだらけの柔道着《じゅうどうぎ》だけで寒《さむ》うないんか？　雪《ゆき》が降《ふ》りだしとるのに！」

と言《い》いながら、お母《かあ》ちゃんもおばあちゃんも目《め》を丸《まる》くしています。そう言《い》えば、いつの間《ま》にか外《そと》は雪《ゆき》です。小屋《こや》の屋根《やね》や庭《にわ》にうっすら雪《ゆき》が積《つ》もり始《はじ》めていました。

ヘン骨《こつ》おっさんはおもいっきり、ニーッ、と太《ふと》いタラコ唇《くちびる》を横《よこ》に広《ひろ》げて、照《て》れくさそうに黒帯《くろおび》の両端《りょうはし》を結《むす》んだりほどいたりしています。

「大丈夫《だいじょうぶ》やで、おばちゃん。お父《とう》ちゃんは若《わか》い頃《ころ》に、京都《きょうと》で柔道《じゅうどう》ばっかりしとっちゃったやろ。その時《とき》に着《き》とっちゃった柔道着《じゅうどうぎ》なんやて。力仕事《ちからしごと》をする時《とき》はな、これを着《き》ると気合《きあ》いが入《はい》って力《ちから》が出《で》るし、寒《さむ》いこともないんやて。それにほれ、黒《くろ》い帯《おび》の先《さき》に四本《ほん》筋《すじ》が入《はい》っとるやろ。お父《とう》ちゃんは柔道《じゅうどう》の四段《だん》やで、強《つよ》かったんやでぇー」

寛一兄《かんいちにい》ちゃんが目《め》を輝《かがや》かして説明《せつめい》をしました。その間《あいだ》に、ヘン骨《こつ》おっさんは隣《となり》で腕《うで》と腰《こし》を回《まわ》し、準備体操《じゅんびたいそう》をし終《お》えました。そして、

「よっしゃ！　体《からだ》もこなれたし、そんならいっちょ、いこか」

金《かな》ダライに浸《ひた》してあるキネを、ひょいと手《て》に取《と》りました、頭《あたま》の上《うえ》に持《も》ち上《あ》げたかと思《おも》うと、薪割《まきわ》りをするみたいに三回《かい》、「ふむッ」と気合《きあ》いを込《こ》めてすぶりをして見《み》せました。

ところが、そのようすを見《み》ていたお母《かあ》ちゃんとおばあちゃんが眉《まゆ》をひそめて、プイ、と下唇《したくちびる》を突《つ》き出《だ》し、顔《かお》を見合《みあ》ったのです。

「徳《とく》やん、ヘンなことを聞《き》くようやけどな……餅《もち》つきをしちゃった（した）ことはあるんか？　ついとってや（ついている）ところを見《み》たことがないんやけどな……？」

お母《かあ》ちゃんがたずねました。おばあちゃんも、

「力《ちから》はありそうやけど、キネを持《も》つ姿《すがた》がちょっともサマになっとらんさかい、こら、ヘタクソに決《き》まっとる」

ヘン骨《こつ》おっさんへの評価《ひょうか》は辛口《からくち》です。でも、なみ江《え》は、まだお餅《もち》をついてもいないのにどうして、キネを持《も》っただけでヘタクソとわかるのか、不思議《ふしぎ》でなりません。

ヘン骨《こつ》おっさんのあの恐《こわ》いギョロ目《め》が、グリッ、と見開《みひら》かれました。

「うん、なんじゃ！　ヘタクソやてか！」

鼻息《はないき》を荒《あら》くして、お母《かあ》ちゃんとおばあちゃんを、ギロリ、とにらみました。

うわっ、ヘン骨《こつ》おっさんが怒《おこ》っちゃったわ！

いっぺんに、なみ江《え》は緊張《きんちょう》しました。寛一兄《かんいちにい》ちゃんも身動《みうご》き一《ひと》つせず、唇《くちびる》を突《つ》き出《だ》

して目《め》を見開《みひら》いています。ところが、すぐに、ヘン骨《こつ》おっさんの顔《かお》が、ヘニャ、としおれました。イガグリ頭《あたま》をかきながら、

「うひゃー、やっぱり餅《もち》つき名人《めいじん》の二人《ふたり》には見破《みやぶ》られてしもたわい。実《じつ》はな、子《こ》どもの頃《ころ》に手伝《てつど》うたきりで、ついたことはないのや」

と、言《い》いだしたのです。

「えっ、若《わか》い頃《ころ》に道場《どうじょう》でイヤほど餅《もち》をついたと、昨日《きのう》の晩《ばん》に何《なん》べんも言《い》うとったやんか」

寛一兄《かんいちにい》ちゃんが驚《おどろ》いて、ヘン骨《こつ》おっさんを見上《みあ》げました。

「すまん！　あの頃《ころ》は道場《どうじょう》でな、お父《とう》ちゃんが一番強《ばんつよ》かったさかい、道場《どうじょう》の餅《もち》つきは他《ほか》の練習生《れんしゅうせい》に代《か》わる代《が》わるつかせとったんや。お父《とう》ちゃんは最後《さいご》につき上《あ》がった餅《もち》の止《と》めを、ポン、と一《ひと》つきしたら、それでよかったんや。そやからな、最初《さいしょ》から餅《もち》をつくのは今日《きょう》が初《はじ》めて、新米《しんまい》モン（まだその仕事《しごと》に慣《な》れていない人《ひと》）や」

ヘン骨《こつ》おっさんはすまなさそうにおでこを、ポン、とたたきました。

「やっぱりそうやろうな、餅《もち》つきの格好《かっこう》になっとらへん（なってない）さかい、おかしいと思《おも》うた。そやけど先《さき》に話《はな》しといてくれちゃったさかいよかったわ。餅《もち》を一臼分《ひとうすぶん》パーにし

てからでは遅《おそ》いさかいな。わかった、ほんならつき方《かた》を教《おし》えるわ。二臼目《ふたうすめ》は、徳《とく》やんとこの餅《もち》にしたらよいしな」

お母《かあ》ちゃんが土間《どま》へ降《お》り、セイロから二臼目《ふたうすめ》を運《はこ》んで来《き》ました。臼《うす》に蒸《む》したての餅米《もちごめ》を、ドスン、とあけました。

「初《はじ》めはコツキから、それが終《お》わったらだんだんと力《ちから》を入《い》れてつくんやで。よその家《いえ》は二升分《しょうぶん》を男《おとこ》の人《ひと》がついてんやけど、ウチは私《わたし》がつくさかい一升五合《いっしょうごんごう》の小臼《こうす》にしとるんや。そやさかいにコツキはやった上《うえ》にもしっかりやってや」

お母《かあ》ちゃんは説明《せつめい》しながら、最初《さいしょ》について見《み》せて、ヘン骨《こつ》おっさんに餅《もち》つきのコツを教《おし》えました。

さすがにヘン骨《こつ》おっさんは柔道《じゅうどう》の達人《たつじん》です。すぐにコツを覚《おぼ》えました。それに力《ちから》は人《ひと》一倍《ばい》強《つよ》いので見《み》る間《ま》に、一臼《ひとうす》つき終《お》えそうです。

「おっちゃん、上手《じょうず》につけとるでぇ」

なみ江《え》は臼《うす》の中《なか》のお餅《もち》を眺《なが》めながら、そう言《い》いました。ところが、それがいけませんでした。キネをふり上《あ》げた途中《とちゅう》で、

「ワハハー、なみ江《え》ちゃんのお母《かあ》ちゃんに餅《もち》つきの講習《こうしゅう》を受《う》けたさかい、うまいもんやろ」

太《ふと》いゲジゲジ眉毛《まゆげ》をおもいっきりたれさせてギョロ目《め》を輝《かがや》かせ、でっかい鼻《はな》の穴《あな》をヒクヒクさせながら自信《じしん》たっぷりに、なみ江《え》の方《ほう》へ顔《かお》を突《つ》き出《だ》したのです。

うわっ！　仁王《におう》さんよりも獅子舞《ししまい》のお獅子《しし》にそっくりや、と、なみ江《え》が思《おも》ったのと同時《どうじ》に、ボコーン、と臼《うす》の縁《へり》をキネでたたく音《おと》がとどろき、臼《うす》が跳《は》ねました。みんなは目《め》をむくほど仰天《ぎょうてん》しました。とくに手返《てがえ》しをしていたおばあちゃんはたまりません。

「ひやーッ、徳《とく》やん、どこをついてるのやなッ！」

悲鳴《ひめい》を上《あ》げて、その場《ば》でひっくり返《かえ》ってしまいました。

さあ、大変《たいへん》です。ヘン骨《こつ》おっさんは、

「あややーッ、おババに尻餅《しりもち》をつかせてしもうたわなー。こら、すまんこっちゃー」

大慌《おおあわ》てでキネを金《かな》ダライに戻《もど》し、おばあちゃんを抱《だ》き起《お》こしました。おばあちゃんは目《め》を白黒《しろくろ》させていましたが、気《き》を取《と》り直《なお》したのでしょう、

「このバカもんが。新米《しんまい》のクセに、よそ見《み》をして餅《もち》をつくとは何事《なにごと》やッ。しっかり根性《こんじょう》を入《い》れてつけ」

ペチーン！　と一発《いっぱつ》、ヘン骨《こつ》おっさんのごっついイガグリ頭《あたま》をたたきました。

「あ痛《いた》ッ、タター」

ヘン骨《こつ》おっさんは目《め》をたれ、おばあちゃんにたたかれたところをなでながら、「すまんこっちゃ。この通《とお》り」と、大《おお》きな頭《あたま》をペコリと下《さ》げました。

ヘン骨《こつ》おっさんは得《とく》なヒトです。いつもは人《ひと》一倍恐《ばいこわ》いギョロ目《め》と顔《かお》ですが、叱《しか》られるとギョロ目《め》が水飴《みずあめ》みたいにたれ下《さ》がり、でっかい獅子鼻《ししばな》と太《ふと》いタラコ唇《くちびる》もたれ下《さ》がり、ものすごく情《なさ》けない顔《かお》になります。もうおかしくて、みんなが、プッ、と吹《ふ》き出《だ》しました。

「アッハハー。徳《とく》やんのその顔《かお》を見《み》せられたら、びっくりしたのがどこかへ飛《と》んで行《い》ってしもうたわ。ほれ、ついてる途中《とちゅう》の餅《もち》が固《かた》まってしもたらアカンさかい、さあ、もういっぺんつこう。もうちょっとでつき上《あ》がるさかいな」

サッ、とおばあちゃんが手返《てがえ》しをすると、「さあ、今《いま》や、それつけ」と号令《ごうれい》をかけて、ヘン骨《こつ》おっさんを急《せ》かせました。

ヘン骨《こつ》おっさんが一臼《ひとうす》つき終《お》えたのを見計《みはか》らって、お母《かあ》ちゃんが「そこで、ストップ」

と指示《しじ》をしました。そして、

「よい具合《ぐあい》につけとるわ。ほんで（それで）、徳《とく》やんとこの餅《もち》は、小餅《こもち》ばっかりでよいんやな、鏡餅《かがみもち》はいらんのやな」

と、念《ねん》を押《お》しました。

「小餅《こもち》でけっこう、けっこう」

ヘン骨《こつ》おっさんは笑《え》みをふくらませて返事《へんじ》をします。でも、なみ江《え》は何《なん》で、鏡餅《かがみもち》がいらんのやろか？　ヘン骨《こつ》おっさんとこは神様《かみさま》の歳徳《としとく》さんがいないのやろか？　と思《おも》いました。

ヘン骨《こつ》おっさんはつき上《あ》がった餅《もち》を臼《うす》からはがすコツを、おばあちゃんに教《おし》えてもらっていますが、よく見《み》ると、ヘン骨《こつ》おっさんの手《て》は、おばあちゃんの手《て》の倍《ばい》ぐらいあります。なみ江《え》も大《おお》きな手《て》や、ということは知《し》っていましたが、こんなに大《おお》きかったとは思《おも》ってもいませんでした。

取《と》り粉《こ》を敷《し》き詰《つ》めたハンボウに、ドスン、と二臼目《ふたうすめ》のお餅《もち》が入《はい》りました。

「一臼目《ひとうすめ》より丸《まる》める手《て》が多《おお》いさかい、温《あたた》かいうちにもめるし、ツルツルのきれいな餅《もち》ができるわ」

お母《かあ》ちゃんはみんなを居間《いま》に移動《いどう》させました。

ハンボウに移《うつ》した二臼目《ふたうすめ》のお餅《もち》はすぐに、おばあちゃんが取《と》り粉《こ》をふりかけ、小《ちい》さく切《き》りやすいように形《かたち》を整《ととの》えていきます。お餅《もち》の端《はし》を左手《ひだりて》で握《にぎ》り、指《ゆび》で器用《きよう》にもみ出《だ》すと、親指《おやゆび》と人《ひと》さし指《ゆび》でできた輪《わ》の間《あいだ》から、シャボン玉《だま》がふくらむように小《ちい》さく円《まる》い小餅《こもち》が、プー、と出《で》てきました。

それを丸《まる》めやすい大《おお》きさ（子《こ》どものゲンコツくらい）で、ポン、と切《き》りました。プーと出《だ》してポン！　プーと出《だ》してポン！　おばあちゃんはリズムよく小餅《こもち》を切《き》り取《と》っていきます。

その小餅《こもち》を一《ひと》つずつてのひらにのせ、みんなが丸《まる》め始《はじ》めました。この作業《さぎょう》も「餅《もち》をもむ」と言《い》います。お母《かあ》ちゃんがもむと、お餅《もち》の粘《ねば》り気《け》が手《て》についた取《と》り粉《こ》で乾《かわ》くので、シュル、シュル、という音《おと》がしました。

なみ江《え》も毎年《まいとし》丸《まる》めていますからじょうずです。でも、寛一兄《かんいちにい》ちゃんは初心者《しょしんしゃ》ですから両手《りょうて》の親指《おやゆび》でお餅《もち》の形《かたち》を円《まる》く整《ととの》えながらもむコツがつかめないのでしょう、おむすびをにぎっているような手《て》つきでもんでいますから、三角《かく》や四角《しかく》、俵型《たわらがた》になっていました。

一番《ばん》ヘタクソなのが、ヘン骨《こつ》おっさんです。大《おお》きな手《て》で小《ちい》さい餅《もち》をもむのですから、うまく丸《まる》まりません。

「いやー、デコボコの団子《だんご》みたいや。徳《とく》やんはヘタクソやなー。そのゴツイ手《て》がアカンわ。もっとてのひらをすぼめて、もむのやわな」

お母《かあ》ちゃんが注意《ちゅうい》したので、ヘン骨《こつ》おっさんの機嫌《きげん》がいっぺんに悪《わる》くなり、いつものヘンクツが頭《あたま》を出《だ》しました。

「ふん、つくのが上手《じょうず》やとほめたかと思《おも》うたら、もむのがヘタクソやとけなすし、あんたも七面鳥《しちめんちょう》みたいに忙《せわ》しない人《ひと》やのう。この餅《もち》の大《おお》きさが、ワシの手《て》に合《あ》わへんだけやわい」

ヘン骨《こつ》おっさんは、おばあちゃんが小餅《こもち》を切《き》り出《だ》していく尻《しり》から、パッパッ、と餅玉《もちだま》を三《みっ》つ分手《ぶんて》に取《と》り、

「よっしゃ、この大《おお》きさやったら丸《まる》められるわい。見《み》とれ」

ギョロ目《め》をむいて、両手《りょうて》をゴム飛行機《ひこうき》のプロペラみたいに回転《かいてん》させました。

あっという間《ま》に、ソフトボールぐらいのまん丸《まる》いお餅《もち》がもみ上《あ》がりました。

「ふん、それにな、誰《だれ》が餅《もち》は半円球《はんえんけい》で形《かたち》のよいものやないとアカンと決《き》めたんやい。餅《もち》は焼《や》いて食《た》べたり、雑煮《ぞうに》にするんやさかい、形《かたち》どま（形《かたち》なんか）、どうでもよいわい」

と叫《さけ》んだかと思《おも》うと、そのお餅《もち》の玉《たま》をコウジュウブタにゴロンところがして、

「今年《ことし》からワシんとこの餅《もち》は、これにするぞッ。寛一《かんいち》」

ぎゅっ、とゲンコツでお餅《もち》をつきました。コウジュウブタの中《なか》で大《おお》きな餅玉《もちだま》が半分《はんぶん》まで、グニィ、と凹《へこ》んで、ヘン骨《こつ》おっさんの太《ふと》い指《ゆび》や節《ふし》の跡《あと》がくっきりと残《のこ》りました。

「何《なに》をするんやな！　お祝《いわ》いの餅《もち》を玩具《おもちゃ》にしてからに」

お母《かあ》ちゃんもおばあちゃんもなみ江《え》も、もうびっくりです。ただ、寛一兄《かんいちにい》ちゃんだけは喜《よろこ》んではしゃぎだしました。

「富田《とみた》で一《ひと》つしかない、骨《ほね》つぎ屋《や》名物《めいぶつ》のゲンコツ餅《もち》や！　おもしろいなー」

「そうか、お前《まえ》もそう思《おも》うか。ほんなら、なみ江《え》ちゃんはどう思《おも》う？」

ヘン骨《こつ》おっさんがたずねました。

なみ江《え》はすぐに、お母《かあ》ちゃんとおばあちゃんの方《ほう》を見《み》ました。二人《ふたり》とも口《くち》をポカンと開《あ》けたまま、ゲンコツ餅《もち》をにらんでいます。どう言《い》おうかな、とためらいましたが、初《はじ》めてこんなお餅《もち》を見《み》たので、こう答えました。

「おもしろいお餅《もち》やなー。それにこのお餅《もち》を食《た》べたら、おっちゃんみたいに強《つよ》くなれそう

やな。せやけど食《た》べて、おっちゃんみたいに恐《こわ》い顔《かお》になったら、どないしょうかなー」

「ワッハッハー、恐《こわ》い顔《かお》はよけいまい（よけいなこと）やぞ。ワッハッハー」

ヘン骨《こつ》おっさんは後《うし》ろにひっくり返《かえ》るほど大笑《おおわら》いしました。そして、

「次《つぎ》の三臼目《みうすめ》も、ワシのとこの餅《もち》にしよう。それで三升分《しょうぶん》やし、みんなでゲンコツ餅《もち》をこしらえたらよい」

ヘン骨《こつ》おっさんは、お母《かあ》ちゃんとおばあちゃんを急《せ》かせて、あっという間《ま》に三臼目《みうすめ》をつき終《お》わりました。

「そやけどな、ウチはこんな餅《もち》は認《みと》めへんで。徳《とく》やんとこの餅《もち》やし、しゃーないけどな」

またまた「徳《とく》やんとこの」を強調《きょうちょう》して、お母《かあ》ちゃんとおばあちゃんは、しぶしぶゲンコツ餅《もち》をこしらえ始《はじ》めました。ところが、ゲンコツ餅《もち》に反対《はんたい》していたお母《かあ》ちゃんとおばあちゃんが最初《さいしょ》に、

「これは、おもしろいな！　粘土《ねんど》に手形《てがた》を押《お》しとるみたいや。ホイ、ポン」

と、はしゃぎだしたのです。

コウジュウブタの中《なか》は、あっという間《ま》に、ヘン骨《こつ》おっさんのゲンコツ餅《もち》でいっぱいになりました。ヘン骨《こつ》おっさんの大《おお》きなゲンコツ餅《もち》、お母《かあ》さんとおばあちゃんの遠慮《えんりょ》ぎみなゲンコツ餅《もち》、寛一兄《かんいちにい》ちゃんのゆがんだゲンコツ餅《もち》、そして、なみ江《え》の小《ちい》さなゲンコツ餅《もち》たちです。ヘン骨《こつ》おっさんとこの三升分《しょうぶん》のお餅《もち》はこうしてつき上《あ》がりました。

「ワシはこの中《なか》でいちばん大《おお》きなゲンコツ餅《もち》を歳徳《としとく》さんに供《そな》える鏡餅《かがみもち》にするわい。凹《へこ》んだところにダイダイがのって、エエ具合《ぐあい》や」

あ、やっぱりヘン骨《こつ》おっさんとこにも、歳徳《としとく》さんがおっちゃったんや！　この時《とき》、なみ江《え》はわかりました。

そのあとからは、なみ江《え》ン家《ち》のお餅《もち》をつきました。そして、

「最後《さいご》のお餅《もち》は、みんなもお腹《なか》がへっているやろし、きな粉餅《こもち》にしよう」

お母《かあ》ちゃんが言《い》ったので、お腹《なか》が、グウ、と鳴《な》りました。お餅《もち》をつき終《お》え、きな粉餅《こもち》を食《た》べていると、妙《たえ》ちゃんに光市《こういち》ちゃん、守君《まもるくん》と道子《みちこ》ちゃんと明君《あきらくん》がやって来《き》ました。

「みんなも、きな粉餅《こもち》を食《た》べていっちゃったらよいで」

お母《かあ》ちゃんが居間《いま》に上《あ》がるように言《い》い、みんなでつきたてのきな粉餅《こもち》を食《た》べました。その時《とき》に大人気《だいにんき》だったのはやっぱり、ヘン骨《こつ》おっさんのゲンコツ餅《もち》でした。みんなはそれがほしいと言《い》って、明日《あした》の大晦日《おおみそか》に家《いえ》から一個《こ》ずつお餅《もち》を持《も》ってきて、ヘン骨《こつ》おっさんとこのゲンコツ餅《もち》と交換《こうかん》することにしました。ヘン骨《こつ》おっさんはもう、大喜《おおよろこ》びです。

「ワッハハー、元旦《がんたん》にな、このゲンコツ餅《もち》を雑煮《ぞうに》にして食《た》べたら、きっと、病気知《びょうきし》らずで一年《ねん》を過《す》ごせる。なんせワシのゲンコツ餅《もち》は歳徳《としとく》さんの神通力《じんつうりき》と同《おな》じくらい、効《き》き目《め》があるからの」

そして、コウジュウブタに並《なら》べてあるゲンコツ餅《もち》を大《おお》きな手《て》でなでました。

なみ江《え》はなんだか、来年《らいねん》から富田《とみた》で、このゲンコツ餅《もち》が流行《はや》るような気《き》がします。そして、明日《あした》の大晦日《おおみそか》には歳徳《としとく》さんに、なみ江《え》が作《つく》ったゲンコツ餅《もち》をお供《そな》えして、「一年間無《ねんかんぶ》事《じ》に楽《たの》しく暮《く》らさせてもろうて、ありがとうございました。来年《らいねん》もよろしくお願《ねが》いします」と、お祈《いの》りしようと思《おも》っています。

〈注釈《ちゅうしゃく》〉

注①　セイロ＝蒸籠と書《か》いて「せいろう」とも言《い》う。釜《かま》の上《うえ》にはめて蒸《む》す器《うつわ》のこと。

注②　御幣《ごへい》＝神社《じんじゃ》などでお祓《はら》いをしたり、神《かみ》に捧《ささ》げるときに使《つか》う道具《どうぐ》。

あとがき

以前、勤めていた保育の現場で、絵本や紙芝居の読み聞かせをしていた時の子どもたちの表情や反応が忘れられません。目を丸くして私の口元をジーッと見つめ、耳を傾けている子どもたち。私が動作を交えて話すと、お腹をかかえて笑ったり、話の中に入り込んで感動したり、声をあげて驚いたり、悲しい話では顔を曇らせたりします。私も子どもたちの反応が嬉しく、それが励みになって読み聞かせにも力が入ったものです。そして、こんなことに気づきました。読み聞かせて子どもの心を揺さぶっていたつもりが、実は子どもたちに、私の心を揺さぶってもらっているということでした。また、話を聞くこと、絵本や紙芝居が大好きな子どもたちがたくさんいることを知ってからは、もしできるならばいつか、子どもたちのためにお話を書いてみたいと思うようにもなりました。

創作の基本を学びに通った創作クラブでは、民俗というものをふまえて田舎の暮らしや村人の思いを徹底的に書き込むことを教えられました。そして、六年をついやして、やっとこのお話を書き上げることができました。お話を編んでいく上で、私が丹波に生まれ育ち、現在もその地で生活をしているということが一つの強みとなりました。その反面、田舎の感性がしみついている私にとって、子どもの頃に目に焼きつけた村の風景、村人の思いや願いの中に創作を加えることは大変難しく、何度もくじけそうになりました。

今書き終え読み返してみると、昭和三十年代初頭の富田村の風情が何とか描けたように思え、うれしさでいっぱいです。丹波弁にも助けられました。この方言も大切に残していきたいものです。現在は田舎であっても都会とあまり変わらない暮らしになり、「楽で便利で速い」ことがよいという感覚になってきています。それも時代の流れと言ってしまえばそれまでかもしれませんが、このような時代だからこそ、子どもたちに昔の田舎の暮らしを伝えておかないといけないのではないか、との思いでこの物語を綴りました。

お話を読んでいただき、子どもたちが昔の村の日常に興味をもってくれれば幸いです。大人の方には昔を思い出し、「そうや、そうやった」と共感していただけたらそれもありがたいことです。読者のみなさまに、丹波の村がより近くなることを願っています。

最後に、この本の出版に関して、創作サポートをしてくださった「創作クラブ五文」主幹の鬼丈三七（鍋島安吾）氏、夏宮橙子さん、また、取材にご協力いただいた宇津木寺住職の関戸範雄様、本著を制作・発行していただいた白川書院の山岡祐子編集長、編集担当の渡部紀子さんをはじめ、社員のみなさまに心より感謝申し上げます。

二〇一一年三月

中安　幸代

●著者略歴

中安幸代【なかやす・さちよ】

京丹波町富田に在住。幼稚園，保育園に勤務の後，京丹波町社会福祉協議会が設置する作業所の指導員として障害者福祉に携わる。定年退職後，民生委員を引き受け，地域の見守り活動や小学校で本の読み聞かせを行う一方，創作クラブに所属。自らの経験を活かし，丹波地方の伝承や風俗を織り込んだ児童向けのお話を創作する。現在，認知症の母を介護しながら，次回作品を執筆中。

なみ江とヘン骨おっさん
—昭和むかし人がたり—

二〇一一年六月二〇日　第一刷発行

著者　中安幸代

発行者　山岡祐子

発行所　株式会社白川書院
〒606-8221 京都市左京区田中西樋ノ口九〇
TEL　〇七五（七八一）三九八〇
FAX　〇七五（七八一）一五八一
郵便振替　〇一〇六〇—一—一九二二

印刷所　中村印刷株式会社

定価はカバーに表示してあります。

 ISBN978-4-7867-0063-7 C0093　